青山文平

泳ぐ者

新潮社

泳ぐ者

「空いてるかい」

という声で箸を持つ手を止め、目を上げると、上役の内藤雅之の笑顔があった。

「おっ、掻き鯛かい！　いいねえ」

かれこれ四月振りに会ったというのに、まるで昨夜も猪口を傾け合っていたかの風で言う。

「利休飯の付け合わせに掻き鯛たあ、けっこうな食養生だ。腹でもこわしたかい？」

三十歳まであとひとつになった徒目付を子供扱いするその口振りも、四月も顔を見なければた

だ懐かしい。片岡直人は浮かせていた箸を置き、目の前にさっさと座した徒目付組頭に答えた。

「ま、そんなところです」

このところずっと胃の腑がはたらかない。で、飯屋がわりに使わせてもらっている江戸は神田

多町の居酒屋、七五屋の店主の喜助に利休飯を頼んだら、気を利かせて掻き鯛を付けてくれた。

名前こそ凝っているものの、利休飯は質素も極まる。焙じ茶を炊き水にした飯に吸い物よりは

薄くした出汁をかけ、笹掻き茗荷と浅草海苔を散らしただけの飯物だ。利休煮などとちがって胡

麻の気配もない。それでは精がつくまいと案じてくれたのだろう、「お待たせしました」と配し

た利休飯の膳の上には、三枚に下ろした小鯛を出刃の刃先で削いだ掻き鯛の小鉢が添えられてい

た。

口に含んでみれば、酒と梅干しを煮込んで濾した煎り酒が刷かれていて、舌にも腹にも柔らかい。想わず、ふっと息が洩れたとき、不意に雅之が現れたのだった。

「川鱧がありますが」

馴染んだ声を聴きつけて小上がりの脇に立った喜助が、燗徳利と通しの新漬け山椒を置きつつ言う。

「川鱧かぁ。ぶっ込みかい、吸い込みかい?」

「ぶっ込みのほうで」

ぶっ込み釣りは錘と鉤だけの仕掛けを投げ置いて獲物が食いつくのをただ待つ。技を繰り出すおもしろさはからっきしの代わりに、なにが掛かってくるか知れぬ昂りが味わえる釣りだが、それも底魚が数居る海ならばの話で、川ではどうか。

「手前の持ち船で荒海に繰り出す喜助の釣りとも思えねぇな」

「久々の川釣りで、ちっと横着させてもらいました」

顔は綻んでいるから再会を喜んではいるのだろうが、話はいきなり釣りで始まり、そこから逸れない。

「のんびりを決め込む手合いじゃあなかろうよ。川魚随一の白身が欲しくなったにちげぇねぇ」

傍から見れば七五屋は、当人は否むものの、喜助が己れで釣り上げた獲物を披露するために開いた店と映る。そして、もしも一人だけに披露するとしたら、きっとその一人は雅之だ。三年前の文化五年、初めてこの店に連れられてきて食通ぶりを目の当たりにしたとき、武家が喰い物に淫するのはいかがなものかと糺したら、「そりゃ、もっともだ」と雅之は答えた。「旨いもんじゃなきゃなんねえ、なんてことはさらさらねぇ」。そして、つづけた。「けどな、旨いもんを喰やあ、

人間、知らずに笑顔になる」。

あのときは、結局、己れの舌を恃んでいて、「旨いもんじゃなきゃなんねえ、なんてことはさらさらねえ」の台詞は食道楽を自賛する前の露払いのようなものなのだろうと想ったものだが、一年が経った頃には、この上役は胸底の想いをそのまま言葉にしただけなのだと察した。江戸者ならではの照れと張りが入らなければ、話す順が変わっていただろう。きっと「旨いもんを喰やあ、人間、知らずに笑顔になる」とつづけたはずだ。雅之の舌は、そのように奢っている。

「川にも鱓が居るのですか」

二人が語り合うほどに四月の雅之の不在が宙に浮いて、直人はその行方が気になり出す。四月を空けるからには遠国御用だろうが、行き先も御用の中身も聞かされていなかった。というよりも、雅之の姿が消えて初めて御用旅に出たと知った。

徒目付は監察を担う御家人だ。あらゆる幕臣の非違を糺す御目付の耳目となって動く。おのずと、秘すべき御勤めはすくなくない。今回もその内々御用であるのは明らかだ。気にはなっても、こちらから尋ねる筋合ではない。直人はとりあえず話の流れに乗った。直人にとってもまた、釣りは唯一の遊びらしい遊びだ。

「川鱓ってのは通り名さ」

燗徳利を傾けながら雅之は言う。

「鱓に似た姿形をしているし、びっくりすると砂に潜るなんてところもそっくりだ。鯉の仲間さ。よっく見ると、ちゃんと髭だって生えている」

「本当の名はカマツカと言いましてね」

喜助が受ける。

「鱗がめっぽう硬くて、鎌の柄のようだというこ
うに硬いからカマツカになったとか言われていま
とでカマツカになったとか、煮ると鎌の柄のよ
す」

「ところが、その鱗を取り去ると皮がなんとも趣のある風味なんだよ。身
だって臭みのひとつもねえ白身で、俺はシロギスよりも気に入っている。川魚とは思えねえ。
ると強張りはするから、焼いてから煮る焼きびたしにしたりするんだが、喜助が言ったように煮
……」
こいつがもうなんとも

「じゃ、その焼きびたしにしますか」

喜助が目尻に皺を寄せて言う。

「そいつぁいいな。ああ、それと湯引きもほしい」

「承りました」

喜助の姿が板場に消えると、通路の向こうの開け放した戸口から神田多町の夜気が忍び寄って
くる。多町は神田青物五町のひとつであり、また、神田鍋町や堅大工町と隣り合う職人の影が濃
い町でもある。青物の町と職人の町が入り交じる。おまけに、陽のあるうちに春をひさぐ比丘尼
が夜の寝座にする町でもある。そろそろ、切り取られた戸口の四角を、白い尼姿が横切る頃合だ。
八月の江戸は午間はまだ盛夏を残しているが、通りを薄藍が染めればはっきりと秋を孕んで、
袈裟の白をいっそう白く浮かび上がらせる。ともあれ、この入り組んだ町風の神田多町に、組頭
は還ってきたのだと思ったとき、雅之が手酌で酒を注ぎながら言った。

「どこに行ってきたかとか訊かねえのかい？」

雅之は手酌がよく似合う。

6

「ずいぶんな無沙汰だ。ふつうは訊くんじゃねえか」

声の色は「腹でもこわしたかい？」と言ってきたときと変わらない。

「訊いてもいいのですか」

訊きたくはある。が、それは雅之と喜助とのやりとりを目にしていたいましがたになってのことだ。四月のあいだは想わなかった。どこに居ようと雅之らしく、御用を勤め上げているのだろうとだけ想った。雅之はもろもろ想わずとも済む人で、だから直人は、部下の役にのめり込むことができる。

「俺が片岡に話しちゃなんねえ御用なんぞなかろうぜ」

猪口の花筏を腹に送ってから、雅之はつづけた。

「こっちが無理言って引き留めたんだ」

七五屋は伊丹の上酒を三十五文で出す。

「そう器用に上役面もできねえ」

雅之は去年の年の瀬に二人のあいだに起きたことを言っているようだ。直人がずっと願っていた勘定所への役替えを、引合が寄せられていたにもかかわらず雅之がつぶした。決定は目付筋の総意だが、頭に立ったのは自分だと雅之は明かした。いま、おめえを手放すわけにはいかねえ、と言ってから、恨んだっていいんだぜ、とつづけたが、直人はもうその頃には徒目付という御役目の〝人臭さ〟に惹かれていて、その〝人臭さ〟に気付かせてくれた上役から、それほどまでに求めてもらえたことが逆に嬉しかった。

それに、その話を聞いたとき、直人は懐に致仕願いを呑んでいた。昔、義理のあった武家が窮迫して、ご法度の町人稼ぎをしていたのを見逃した。そのツケが回り回って、雅之の眼前で直

人を襲撃した。軽くても遠島は免れなかったその武家を雅之は、直人が徒目付にとどまるのと引き換えに江戸十里四方追放に処してくれた。軽追放よりもさらに軽い。

余地があるときに言い渡される刑で、軽追放よりもさらに軽い。そして、その減刑は、直人に致仕願いを出させないための仕掛けでもあった。書いたからには出さぬことはありえぬ致仕願いだが、それで遠島から江戸十里四方追放に替わるのであれば引っ込めざるをえない。

で、いまもこうして、就いたときはあくまで踏み台のつもりだった徒目付として居る。直人としては借りばかりがあって、雅之への貸しなど欠片もない。なのに、このひと周り年嵩の上役は、借りを背負ったつもりでいてくれるようだった。それも、内々御用を隠さぬほどの。直人はまだ底が隠れている利休飯の椀をそっと置き、正対して、問うた。

「どこに行かれていたのですか」

空かぬ路が空いたからには通らねばならない。

「ま、そいつを腹に入れちまってから話そうか」

重みを撒かぬ声の色に促されて、直人はゆっくりと椀に手を戻し、箸を手繰った。

「時節からすれば……」

「直人が出汁の淡さと深みに助けられて椀を空にすると雅之は言った。

「心当たりとかはあったかい？」

雅之の行き先を想いはしなかったが、そこだけはふっと頭に浮かんだ。

「対馬、かと」

「ああ……」

新漬け山椒をつづく手を止めてつづける。

「対馬も、行った」

この三月二十九日から、難産だった第十二回朝鮮信使の易地聘礼が対馬で始まった。一連の行事が終わったのは六月の終わりのはずである。対馬から江戸までは早ければ五十日余りというから、ここ数日のうちに雅之が対馬から戻ったとすれば時期は合う。

それに、今回の易地聘礼にはいくつか解しにくい点があった。易地聘礼の易地とは処を替えるという意味だ。つまり、江戸から対馬へ、処を替えて聘礼を行うわけだが、御公儀が朝鮮にこの打診をしたのはいまからもう二十年も前の寛政三年のことである。それさえも、本来の朝鮮信使のあり方からすれば遅い。そもそも信使は新しい公方様を祝賀する使節のはずだから、御当代様が将軍職にお就きになった天明七年から間を空けずに派遣を促すのが筋だ。なのに、翌年には延期の使者を送っている。それからさらに三年経っての易地聘礼の打診である。以降も事態はじっと動かず、交渉に入ったのは十五年が過ぎた文化三年、対馬での合意を見たのはさらに四年後の文化七年、つまりは去年だ。とにかく、時がかかり過ぎている。

が、洩れ伝わるところでは、延期から易地聘礼に至る理由は、寛政の御主法替が求める御省略、つまりは倹約のゆえとされる。御省略の実はほとんど上げられなかったと伝わるのも無理もない。対馬の国分寺に新設なった信使客館の普請だけでも十二万両を費やしたらしい。幕府から対馬に渡ったのは上使となった豊前小倉藩主、小笠原大膳大夫忠固様以下六百七十九名。信使一行は三百三十六名。千名を上回る人員が三月に渡って饗宴をつづけるのだから、御省略の実はほとんど上げられなかったと伝わるのも無理もない。対馬から大坂を経て江戸に至る街道筋で朝鮮信使を衆目に晒し、御公儀の御威光を天下に知らしめてこその巨費の

9

投入だ。四方を海に遮られた島で、易地を無意味にする費用を注ぎ込むのはなにゆえか。徒目付の御用はたっぷりとありそうだ。

「易地聘礼が魯西亜と関わりがあるという噂は耳に入っているかい」

雅之は新漬け山椒の小鉢に箸を戻す。

「噂の域を出ぬ程度であれば……」

いきなり耳に入ってきた「魯西亜」にも意外の感は薄い。本来、伝わってはならぬはずの知らせを伝える仕掛けは読売だけではない。寛政四年に禁書となって板木を没収された林子平の『海国兵談』にしても、多くの貸本屋から手で写した写本が出ていて、いくらでも読むことができる。巷にさえ真説めかした魯西亜絡みの噂が流れさながら、意図して流布させているかのようで、魯西亜と易地聘礼が関わっているとなると、さすがに噂どまりと見なすことになる。とはいえ、魯西亜と易地聘礼が関わっている向きが多いようだ。

「俺も片岡と似たようなもんだが、一連の流れを追っていけば、ありえねえ話でもねえだろう」

めずらしく、燗徳利よりも先に小鉢が空になる。

「寛政の御主法替は、天明期を奢侈に過ぎたと省みるところから始まった」

自慢の舌を痺れさせる実山椒を通してつつくのはらしくもないが、こと新漬けとなると雅之は是非がなくなる。

「おそらく、寛政三年に易地聘礼を打診するところまでは、素直に御省略のためと診ていいだろう」

その新漬け山椒のように、今夜の雅之の話にはそぐわなさを感じなくもない。意外ではないが、らしくもない。

「けれど、その年が替わるやいなや、蝦夷地には次々と大波が襲った」

なんでだろうと訝って、すぐに雅之が七五屋で、政に絡む話をするのは初めてだと察した。御用の話はしても、それは人の話であって、政の話ではなかった。思わず雅之の語りの意図に気が行きかけたが、しかし、雅之が話すのであれば、それは雅之の話になる。政の話であっても雅之の話ではある。

「とりわけ最初の大波がでけぇ」

直人は気を戻し、逆に自分のほうから話を合わせた。

「ラクスマンですか」

「まだ片岡が目付筋に入ってくる前の話だがな、あのときとラクスマンに会ったのはうちの御目付さ。漂流して保護されていた大黒屋光太夫を伴って根室に現れた魯西亜人のラクスマンに、御目付お二方が会いになって通商の申し入れを聞いた。当時はまだ松平越中守定信様が御老中首座で、話だけは聞くという御方針だったらしい。で、通商に絡む交渉の場は長崎のみである旨を伝えて、入港を許す信牌を与えて別れた」

それまでにも魯西亜の南下を仄めかす兆候はあったし、天明期には幕府のほうから蝦夷地を検分するための一行を幾度か送ってもいる。田沼政権が意を注いだ施策のひとつは蝦夷地の開発だった。けれど、北から異国が迫っていることを、江戸前海の守りを講じねばならぬほどに思い知らされたのは、このときが初めてだったはずだ。

前海で最も狭い観音崎と富津岬とのあいだはおよそ六十四町、いっぽう持てる大筒の射程は長くて十八町ほど。前海の真ん中を通ればどちらの岬からも三十二町あって、砲弾の立てる水柱は船から十四町の向こうだ。台場を築いたとて気休めにしかならない。それがずっと気にもならな

かったのは、そんな異国船が現れるとは露ほども想わなかったからだ。ラクスマンは、喉元に突

きつけられていたけれど見えてはいなかった匕首を、くっきりとさせた。

「その信牌を携えて、十二年後の文化元年九月に長崎にやって来たのがレザノフだが、そのとき

にはもうとっくに越中守様は幕閣から退かれていた。おのずと扱いは変わって、二度と来る気に

ならぬよう、手荒に遇するという策を採ったらしいが、このあたりのこともももう承知かい」

「上っ面のみですが」

「策が替わったというよりも、どうしていいかわからなくなっていたのが実情だろう。是非はと

もあれ、蝦夷地について独りだけ己れの識見を持っていた幕閣が越中守様だった。その越中守様

の姿が消えて、なにをどう考えてよいのか見えなくなった、そんなところだろう。皇帝の親書を

持った正式の外交使節に、科人まがいの扱いして半年も待たせたというところにも混乱が見て取

れる。御重役方の頭のなかはとにかく前例踏襲だ。けれど、魯西亜の前例なんぞない。魯西亜の

ことなんてなにひとつ知らない。わからないから、臆病と乱暴のあいだを揺れ動く。で、その混

乱の収拾をまだ前例踏襲に染まっていなかった一人の御目付に押し付けた」

「遠山様ですね」

「もしも、若手の幕臣に目指すべき吏僚を一人だけ挙げさせたとしたら、遠山左衛門尉景晋様

の名が最も多くなるのは疑いなかろう。天明七年、明日の能吏が集まる小姓組番番士として幕臣

の路を歩み出すが、すでに三十六歳と齢は喰っていた。その後れを一気に取り戻した契機が七年

後の第二回学問吟味甲科筆頭合格だ。吟味を受けた側であるにもかかわらず、吟味をする側の大

学頭、林述斎から試験のあり方について意見を求められるほどの俊才ぶりに幕閣も頼り甲斐を感

じたのだろうか、あるいは、これまでの前例踏襲に慣れ切った面々では埒が明かぬと診たのだろ

12

うか、寛政十一年、西丸小姓組番番士のまま蝦夷地御用に加わることを命じられる。ラクスマンの根室来航を受けて、松前藩に預けていた東蝦夷地を幕府の直轄地とする決定の検分だ。

三月の二十日から九月の十四日まで旅程は百七十二日間。北の未見の荒地では一日一日前例のないことが起こる。常に新知識を集め、洞察し、判断しなければならない。その日々の送り様が、ただの学問の徒に非ずと認められたのだろう、翌年には御徒頭へ、さらに二年後には御目付へと、あたかもレザノフの船が長崎に現れる日に備えるがごとく、足早に出世の階梯を上る。そして、御目付になって三年後、その日は来るのだ。文化二年二月晦日、遠山様は長崎に着く。レザノフと見えたのは翌三月の六日。次いで七日、九日と、交渉の席に臨んだ。

「狂歌師の大田南畝は知ってるな」

「名前だけは」

直人は狂歌そのものを好まない。一から歌を創り上げるのではなく、元歌を斜めから切り取って細工する。新しいなにものかを生み出すのではなく、旧いものをどれだけ知っているかを仲間内でひけらかし合っているようだ。

「通り名は直次郎。御徒から勘定所の支配勘定に移って、当時は長崎奉行所に赴任していた。その直次郎がレザノフとの会談の様子を『御目付も御出席候、処早速事件決し、国家之大事僅に三日に相済候事感心いたし候』などと持ち上げている。『東都の御威光は遠国にありて却て勢強く候事今更驚入候』とも。天明の頃に狂歌で名を上げたせいか、寛政からこのかたはもっぱら幕臣としての己れを表に出している。ま、保身のための追従だとしても、門前払いは首尾よく運んだらしい。あらかじめ決められていた、日本が通信通商を取り交す国は支那、朝鮮、琉球、阿蘭陀に限るのが『歴世の法』であるというという建前をなんとか崩さずに済んだ」

そのときだけを見れば、「国家之大事」が「僅に三日に相済」んだかに見えもしよう。

「でも、レザノフが抗わなかったのは長く留め置かれたゆえの疲弊と病のせいで、『魯西亜の処置は果てぬ』として、『東都の御威光』なんぞでないことは誰よりも遠山様がご承知だ。戻られたの
ら江戸へ戻って三月後の文化二年八月十三日。入れ替わりのようになったが、その年の九月から始まる文化
は丸一年後の文化三年八月十三日には再び蝦夷地巡察に向かわれている。長崎か
魯寇もおそらくは見越されていたのだろう」

「文化魯寇？」

「ひょっとすると初耳かい？」

「わたしはレザノフまでです」

事件があった文化三年、直人はまだ小普請世話役である。無役の小普請を束ねる小普請組支配
の下吏だ。その二年前までは直人自身が小普請で、なんとか無役から這い上がろうと十五のとき
より権家の御屋敷に未明から日参する逢対を繰り返してきた。直人としては一刻も早く次の踏み
台である徒目付に移り、間を置かずに目指す勘定所へ役替えになることで頭が塞がっていて、直
には己れの御用と関わりのない蝦夷地の風聞に耳を貸す余裕はなかったのである。

勘定所に移っても当座は御目見以下の支配勘定だから、速かに旗本の勘定になって片岡の家を
永々御目見以上の家筋にする……それが片岡家当主としての直人に課せられた責務だった。だか
ら、徒目付になった翌四年も、要らぬものは見ぬ構えはつづいた。むろん、やることを挙げるよ
りやらぬことを挙げたほうが早い徒目付だから、御用を重ねるほどにもろもろの知識が積み上が
ってはいく。とはいえ、習わぬ経を読む学び方なので、意外なことまで識っている代わりに意外
なことを識らなかったりする。

雅之の口振りからすると、きっと「文化魯寇」も当然識っておく

14

べき識らぬこととなのだろうと直人は判じた。

「じゃ、『北海異談』の件もお初だな」

「ええ」

聞いたことすらない。徒目付なのに識らぬのは甚く恥ずかしい。しかし、識らぬのに識った風は、恥ずかしいでは済まぬ。

「名からすると読本ですか」

「ああ、三年前の文化五年、大坂の南豊亭永助ってえ講談師が文化魯寇を題材にして二十巻の読本を書いた。といっても、幕府がひた隠しにしている文化魯寇だから、そのまんまじゃあ危ねえと察したんだろう、幕府に都合がいいように事実とは筋を変えて結末を締め括っている。書肆では売らずに、貸本屋の写本で回したりもした。でも、そんな逃げは通用しなかった。どう小細工をしようと、文化魯寇に触れることじたいが厳禁だったのさ。永助は処刑されて、ネタ元も貸本屋も遠島になった。それほど、知られるのを恐れていたってえことだ」

「変えた筋ですが……」

「『海国兵談』のときとはずいぶんちがう。

「そうだったな」

「なにをどう変えたのでしょう」

「まずは、そこからだ。

「そいつはめっぽうたわいねえ。負けを勝ちに変えたのさ。戦って幕府が魯西亜に負けたのを勝ったことにした」

「戦ったのですか」

負けたことにも驚いたが、その前に、戦ったことにも驚いた。小さい頃から、日本は武威の国だから異国はその強さに恐れをなして攻めかかることができないと教え込まれてきたからだ。支那や朝鮮といった文官が治める国を、長袖族の国と揶揄して貶めてもいた。別に信じたつもりはなかったが、現実に異国との戦の風聞など絶えてなかったので疑うこともしなかった。だから、戦って負けたと聞かされて驚く己れにも驚いた。

「蝦夷地の択捉という島での話ではあるがな。たしかに文化三年のときは樺太にあった松前藩の入植地が襲撃を受けたが、四年の四月二十九日は択捉の紗那にあったれっきとした幕府の会所が襲われた。番小屋なんかじゃあねえんだ。守っていた主力は南部と津軽の藩兵だが二百三十名から詰めまで用意していた。湊には南部の軍船も泊っていた。なによりも会所を与って全軍の指揮を執っていたのは、箱館奉行配下の幕臣だ。どっから見ても、幕府の戦になる」

「なのに、負けたのですね」

どこかでまだ、信じていない。

「レザノフの部下さ。沿岸を荒らし回って恐怖を与え、漁ができなくなるようにしろ、という命をレザノフから受けていた」

「長崎の意趣返しですか」

「レザノフ本人はそれが故国の為になると信じていたらしい。蝦夷地の日本人から食糧を取り上げることで魯西亜との交易に頼らざるをえない状況をつくり出そうとしていたようだ。そうでも

「魯西亜の軍船二隻にな。率いていたのはフボストフという軍人だ」

「フボストフ……」

16

しない限り日本という頑迷な国は門戸を開かないと、ま、長崎で学んだということなんだろう。

実際、レザノフは軍人であり宮廷の侍従長でもある誇りを抑えて、日本人を刺激しないように長崎での半年を送ったらしい。最後まで上陸を許されなかった軍船の艦長をはじめとする部下たちの憤懣も抑え込んだ。レザノフにしてみれば、そういう艱難辛苦の見返りが門前払いだったわけだ。だから、レザノフは現実に即した策のつもりだったのだろうが、胸底には、そりゃあ意趣返しもあったろう」

「で、負けた」

「それも負けっぷりがわるかった。とびっきりな。そんとき幕府の会所を指揮していたのは次席の戸田亦大夫で、当初は上陸してきた魯西亜隊に応戦したようだが、どうしようもない火力の差にやがて戦意を失ったらしい。南部、津軽の隊長と、そのとき調査で紗那に来ていた間宮林蔵らは徹底抗戦を訴えたようだ。武家にとってはたとえ生きて帰れても敵前逃亡の汚名は死よりも怖い。間宮なんぞは、自分は撤退に反対したと証書に残してくれと執拗に詰め寄ったと聞いている。

が、戸田は撤退を決めて、無人となった紗那の会所は略奪され、焼き尽くされた。退く途中の陣地で戸田は自裁したから真意は質すべくもないが、完敗は完敗だ。負けてはならない武威の国が、完膚なきまでに負けた」

「しかもだ」

喜助が音もなくやって来て、空いた爛徳利を下げ、新しいのをそっと置く。直人には喜助が自

そこまで聞いてくれれば、さすがに直人の裡から〝異国が震え上がる武威の国〟は消えていた。が、それでも根は残っていて、なにかの拍子にまた頭を擡げそうな気もして、幼い頃から反復して植えつけられたものの怖さを想わずにはいられなかった。

17

分で炒った焙じ茶だ。そのまま会釈をすることもなくすっと消える。

「それで終いならまだ救われるんだが、そうじゃあねえんだよ」

カマツカの湯引きと焼きびたしにかかるのは、席の様子を量って控えているらしい。もしも喜助が七五屋を畳んだら、雅之はさぞかし弱るだろう。

「幕府は紗那であったことを隠した。ひたすら隠し通そうとした。二度ばかり触れこそ出したがいかにも形だけで、要はたいしたことはないから騒ぐなという封じ込めだ。武威の国の看板をどうしても下ろすわけにはいかなかったんだろう。下ろしゃあ、武家が武家以外の身分を治める根拠がなくなっちまう。武家の政の礎が崩れるってことさ」

ただ、負けたのではない……。北の島の、小さな戦ではない。

「だから、なんとしても隠さざるをえねえ。でもな、言ったように、紗那の事件では、南部と津軽の藩兵だけでも二百三十余名が渦のただなかに居た。隠すには関わった人間の数が多すぎる。なのに隠そうとするから、なんにもなかったと聞く側は疑心暗鬼になって逆に尾鰭が付いて回る。で、収拾がつかなくなって、終いには、とうとう京都の帝にまで報告しなければならないところまで追い込まれた」

隠せるはずもないのに隠せると思い込む。そういうことでは子供の悪戯と変わらない。まさかそんなことはすまいと想うことを、人は往々にしてする。もしも、その人が政に携わっていたら、国がするこ とになる。よくもわるくも国は人で動く。

「ちょうど、光格天皇が父の典仁親王に太上天皇の尊号を贈ろうとした尊号一件で、幕府と朝廷の間柄があらためて問い直されていた微妙な時期だ。その当の光格天皇に負け戦を明かさなければならなかったのだから、幕府としては深傷をさらに抉られるようなもんだったろう。当然、魯

18

西亜の動きにはいくら目を配り過ぎても足りねえ」

二本目の燗徳利を傾けて、喉を湿らせてから言葉を繋げた。

「ずいぶんと長話になっちまったが、そういう魯西亜との因縁が、対馬での易地聘礼の噂とどう関わるのかについちゃあ、ここらで区切りがつく」

直人は耳に気を集める。

「幕府は朝鮮が魯西亜に因果を含まされる最悪の図をいっとう恐れたってことさ」

「最悪の図？」

「南北両方から同時に攻められるっていう図だよ」

空の小鉢にふっと目を遣ってつづけた。

「北からは魯西亜、南からは朝鮮だ」

それは、恐れざるをえまい。

「で、対馬での易地聘礼の交渉を長引かせ、時を稼ぎながら、朝鮮の動向を見極めていたってわけだ」

「そう伺ってくれば……」

まだ熱い焙じ茶の湯呑みに両手を添えて、直人は言った。

「むしろ、そっちの筋のほうがすっと入る気がします」

「ちなみに、対馬での易地聘礼を朝鮮が同意したのは去年の文化七年だが、両国の役人が最後に詰めの場を持ったのはその前年の六年だった。そんときの幕府側の交渉役は誰だったと思うね」

「遠山様……」

「当たりさ。対馬には林述斎も同行した。むろん、今回の聘礼本番でも四月の四日に渡って、始

まった直後から終わったあとまでずっと対馬に居らした。島を発ったのは七月に入ってからの

はずで、まだ、江戸にはお戻りになっていねえ」

「では、組頭も遠山様と……？」

行動を共にしていたならば、もう、決まったようなものではないか。

「いや、俺は別件だ」

けれど、雅之はすっと言った。

「ならば組頭はどちらに？」

即座に、雅之は答えた。

「長崎」

「長崎だよ」

「今度はエゲレスだ」

ふっと息をしてからつづけた。

「ああ、こっちはフェートン号絡みさ」

「フェートン号の件のあらましについちゃあ片岡も承知だね」

「あらましならば……」

「対馬へは近いってえことで御用のあとに寄っただけだ。噂話が当たっているにしろいないにし

ろ、朝鮮信使の聘礼なんて滅多にあるもんじゃねえからな。俺のほうは掛け値なしに後学のため

ってやつだ」

20

文化五年八月十五日、長崎に赤白青の阿蘭陀国旗を掲げた船が姿を見せる。当時の阿蘭陀船の来航は五月あたりに集まっていたから、時期は外れている。阿蘭陀商館員二名と長崎通詞が旗合わせのために船に向かうと、それはエゲレスの軍船フェートン号で、二名の商館員が拉致された。

長崎奉行松平康英にしてみれば、阿蘭陀商館員は御公儀が正式に滞在を許した者であり、日本人を拉致されたにも等しい。直ちに解放を要求するも、阿蘭陀商館員はエゲレス船は水と食糧を要求するのみだ。あまつさえ、一転、エゲレス国旗をはためかせた武装短艇でなにかを探索するように湾内を徘徊する。商館員の無事を優先させて事に当たってきた奉行も止むを得ず、福岡藩と交代で湾内の警備を担っていた佐賀藩にフェートン号の焼打ちを命じた。

が、膨大な借財の圧縮のために御主法替を進めていた佐賀藩は、八百余名配備すべき藩兵を幕府に無断で百五十名ほどに減らしており、強硬策は叶わない。急遽、大村、久留米、熊本、薩摩の諸藩に応援を求めて待機していた翌十六日、フェートン号は商館員一人を解き放って再び食糧等を求める。応じなければ湾内の日本と支那の船を焼き払うという脅し付きだ。やむなく奉行は応援が着く時を稼ぎつつも要求に応じ、残る一人も戻される。最も早く到着した援軍は、藩主大村純昌率いる大村藩の軍で十七日未明。しかし、そのときすでにフェートン号は長崎をあとにしていた。

実害は、阿蘭陀商館員二名が連れ去られたのみだ。無事に戻ってもいる。引き渡した水、穀物、豚、牛はこの際、実害に入れずともよかろう。しかし、幕府が失ったものは実害では計れなかった。なによりも護らねばならぬ、武威の国の武威が損われた。十八日も明けやらぬ頃、幕府への上申の報告書を認め終えた松平康英は五箇条の遺言を残し、誰にも告げぬまま自裁している。無断で藩兵を削っていた佐賀藩では、聞役と長崎番所の番頭二名が切腹、組頭十名が家禄没収。藩

主、鍋島斉直は江戸城に呼び付けられて、蟄居百日を命じられた。

「あの事件は、ま、巷間伝えられるような説で収まりを見せているんだが……」

そう言って手に取った猪口は空だった。

「実あ、おかしなことがけっこうあるって声もなくはない」

今夜の雅之は燗徳利を傾ける間がけっこう空く。

「片岡はどう見るね」

直人はゆっくりと雅之の目を見る。これまで直人は異国が絡んだ御用を勤めたことがない。常日頃から、あらましをなぞったくらいで物を語ってはならぬと自戒してもいる。けれど、直人は言っていた。

「その声のとおりなのではないでしょうか」

問う相手を雅之が違えているという想いは残る。が、フェートン号事件に限っては辻褄が合わぬことが多過ぎた。門外の者がさっと経過を追っただけで脈絡のざらつきが伝わってくる。己れから口に出すまでの裏付けがあるはずもないが、問われれば黙すわけにはゆかない。

「フェートン号事件には、かねてから不審に思っていた点がふたつほどあります」

「ほお……」

なぜか雅之の目が光を増す。

「聞きてえな。まず、ひとつ目はなんだい?」

先刻、直人は政を語る雅之にそぐわなさを覚えた。逆に、雅之の目にも、政に言い及ぶ直人は妙に映っているかもしれない。

「フェートン号が長崎に来た目的です。そもそも、フェートン号はいったい長崎になにをしに来

たのでしょう」

　でも、直人は語りを止めようとはしなかった。雅之という上役に想うことを伝えぬのは、どんなことであれ、昨年末の義理ある武家の事件を最後にすると決めている。

「そこか」

「彼らのやったことと言えば、いきなり商館員を拉致し、武装短艇でなにかを探し回って、水食糧を強奪まがいに要求しただけです。これまでの異国船のように通商を求めるわけでもありません。しかも、水食糧が手に入ると二日と経たぬうちにさっさと引き揚げている。いったい、なにが目的だったのか、組頭はわかりますか」

「阿蘭陀商館長のドーフはエゲレスと魯西亜が同盟を結んでいて、魯西亜の要請でエゲレス船が長崎を調べに来たと説いているな」

「そいつがわからない。あれが調査でしょうか。調査ならもっとやりようがあるはずです。我々が欧羅巴を識るとしたら阿蘭陀商館という窓しかないので、とりあえずは聞き置くしかありませんが、事実は異なる気がする。一連の行為から目的を推量するとすれば、なにかを探しに来て、それがなかったからさっさと引き揚げたという筋しか考えつかない。そして、それは、阿蘭陀商館と関わりがある。だからドーフは、明らかにできないのではないでしょうか」

「実は、俺も同盟はおかしいと思っていた。片岡の言うようにいまは調べようがねえがな。今回、ドーフとも顔合わせて、まちがいねえとは感じたよ。なにかを隠している。実あ、いま、千島に測量に来たと陳述している魯西亜軍の大尉、ゴロウニンを箱館に留め置いている。今月の末には松前へ送って本式の取り調べが始まるから、いまの欧羅巴がどうなっているかも、かなりの部分わかるだろう。すくなくとも、同盟のあるないははっきりするはずだ。ま、きっとなにかの事情

23

があって、ドーフはドーフで必死んなって阿蘭陀商館を護ってんだろう。それがわかったら直ぐに片岡にも知らせよう。で、ふたつ目を聞こうか」

「佐賀藩への処罰です」

淀みなく、直人は答える。

「御公儀に無断で警備の藩兵を削っていたのが事実であるとすれば、御咎めが軽過ぎやしませんか」

「そうかな」

「藩主は蟄居百日です。御咎めはなきに等しい。ならば、家老が自裁して波除になったのかといえば、それもない。腹を切ったのは警備の現場を与っていた長崎番所番頭と聞役の二名のみで、重臣ではありません。人、二人の命は重いが、これまでの御公儀の前例からすればいかにも軽い。帳尻が合わない。これが長崎という、実質、ただひとつ外へ開かれた重要な湊の警備を怠った罰とは信じられません」

「だとしたら、なんでか、思うところはあるかい」

「ひとつは、実は無断で藩兵を減らしていたのではなかったという筋です」

「無断ではなかった……」

雅之は意外に驚かない。

「もう、ずっと、阿蘭陀船の来航が疎らになるあの季節には兵を引き揚げるのが暗黙の了解になっていて、それを長崎奉行も、あるいは御公儀も黙認していた。むろん、福岡藩が警備を担うときも佐賀藩と同じことをやっていたのでしょう。長崎奉行は長崎在勤と江戸在府の二名体制で、在府奉行を通じて常に長崎の状況は江戸に届いていますから、当然、御城も承知していておかし

24

くありません。でも、その了解事(りょうかいごと)を公(おおやけ)にしてしまったら、未曾有(みぞう)の不始末の責めは幕府が負わなければならなくなる。で、暗黙の了解を反故(ほご)にして、"無断で"になった。となれば、当然、重い責めを問うのは無理がありましょう」

無言でふーと息をついてから雅之は言った。

「ひとつは、ってことは、まだあるんだろう」

「はい」

相手が雅之だから話せる。

「あるいは、御公儀にとってフェートン号事件は不幸中の幸いだったのではないでしょうか」

話す相手をまちがえれば、ただでは済まぬだろう。

「幸い?」

「すくなくとも最悪ではなかった。それも佐賀藩のお蔭(かげ)で」

「どういうことだい」

「もしも佐賀藩の藩兵八百余名がしっかり詰めていたら、なにしろ武威の国です、戦闘に入らざるをえなかったでしょう。勝てばよし、万が一負ければ、幕府の守りの欠陥があからさまになって御威光は地に落ちます。佐賀藩が百五十名に削っていてくれたお蔭で、戦わぬ名分ができ、危な過ぎる賭けに乗らずに済んだのです」

「たしかに八百余名から居て負けたら逆にえらいことになっただろうな」

「先ほど組頭からお聞きした文化魯寇でそれと気づきました。おそらく、択捉でも兵員の数で言えば日本が有利であったはずです」

「当たってるぜ」

すっと雅之が言葉を挟む。

「こっちは二百三十人。向こうは七十人ほどだった」

「なのに二隻の軍船に完膚なきまでに負けた。蹂躙された。火力の差です。同じことがフェート
ン号でも言える。フェートン号の軍装は大筒三十八門、それに同程度の口径の近距離砲が十門と
聞きました。紗那での悲惨な戦いが、長崎で再現されてもおかしくはありません」

黙したままうなずく雅之を認めて、直人はつづける。

「九州は、小倉藩の外はあらかたが薩摩をはじめとする外様の雄藩が治める土地です。その九州
中から長崎に目が注がれているのです。幕閣の皆が皆、長崎での敗戦を恐れたことでしょう。前
年に悪夢を見たばかりなのです。紗那を想い起こさせぬはずもありません。その意味では、佐賀藩
が兵を引き揚げていたのは僥倖でさえあったでしょう。つまり、実は戦わずに済んでありがたか
ったのですから、重い責めを問えるわけもありません。そういうことであります」

「いやはや」

伸びをするように背を反らせて、雅之は言った。

「伊達にもろもろ人を見抜いてきたわけじゃあねえってか」

再び燗徳利に寄ってつづける。

「あんだけの材料から能くそこへたどり着くもんだ」

十人居る御目付の誰からも信を置かれる雅之からそう言われれば、わるい気はしない。いまは
気分も体調も定まらぬので滋養にもなる。とはいえ、それ以上に面映ゆい。さして気を集めて得
た筋ではない。垣間見ただけで〝見抜いた〟には程遠い。泳ぐ魚が泳ぎを褒められたら面喰らう
だろう。

26

「こんな聴いた話を持ち出すのは頓珍漢かもしれねえけどさ」

そんな直人の胸の裡を知ってか知らずか雅之はつづける。

「レザノフが遠山様と初めての交渉を持つ前の数日でさ。長崎奉行所の地役人がレザノフに繰り返し教えようとしたことがあるんだが、それがなんだかわかるかい？」

「はて……」

考えつく前に雅之は答を言った。

「おじぎだよ」

音は届いたが、直ぐには意味を結ばない。

「お辞儀の仕方さ。江戸から遠路はるばる下ってくる偉い御目付に粗相があったら、自分の責めになるという想いでいっぱいだったのかもしれねえがな。魯西亜式の立礼を主張するレザノフに、ひたすら膝を折り曲げる日本流のお辞儀の稽古を求めたらしいぜ。ところが、遠山様は長崎到着後に二十二ヶ条の式次第を示していて、魯西亜では座礼の習慣がないのでどんな礼の仕方をしても頓着しないという指示を出していた。人に目が行き届かねえと、国の方針もいくらでも変わっちまうってことさ」

思わず息が洩れる。

「笑わねえな」

真顔で雅之は言った。

「この話で笑う輩がたんと居るんだよ。笑うことで、俺はちがうって言いてえんだろう。直ぐに〝だから地役人は〟と言い出すやつも気に喰わねえ。そんなふざけたやつも気に喰わねえし、直ぐに〝だから地役人は〟と言い出すやつも気に喰わねえ」

「笑うところですか」

想いはぴったり重なる。

「笑うような話じゃねえだろう。まともにものを考えていたら、歯なんぞ見せられねえはずなんだ。それが元でレザノフは、上から下まで形ばっかに拘泥する日本人にはなにを言っても無駄って気になってきて、蝦夷地を襲わせたのかもしれねえんだ。文化魯寇はお辞儀が招いたかもしれねえんだよ」

ありえなくはない。ほんとうにそうだったかもしれない。鬱屈が溜まりに溜まった人間の背中を最後にひと押しするのは、存外取るに足らぬことだ。その無意味な軽さが、己の失ったものの重さを際立たせる。

"だから地役人は"と見下したような台詞を口にするやつにしてもさ。そういうやつに限って、てめえもおんなじことをやっているのに気づいてねえんだ」

地役人だから、そうなのではない。そいつがそういう輩だから、そうなのだ。

「お辞儀ってのはつまり自分で杭を打った領分のことだけに気が入って、目の前で起きてることをまるっきり観ていねえってことさ。そんなんなら、上にもそのずっと上にもたんと居るよ。そうじゃねえやつを見つけるほうが難儀だ。ありのままを観ようとするやつをな。そんなのは得がたい。実あ、居るようでめったに居るもんじゃあねえんだ」

ふっと息をしてつづけた。

「片岡みてえなやつはな」

「それがし、ですか」

「ああ、片岡は半席だ。だから一刻も早く勘定所の勘定になって、片岡の家を永々御目見以上の

旗本の家筋にしようっていう、ぶっとい杭を打った。つまりは、てめえの領分にずっぽり潜り込んじまっても、ちっとも不思議はねえ立場の人間だったってことだ」

旗本とは公方様への御目見が叶う御目見以上の人間を言う。ただし、御目見以上の御用が一度だけでは一代御目見の半席となり、当人は旗本のままに据え置かれる。孫子の代まで旗本として遇されるためには、御目見以上の御用に二度就かなければならない。

ただし、この二度は親子二代で実現してもよい。片岡の家はといえば、父の直十郎が一度だけ小十人に番入りしたことがあった。わずか百俵十人扶持の歩行の番方とはいえ、かろうじて御目見以上ではあるので、直人が勘定所に移って勘定になれば父と合わせて二度となり、片岡の家はれっきとした旗本の家格に上がることができる。

だから直人は、やがて縁付いて得るのであろう子供だけは御勤めのみに集中できるように、脇目も振らずに御用を勤めて、一刻も早く半席から脱け出さなければならないと念じてきた。去年の暮れに、ずっと徒目付でやっていくと腹を据えるまでは。

「なのに、片岡は御用に入るとてめえで打った杭が見えなくなっちまう。きっと頭んなかじゃあ半席の呪文が響いているんだろう。でも、気のほうは領分を忘れて事件にすっと入っていく。頼まれ御用にはうってつけだ」

どんな御役目よりも御用繁多の徒目付だ。どこにでも顔を出して、なんにでも手を着ける。おのずと人の知らぬことをたんと知ることになるから身分を越えて頼りにされる。つまりは余禄が大きい。とりわけ厚く頼られるのが各藩の江戸屋敷だ。御公儀から国の成立ちを護る砦である江戸屋敷は〝御用頼み〟と称される幕臣の協力者を張り巡らせるのが常だが、その〝御用頼み〟の核となるのが徒目付なのである。いくつかの藩から頼まれれば、その見返りは役高の百俵五人扶

持はおろか並みの旗本の世禄さえ上回る。

けれど、雅之が直人に振ってきた頼まれ御用はそういう余禄の御用とは意味合いがちがって、なぜその事件が起きねばならなかったのかを解き明かすものだった。評定所も御番所も、罪科を定め、刑罰を執行する要件になぜは入っていない。手続きを前へ進めるための要件は自白のみだ。だから、

けれど、仕法はそうだったとしても、なぜ、肉親を事件で失った者であれば最も知りたいのは命を落とさねばならなかった理由だろう。なぜ、命を奪われなければならなかったのかだろう。

頼む者が居て、頼まれる者が居る。

「頼まれ御用で大事なのは御頭が切れることじゃねえ。てめえが薄いことさ。科人の気持ちの奥底に紛れちまって、滲んでさ、終いにゃ己れが消えちまう奴がいい。片岡には生憎だったがな、勘定所から引合があったとき、俺があいつは出せねえと言わなきゃなんなかったのはそこさ」

頼まれ御用で直人がやるべきは事件を調べ直すことではなかった。すでに、科人は罪を認めている。いつ刑が執行されるかわからない。そのわずかな猶予のなかで、科人の口からなぜを引き出すのが頼まれる者の務めだ。

そのためには、己れをできうる限り薄くして、染み通るように人の気持ちの奥底へ分け入らなければならない。そうしてのみ、的を外さぬ仮の筋を、速やかに立てることができる。腹はあの世まで持っていこうと思い詰めている科人も、どこかにすべてを明かしたい情動は残している。彼らとて見抜く者を待っているやもしれない。

その見抜く者になろうとする路筋で、直人は否応なくみずからの頑迷さや偏狭さを突きつけられ、退けに退けて、薄い己れに近づけてきたつもりだが、雅之が言った「己れが消えちまう」と

30

ころまでは程遠い。もしも、そこまで届いていたら、雅之の居ないあいだに勤めた見抜く御用を、あんないっとう避けなければならない形で、しくじることはなかっただろう。

胃の腑がまたきゅーと硬くなって、初めての失敗が蘇ろうとする。雅之に話せば少しは楽になるかと想わなくもなかったが、どうにも踏ん切りがつかない。どこからどう話してよいやらもわからない。唇を動かすのが、怖くもある。

「まだ……」

焙じ茶をひと口含んでから直人は言う。

「長崎でなにをされていたのかをお聞きしていませんね」

これ以上のなぜの話は勘忍だ。直人は話を替えようとする。

「ああ」

雅之もひとまず収めるようだ。

「御公儀の費用が入った案件の吟味だよ。神社仏閣の普請のときみてえにな」

それもまた、徒目付の数多ある御用のひとつだ。勘定所が案件を許しても、徒目付が普請の詳細を調べ、御目付が検印を押さなければ柱一本立たない。だから、幕府の御入用普請があれば、徒目付は全国どこへでもなんにでも出張る。

「どんな案件だと思うね？」

長崎であれば、フェートン号事件のあととあって、幕府が遅ればせながら異国船への諸々の備えを整えているところだ。

「台場、でしょうか」

高鉾や魚見岳など四箇所で、新たな台場が築かれたのを頭の片隅に浮かべながら直人は答えた。

31

「ま、台場、といえば台場だが……」

そろそろ二本目の燗徳利が空く。

「大筒は乗らねえ。そういうキナくせえもんとは無縁だ。もっと軽くて、ちっちゃい」

「小さい……」

「字典さ。文典と言ってもいいかな。ただし、エゲレスのだ」

エゲレス言葉の節用集（せつようしゅう）といったところか。

『諳厄利亜興学小筌（アンゲリアこうがくしょうせん）』十巻が調（ととの）った」

「事件の翌年から編纂（へんさん）にかかって、とりあえず、この春、エゲレスの言葉と短文を集めたものができるといい。

ならば、たしかに、「台場、といえば台場」だ。紙の台場だからこそ念を入れて、素晴らしいものができるといい。

「魯西亜が現れたとき、儒教じゃどうにもわかりようがなくてこれからは蘭学だってことになり、こんどはエゲレスがやって来て蘭学よりもエゲレスの学問だって流れになっているわけだ。学問も動いている。そういう動きに付き合うのも徒目付の御勤めってことさ」

言うと、雅之は板場の向きに首を回して、そろそろ川鯔（との）を頼むかと独りごちた。が、喜助には声を掛けぬまま顔を直人に戻し、「さっき片岡が語った佐賀藩の話な」と振る。

「あれは人を見抜くときの筋の追い方そのものだぜ」

「自分ではわからない。

「なぜを追ってきた者だけがたどり着ける筋だ」

「そうであるといい。

「国といったって動くのは人だ。国なんざ動かない。人が動いて国が動く。国が戦を始めるんじ

やねえんだよ。人が始めるんだ。人を見抜けなければ国も見抜けない。国でもなんでも、人がや

ることを見抜くには、人を見抜けなきゃあなんない。国と人は別々じゃあねえんだ」

あるいは、その話がつづくのかと想ったが、そうではなかった。

「俺が居ねえあいだに片岡がしくじったらしい御用な」

虚を突かれつつも、すでに耳に届いていたのだと直人は思う。あるいは、エゲレス語の字典の

話をしているあいだも、雅之は頭のなかで自分の話をつづけてくれていたのかもしれない。

「他になんかやりようがあったとか思うかい」

思わず直人は息をつく。いまはそれを己れに突きつけるのがいっとうきつい。

「あったのでしょう」

「でも、あったのだ、きっと。雅之が問うてくれたから、そう思える。内藤雅之が甘いまんまで

仕舞うはずがない。しっかり、傷口の真ん中に触れてくれる。

「いまは皆目見えませんが」

とっかかりさえ摑めていない。いや、摑もうとさえしていない。打ちのめされたっきりだ。

「あったとさえ思ってりゃ、いずれ見えるだろうよ」

いつものように、すっと雅之は言う。そうして、こんどこそ、板場から顔を覗かせた喜助に片

手を揺らした。

今年に入ってから、直人は表の御用でもなぜを追うようになった。むろん、徒目付のすべてがそうしているわけではない。六十人から居る徒目付の御用の仕法を一斉に変えたりすれば、御公儀の監察が頓挫する。直人を含めた数人に限ってのことだ。

数人とはいえ、なんでそうなったのかと言えば、かねてからの内藤雅之の考えを御目付衆が容れたからということになろう。これまでにも、雅之の発案を御目付が採り上げた例は一度ではなくある。記憶に新しいのは昨年末の大名屋敷まで組み込んだ新しい火消の仕組だ。「あいつはこれをきっかけに……」と、御目付は言ったものだ。「各自火消が足を延ばす先例を江戸中に広げて、ちっとでも焼け跡の仏を減らしたいんだろうよ」。

江戸の火消しは大名火消や町火消だけではない。各藩の江戸屋敷がみずからの火事を消すための各自火消を備えており、屋敷の周り二、三町に出火があった場合はその各自火消を差し向ける決まりになっている。火消でいっとう大事な、小火のうちに鎮火させるための仕掛けだ。雅之は屋敷の風上に他の江戸屋敷がなく、速やかな消火がむずかしい地域に限り、周囲三町の外でも各自火消に出動してもらえるよう、火事場の指揮に当たる火口番の御目付を通じて働きかけ、合意を得た。

当初は直人も、選び抜かれた旗本である御目付が御目見以下の徒目付組頭の意を汲むのを奇異

に見ていたが、徒目付が詰める本丸表御殿中央の内所が馴染むに連れ、選び抜かれた旗本だからこそと映るようになった。

旗本の誰もが上層の幕吏を目指すわけではない。資格を持つのは、公方様をお護りする五つの番方、五番方のなかでも小姓組番と書院番組の両番の家に生まれた者のみである。彼ら両番家筋は一様に目付を目指すが、しかし、その席は目的地とはちがう。目付を目指すのは、そこから遠国奉行へ、そして町奉行、勘定奉行へという世に出る路が延びているからだ。そういう将来ある御目付にとってなによりも重要なのは、徒目付一統の芯になる者は誰なのかを見極めることである。実務に当たるのは徒目付であり、小人目付だ。己れではない。遠国奉行として江戸をあとにできるか否かは、彼らが己れの想うように動いてくれるかどうかにかかっている。だから御目付衆は、徒目付組頭、内藤雅之が発する言葉に耳を傾けざるをえない。

雅之が、群れる羊の真ん中に居る一頭の山羊であることは、誰よりも直人が識っている。雅之が語ったように、直人は「てめえの領分にずっぽり潜り込んじまっても、ちっとも不思議はねえ立場の人間」だった。その直人が「領分」から抜け出し、ついには、ずっと徒目付でやっていくと腹を据えるに至ったのは、偏に、雅之に備わったものに動かされたからである。

徒目付を目指す者は、概ね二つの型に分けられる。直人のように、勘定所の勘定への踏み台とする者と、そして、ひたすら〝御用頼み〟の余禄を蓄えようとする者である。つまりは栄達か、あるいは蓄財かだ。いまでもまだ四十一と、欲と無縁になる齢とは遠いにもかかわらず、旗本へ身上がろうとも〝御用頼み〟に居座ろうともせず、残った場処でゆっくりと深く息をしている。そこに雅之が居ることで、初めてそんな処があったのだとわかる場処だ。そういう雅之の傍らに居ると、自分がずいぶん昔に思いちがいをして、ずっとそのまんま

35

になっているような気にさせられて、それをたしかめたいがために、迷惑でしかなかった頼まれ御用の誘いを受けた。そうしてなぜが孕んでいる〝人臭さ〟を否応なく躰が覚えていって、いまの己れが在る。

そのように、徒目付のそれぞれにそれぞれの内藤雅之が居る。雅之は持ち込まれた頼まれ御用のあらかたを人に回す。蓄財の者にも回す。回された連中は最初はあとが怖そうだと身構えるのだが、直ぐに上前を取ろうなどという気がさらさらないのを察して用心を忘れるほどに、雅之の気配を忘れられなくなる。蓄財しか頭にないはずの者が時に目を見張る働きを見せたりする。新任の御目付とて数日も経てば、誰が羊のなかの山羊であるかを察する。山羊が羊の輪の真ん中に分け入ったのではなく、山羊の周りに羊が勝手に寄ってきて輪をつくったのを察する。そして、山羊の顔を確と覚える。

その山羊、内藤雅之が表の御用にもなぜを取り入れようとした理由はさまざまに考えられる。そのうちどれが核となる理由であるかは、雅之の人となりを見抜かなければならない。でも直人は、まだ当分は雅之の部下の役にのめり込んでいたいので、そんな真似はご免だ。だから、雅之の胸底はさて置いて、直人なりに御目付衆が採り入れた意図を推量すれば、それはおそらく直人が徒目付から勘定を目指した理由と重なる。実は徒目付と勘定は一見なんの関わりも持たぬようでいて、人の質という横串で貫かれている。直人もその横串を伝って徒目付から勘定に移ろうとした。

戦国の世が終わって二百余年が経った文化の御代でも、幕府の編成はいまなお軍団のままである。武家の政権ゆえ、戦時体制の組織を解くことがない。とはいえ、平時に果たさねばならぬのは軍事ではなく行政である。軍団という行政の素人が行政を司る危うさは、そのまま幕府の危う

36

さとなる。その危うさを封じ込めているのが役方の財政と監察だ。カネの出入りをきっちりする部署と、ヒトのタガをしっかりする部署。この両翼が機能している限り、危うさの露呈は先送りできる。たとえ組織の土台が破れてもずいぶんな延命が利く。それゆえ御公儀は勘定所と目付筋の陣容を厚くして編成の土台が破れてもずいぶんな延命が利く。人の数をそろえるだけでなく質をもつぶさに吟味する。監察ではその質が、表の御用にもなぜを取り入れることでさらに上がる。雅之の言葉を借りれば、人がやることを見抜くには人が見抜かなければならないからだ。なぜを追えば、おのずと人を見抜かざるをえない。

直人にしても表の御用になぜを入れることに異存はない。もともと見返りを期待して受けていた頼まれ御用ではない。最初は雅之の醸す気配に、やがてはなぜの孕む人臭さに惹き寄せられてのことだ。仕法が替わって、なぜを止められればこれからの路を思案せねばならなくなるが、逆に表でもできるとなれば格好だ。そうして監察の質が上がれば、ないとは言えぬ理不尽な吟味等も減じよう。なによりも、なぜが解き明かされたときの頼んだ側の心情や、すべてを語り尽くしたあとの科人の境地に息が届く処で触れてきた身であってみれば、今回の仕法替えをあと押ししない理由はなにもない。

で、直人は進んで御用に当たった。すでになぜを追うのには馴染んでいるなどとは毛頭言えない。なぜの解明に型などありえず、一回一回が手探りである。表の御用で吟味と同時に進めればすくなくとも時だけは十分にあるから多少は楽になるかと想ったが、いざやってみるとちがった。

時の猶予があるのはよいのだが、逆に言えば、十分な時は集中力を薄める。いつ刑罰が執行されるかわからぬ研がれた時に気を集めていたときは、己れが導き出したとは想えぬ筋が不意に降

りてきたりしたものだが、そういう、己れの力以上のものが発現する手触りが弱い。他にも勝手がちがうことは幾つかあったし、己れの勤め様を新たな表の御用の先例として見ようとする周りからの視線も伝わってくる。それでもどうにか、己れでも得心できる御用を勤めることができていたのだが、雅之の姿が内所から消えてふた月ばかり経った頃に振られたあの事件だけは、初めから不安を覚えた。わからぬことがあまりに多かったのである。

まず第一に、殺められた者は患っていた。それも血が滲る重い病で、すでに両足は自由が利かず、目も光を失って、床に臥せったままの状態がつづいていた。齢は六十八歳。病のゆえに勘定組頭を致仕し、すでに父子で勘定所勤めをしていた跡取りの長子に家督を譲ってから三年が経っている。経歴から見る限り、そのような最期を迎えなければならない理由があるとは想えない。

そして第二に、科人として長子に捕らえられた者の素性だ。実は、元勘定組頭は致仕する半年前、今年六十三歳になる妻女に離縁を申し渡してもいた。科人はその元の妻女だったのである。

病のゆえに御役目を離れなければならなかった夫が、いよいよ世話にならなければならないときになって妻に暇を出すのも奇妙なら、どんな因縁があるにせよ、離縁より三年半も経ってから、病状がより重篤になった元夫を手にかけるのもどうにも解せない。それも得物は懐剣だ。毒薬ならば科人がするのは盛るだけで、殺めるのは己れではなく薬であるとも言えようが、懐剣は骨に当たり肉を切り裂くざらついた響きが直に己が手に伝わってくる。

当初は、ほんとうに元妻が科人なのかを疑いさえした。が、元妻は理由は言わぬものの罪を認めているし、犯行は今年父と同じ勘定組頭の席に就いた長子の眼前で行われていて、どうにも動かしがたい。そして、その事実もまた、新たな疑念を生んだ。長子は変事があれば直ぐに制止できる距離に居た。もしも元妻がためらう素振りを見せたり、たとえ短刀を振ったとしても動きに

迷いがあれば、致命傷は与えられないまま確保されたはずである。けれど、元妻は取り出した短刀を両手で握り締めると柄頭を己れの胸に当て、倒れ込むようにして元夫の胸に刀身を埋めたらしい。躰の重みをその一点に集めた動きには逡巡の欠片もなく、長子が呆気に取られているうちにすべては終わっていたようだ。

いったいどんな理由であれば、長年連れ添った元妻にそのような短刀の遣い方をさせることができるのだろう……。知らずに直人は、頼まれ御用に手を染め始めた頃、雅之からしばしば言われた「爺殺し」という言葉を想い浮かべていた。

雅之は「年寄りってのは、青くて、硬くて、不器用な若えのが大好き」で、だから、直人が訊き取れば落ちる、と言った。あのときは、いくら「青くて、硬くて」も、そういう言い回しが雅之ならではの気働きであるくらいは伝わって、力が入り過ぎた躰を解してもらったものだが、さすがに「若えの」だけは、二十七にもなる男にそれはなかろうと感じたのは事実だ。だから、たぶん雅之流の褒め言葉なのだろう「爺殺し」も、七分ほどにして受け取っていたのだが、あの事件の景色を見渡したときは、己れは確かに「爺殺し」なのだろうと思った。つまり、女のことがわからないという意味で。

直人には姉が居たらしいが、直人が生まれる前に風病で逝っていた。母は直人が七歳のときに産褥で赤児ともども没している。以降、父は後添えをもらわなかったから、直人が育った片岡の家の女っ気は居ない時も多かった。一季奉公の下女と、飯炊きの婆さんくらいのものだった。

本来なら女性に関心を示す齢になっても、十五歳から二十二歳までのいちばん血気盛んな七年間は役を得るための逢対に明け暮れている。そうして初めての御役目である小普請世話役を得たあとも、頭にあるのは一刻も早く徒目付になり勘定所の勘定になることだけだった。その間、ま

ったく女と縁がなかったわけではない。が、抜きがたい関わりになるのは避けてきた。御用の監察でも、町方とちがって扱うのは男だけと言って差し支えなかったから、女に関してはからっきし勘働きが利かない。

だから、己れでは役に立たぬ御勤めなのではあるまいかという危惧は大いにあった。これが雅之ならば、いともたやすくなぜに漕ぎ着けるのだろう、と想ったとき、直人の脳裏にある人物が浮かんだ。下谷広小路で偽系図を商っていた浪人、沢田源内である。源内なら、きっと露店で座したまま、あの飄然とした口調で元妻が刺した理由を言い当てるのかもしれない。

沢田源内と初めて口をきいたのは一昨年の六月、まさに頼まれ御用で動いている最中だった。広小路に差し掛かった辺りで迷い事が生まれ、はてと立ち止まったときに目が合った。手招きされるままに露店の前で踵をそろえ、名を告げると、あれこれと怪しげな系図を見繕う。沢田源内という名にしてからが本名ではなく、百年よりもずっと前の偽系図づくりの元祖の名で、「剣術における宮本武蔵のようなもの」らしい。足を停める客はみんな偽を承知していて、系図をどう使おうと客の随意だと言うので、「それでよいのかな」と返すと、笑みは切らさぬまま「系図だぞ」と答えた。「ただの空だ。実、はなにもない。使う者が実をこしらえる。それで、過不足なかろう」。

そのように、源内の話はいつも浮き世離れしていて、その気で語り出すと、あらかたがわからなかった。様子も常に飄々として笑みを絶やさず、どこかしら雅之と重なる。そういうわびれぬ源内に、直人はいつも助けられていた。穿つごとき夏の陽にも、避けようのない驟雨にも変わることのない笑顔を認めると、人間どこに居ようと彼岸はあるのだと思えてきて、取るに足らない言葉を交わしているうちに、川霧が消えるように疲れが薄れていくのだった。

二度目に出逢ったのはその年の十一月、七五屋のある神田多町の路上でだった。源内は青物の籠を抱えていて、聞けば、ある比丘尼の世話になっている代わりに、炊事、洗濯等、身の回りの一切の面倒を引き受けていると言う。ならば、それは比丘尼のヒモということでよいのかと問うと、「それがしはヒモとはちがうと存じておるが」と答えてからつづけた。

「敢えて反駁する気はない。この世に真実はない。あるのは事実だけだ。偽系図商いで学んだ。

ヒモの真実はないが、ヒモの事実はあるということだ」

そのわからなさが逆に直人を跳ばせた。それが機縁になって、科人のなぜにたどり着いたことは三度を数えるが、実は、直人の頭にいまもひときわくっきりと刻まれている源内の言葉は御用と関わりがない。

あのとき源内はいつものように、恬淡と己れの比丘尼を直人に勧めた。

「寄っていくか。紹介する。多町一の比丘尼だ」

「いや、これから向かわなければならん処がある」

嘘ではなかったが、逃げもした。

「惜しいな。これで、おぬしは女で人生棒に振る、希有な機会を逸した」

「俺にそんな甲斐性はない」

「己れをみくびるな。おぬしとて、相手さえ得れば、立派に転がり落ちることができる」

あのときは直人のほうから話を切り替えて、そっちの新たな話が事件の解明に結びついた。けれど、直人はその話をするあいだも頭のどこかでずっと多町一の比丘尼の話を考えつづけていた。十五から脇目も振らずに旗本を目指してきた己れがほんとうに「相手さえ得れば、立派に転がり落ちることができる」のかと。「女で人生棒に振る」ことができるのかと。直人には、道を踏み

外す己れを想像することすら新鮮だった。

あれから一年と七月が経とうとしているが、女っ気のなさは変わらない。その間、二度の縁談話があったが、所帯を持った己れを想い浮かべることができずに遠慮した。相変わらず勘働きも利かなかろう。考えるほどに己れで務まるかの問いを繰り返すことになるが、ともあれ御用だ。たとえ適材から遠くとも向き合わねばならない。

それに、「爺殺し」が示すように、これまで直人が手がけた頼まれ御用はあらかたが老人が引き起こした事件だった。老人のこととてわかっていたわけではない。また、老人とて一様であるはずもない。一人の老いた者はわかったとしても他の老いた者はわからない。「老人」という一語で括られるものではないのだ。

そのように、己れが見抜くべきは「老人」ではなく「女」ではなく、一人一人がそれぞれに異なる人だろうと叱咤して、まずは一部始終を目の当たりにしていた現当主、藤尾正嗣に、なんでこんな事態に至ったのかと、真正面から話を訊いたのだった。

「それがしは子供の時分、己れを養子なのではないかと疑っていたものです」

江戸川に臨む小日向の屋敷で正嗣はぽつりぽつりと語り出した。自分で自分の言葉をたしかめるように。

「母親にかまってもらった記憶がないのです。向けられた笑顔を思い出すこともできません」

正嗣は今年三十七歳だが童顔で、見た目はずいぶんと若く映る。勘定組頭の役名から描く像とはかなり遠い。

「いつも、それがしなど居ないかのようでした。目の前に居てもです。外腹の意味がわかるよ
になってからは、養子でなければ外腹なのだろうと思っていました」

とはいえ、紛れもなく勘定組頭ではある。母の菊枝の犯行について問うたのにいきなり赤裸に
自らを語り出すのが意外ではあったが、直人はそのまま流した。話を止めないのは見抜く者の鉄
則だ。求める筋から外れていようと、とにかく語っているうちは語るままにする。そうするうち
に要らぬ話が腹の深い処に居着いていた要る話を汲み上げる。

「代わりに父にはかわいがられました。男親にもかかわらず父はきめ細やかでそれがしのわずか
な変調も見逃さない。酷い喘息持ちの子供だったそれがしがなんとか元服まで漕ぎ着けることが
できたのは、偏に父の細やかさのお蔭です」

そこまで語ると、正嗣は開け放たれた障子の向こうに顔を向けて直人に「庭をご覧になってい
ただけますか」と言った。促される前から庭が気にはなっていた。六月も半ばの庭には、とりど
りの花が競うように咲き誇っていたからである。クチナシの白、キキョウの紫、そしてゼニアオ
イの牡丹色……遠慮なく目を預ければ、それぞれの配置も絶妙で、まさに丹精込めたのがひしひ
しと伝わってくる。

「見事ですね」

知らずに言葉が出た。父の藤尾信久を語っていた途中で話を庭に振ったからには、あるいは亡
くなった信久がつくった庭なのかもしれぬが、とても素人の手とは思えない。

「花、でしょうか」

目は庭へ遣ったまま正嗣は問う。

「ええ」

花でなければなんなのかと想いつつ直人は返した。

「開花期のいまはたしかに見事なのですが、当家で育てているのは花を楽しむというより実や根を得るためです。ゼニアオイは花も用いますが」

顔を直人に戻して正嗣は言った。

「ああ」

瞬時に直人は一年半前に起きたある事件を思い出していた。一季奉公を重ねて旗本の侍を長年勤めた忠義者が、手にかけるはずもない主人を手にかけた。あのときも庭が関わっていた。旗本とはいえ小禄にとどまる家の庭は見て愛でる庭ではなかった。野菜を育て、梅や柿を育て、ニワトコやサイカチなどの漢方の木や草を育てる庭だった。そうやってすこしでも家の活計を助ける。

「薬草ですか」

花の脇に目を移せば白朮酒を漬けるオケラやクコもあるし、サイカチも大木になろうとしていた。が、キキョウやゼニアオイまで薬になるとは知らなかった。

「ええ」

すぐに正嗣はつづけた。

「キキョウの根は咳を止め、痰を出やすくしますし、クチナシの実のサンシシは熱冷ましや毒消しに用います。ゼニアオイは喉で、クコは強壮。みんな虚弱だったそれがしのために父が一株ずつ植えて育ててました」

「父上が」

やはり、と思うと同時に、ふと、信久にとってそこは薬草園のみならず花畑でもあったのではないかと想った。躰が弱く伏しがちな息子の気をすこしでも晴れやかにするための花畑。思わず

声が漏れるほどの群れる花の美しさも、気を賦活させる薬ではあろう。もしも、当たっていれば、信久はそこまで気が回っていたということになる。藤尾信久という父親は薬を得るだけで良しとはしなかった。

「ご存知のように勘定所は多忙です。午の八つ半に帰れるような役所ではありません。それでも父は陽の落ちる前には戻って庭をつくり、母に構ってもらえぬそれがしの相手をしてくれました。当初は周りから奇異に見られていたけれど、そのうち藤尾組に回ればそれがしの相手をしてくれました。当初は周りから奇異に見られていたけれど、そのうち藤尾組に回れば早く帰れるという定評ができきたそうです。いまはそれがしが見習ってそれをやっています。執務のあいだは人一倍きっちりと勤めて、遅くとも七つ半にはすべての御用を終える。そうして、この庭が荒れないようにしています。新たな藤尾組をつくって、父に報おうとしていたところでした」

美しい薬草の庭は父と子の固い絆を伝えて、まちがっても正嗣が信久に害を為すことはないと信じることができた。いっとき、元妻の菊枝がほんとうに科人なのかを訝ったときは、おのずと唯一の証人であり、また他で最も血の濃い正嗣が浮かび上がることになったが、周辺を洗っても藤尾父子の仲の好ましさは評判で、正嗣の言を疑う理由はまったく見出せなかった。

「実は父は生まれついての幕臣ではありません。越後国の水原代官所で元締手代を勤めておりました。江戸へ戻る御代官に引かれて勘定所へ入ったのです。御代官が実績を上げられるかどうかは元締手代次第です。それだけ秀でていたのだろうと想われますが、元はといえば百姓です。勘定所勤めも正規の幕臣ではない普請役から始めました。そうして御家人の支配勘定になり、旗本定所勤めも正規の幕臣ではない普請役から始めました。そうして御家人の支配勘定になり、旗本の勘定になり、ついには役高三百五十俵の勘定組頭にまで身上がったのです。当人の力本位の勘定所だからこそでしょう。とはいえ、それがしの前では〝俺は百姓だから〟が口癖でした。卑下と取れる日もあれば、逆に誇りと取れる日もありました。また、開き直りの日も覚悟の日もあり、

いろいろな意味での〝俺は百姓だから〟でした。それゆえでしょうか、生粋の武家の父子とちがって我々はなんでも話すことができました。当然、己れは養子か外腹なのではないかと訊きもしました」

「なんとおっしゃられていましたか」

「即座に、紛れもなく母と父の子であると断言しました。そして、〝俺は百姓だが、おまえは上様をお護りする五番方の家筋のなかでも最も由緒ある大番家筋の血を引く者なのだ〟と幾度となく繰り返しました。母は大番を勤める家の三女として生まれた者だったのです。文官の役方だからこそ、それも勘定所勤めだったからこそ異例の出世を遂げることができた父です。父の裡では武家とは変わらずに武官の番方だったのでしょう。ですから、妻はなんとしても五番方から、それも大番家筋から迎えなければならなかった。その宿願を叶えて得た子こそ、父と母の子ではなく、母と父の子だったのです」

「そんな父だったからでしょうか。

五番方のなかで幕府における出世の階梯（かいてい）を上るのは小姓組番と書院番組の両番である。最も早く編成された番方である大番は、あらかたが役高二百俵の大番士のまま幕臣を全うする。が、番方で終わる番方だからこそ、武家本来の姿と見る向きも多い。それが証拠に、番頭（ばんがしら）としての格は小姓組番頭よりも書院番頭のほうが上だ。幕府における騎馬の侍大将は大番頭であり、五千石より上の大身旗本ならば町奉行よりも勘定奉行よりも大番頭の座を望む。越後の水原代官所の元締手代として地方（じかた）の現場で手腕を奮ってきた藤尾信久も、目はどこまでも武家の目だったということなのだろうか。

それがしがいくら母への不満を訴えても、父が母をわるく言う

46

ことはけっしてありませんでした。おまえの母は立派な人である、ただ、人の慈しみ方を知らないだけなのだと言うのです。逆に、そういうかわいそうな人なのだから、男子のおまえもそのつもりで支えてあげてくれ、と頼まれました。父のことなので方便で言ったとは思えないのですが、あれで、それがしはずいぶん楽になった。子供だったからこそ、なのでしょう。かわいそうな人、をまともに受け容れて、なにがあっても、かわいそうな人なのだから、で済ますことが習いになったのです」

　必死になって背筋を伸ばそうとする少年の正嗣が目に見えるようだった。

「それからはもうずっとそうです。父から頼まれた日から、あの日まで、子供の頃も、元服を終えても、御目見にあずかっても、御役目を得ても、ずっと、かわいそうな人なのだから、です。逆に言えば、母に、それ以外の想いを抱いたことはありません。すべての想いを封じなければ、かわいそうな人なのだから、それがしの護符にすることはできなかったのでしょう。ですから、なんであああいうことになったのかと問われても、それがしにはわかりません。母に関しては、かわいそうな人なのだから、より外のことはわからないのです。いま、でさえです。この期に及べば、もはや、かわいそうな人なのだから、とは到底思えぬはずなのに、どこかに、かわいそうな人なのだから、と思おうとする己れが居る。赦しがたいが、どうにもなりません」

　そこまで聞いて直人は、なんで正嗣が己れの子供時分の話から語り出したのかに得心がいった。いきなり、母のことはわからない、とだけ言われれば延々と理由を訊かねばならなくなる。振り返れば正嗣は最短で、なぜ母をわからぬかを語り尽くしていた。

「ならば、父上のことをお尋ねしますが……」

　直人は矛先を切り替えた。今日のところは菊枝はここまでだ。日を限られた頼まれ御用ではな

47

い。時はある。

「どうぞ」

「そのように対してきた伴侶を、なにゆえ父上は離縁したのでしょう。それも、いよいよ病が重くなろうとしていた三年半前にです。世の習いで申さば、たとえ夫婦仲がわるかったとしても、身の回りの世話にならざるをえないとなれば堪えて共に暮らすところでしょう。まして、伺えば、こちらでは父上がずっと庇いつづけてきたご様子です。なのに六十五になっての離縁はいかにも唐突な感が否めない。なにか心当たりはございませんか」

「その件については、それがしも驚きました」

ひとつ息をついてから正嗣はつづけた。

「ここまで来たからには、これからもそのままなのだろうとばかり想っていました。なのに、最後の力でし残したことを仕上げるかのように離縁を申し渡した。それがしも驚きましたが、母はそれがし以上に驚いたのでしょう。ありえぬものを見るかのように父を凝視していました。すぐに母らしく無言で背中を見せましたが、母らしくなく動転もしていたのではないでしょうか。あとになって父から離縁の理由は聞いています。しかし、その理由というのが父にしてはあまりにありきたりで、それがしにはどうしても真の理由とは思えません」

「お聞かせ願えますか」

「構いません」

記憶をたしかめるように、心持ち顎を上げてつづけた。

『同じ墓に入りたくなかった』。父はそう言いました」

『同じ墓に入りたくなかった』……」

48

たしかに、ありきたりだ。信久が菊枝に暇をとらせる理由としては陳腐すぎる。菊枝を庇いつ
つも、その実、二人を分かつ溝が戻りようがないほどに広がっていたとしても、信久のことだ、
そんなことはとうに承知していただろう。いよいよ死が身近に感じられて、土の下で永遠に添う
ということが肌で感じられるようになったのかもしれぬが、そうだとしても腹には落ちにくい。
ほんとうに『同じ墓に入りたくなかった』だけなのか、それとも真の理由は別にあるのか……。

「それから、いましがたのお尋ねのなかに事実とは異なる内容がありましたので、説かせていた
だきます」

正嗣が言葉を繋げて、直人は離縁の理由をいったん置く。

「恐れ入ります」

言って、耳に気を集めた。

「"たとえ夫婦仲がわるくとも、身の回りの世話にならざるをえないとなれば"というお話でし
たが、母が手ずから父の身の回りの世話をしたことはありません。それがしが物心ついたときか
らはずっとそうでした。父はなんでも己れでするのが習いになっている者で、当初は下帯を洗う
のさえ下女任せにはしなかったほどです。さすがに、躰が動かしづらくなってからは人に頼りま
したが、世話をするのは下女であり、それがしが妻を迎えてからは、それがしの妻と下女でした。
母ではありません。母が慈しまぬのはそれがしだけではなかったのです。父もまた、放り置かれ
ました。父の病は、ゆえに生じたと言ってもよいかと思います」

「どういうことでしょう」

父はいい人間にすぎました。それがしには申し分のない父親でしたし、あの母をも夫として終
始庇いつづけた。代官所の手代上がりで勘定組頭にまで身上がったのですから、役所でも存分に

力を発揮し、上役受けも同僚受けもよかったのでしょう。でも、そんななにからなにまで完璧な人間なんぞ居ません。まして父は平坦な麓から勘定組頭という小山の頂きを目指したのではなかった。小山の高さに倍する深い谷底から取り付いていたのです。役所では蔵みの目を日々跳ね除けて実績を積まなければならなかったし、屋敷に戻れば戻ったで、背中を折り曲げて嫌な咳をする独り息子の世話をし、己れを放り置く妻を労わらなければならなかった。どこかに綻びが出なければ破裂するしかありません」

耳にしているだけで、信久が過ごした日々の息苦しさが伝わってくる。

「父の場合、その綻びが酒でした。当然、楽しい酒ではない。夕餉もとらずに、皆が寝静まった頃を見計らって黙々と呑みつづけるのです。肴はわずかな香の物だけ。滋養なんぞ摂れるはずもありません。そんな暮らしを長くつづけていれば躰を傷めぬわけがない。それがしの妻が屋敷に入ってからはなんとか人並みに近い膳をとるようになりましたが、妻を迎えたのは母がこの家を出てからなのですでに遅く、病は重篤になっていきました。よくある齢まで持ったと思えるほどです。己れの労苦を察してくれて、日々の膳にも気配りを怠らない伴侶があれば、あんな酒には、ならなかったでしょう」

折からの風が座敷にクチナシの香りを運んだが、場はほんのすこしだけ和らいだだけだった。

「父の酒で哀しいのは、荒んだ酒なのに乱れぬことです。逃れて呑むのに、己れを酔いに委ねることがない。人と接する限りはどこまでもいい人間なのです。子供のそれがしが夜更けて喘息の発作を起こせば、酔いなど微塵も窺わせずに介抱してくれました。すでに酩酊していてもおかしくないほど入っているのに、手抜きはいっさいなしです。避難する場にまで己れで枠をつくる。あんな最期でしたが、父はまちがいなく極楽には居るでしょうから、せめて極楽では存分に酔い

潰れてほしいと願わずにはいられません」

語る声は、時折、震えた。

「いったい、なんで……」

菊枝については今日はここまでと己れで縛っておきながら思わず言葉が出た。

「それほどに放り置いたのでしょう」

「申し上げたように……」

すぐに正嗣は返した。

「それがしには母がわかりません。ですから、その問いにお答えすることはできません。むしろ、それがしが知りたい。ゆえあって、母の実家の山脇家はいまではまったくの他家の血筋になっており、母を知る者も居りません。しかし、山脇の長女がさる書院番家筋の家に嫁しており、今年六十七歳になりましたが存命でおります。そちらを訪ねれば、すこしはお役に立つのではないでしょうか」

三人の女を嫁に出したあとに、山脇家は齢ではいちばん下の独り息子が跡を継いだが、急逝して他家から養子を迎えた。その後、双親が相次いで亡くなって、いまの山脇家は養子の家の血筋になっている。だから、離縁後、菊枝も実家には戻れず、信久の計らいで、尼僧が預かるある塔頭に寓居した。離縁はしても放り出すことなく、日々の暮らしに困らぬよう気を働かせたのがいかにも信久らしい。が、菊枝にしてみれば、己れに暇を出した者の世話など断わって姉の佳津の婚家に身を寄せてもよかったはずだ。なんで、そうしなかったのか……。直人は正嗣の言葉に従うことにした。

選ばれた書院番家といえども、皆が皆、出世するわけではないし、高禄というわけでもない。あるいは、姉の佳津が嫁した北澤家の勘定組頭の職禄よりも家禄が低い家とてめずらしくはない。

もそのような家で、菊枝の居場処など割きようもなかったのかと由緒書を捲ってみたら、とんでもなかった。佳津の伴侶である先の当主はすでに鬼籍に入っているが、幕臣としての最後を先手頭で締め括っている。職禄千五百石。番方としてはほぼ上り詰めたと言っていい。

跡を継いだ長子もいま御徒頭を勤めていて、御家人身分の歩行の士である御徒を束ねる。徒頭は小十人頭、使番と並ぶ出世の王道である。そこで認められれば次は御目付の席が待つ。まさに遠山左衛門尉様が歩んだ途であり、遠からず直人が仕えるかもしれぬということだ。家禄にしても、北澤家代々の世禄はいえ、家禄二百五十石の山脇家から北澤家に嫁入りする佳津を、世間は玉の輿に乗ったと見たは徒頭の職禄である千石には届かぬものの、十分に高禄の部類である。同じ旗本どうしの縁組と

旗本だろう。

実際に番町にある屋敷に足を運んでみても、家禄から予期した以上に立派な構えである。明らかに千石級の敷地と造作で、上級の幕吏になる家筋の格を漂わせる。案内に出た若い家侍の応対がまた丁寧でありながら徒らな重さを感じさせない。所作のひとつひとつに江戸で生まれ育った譜代の家臣ならではの練られた軽さがあって、それが逆に家の由緒を感じさせた。快く導かれて外廊下を渡れば、ゆったりととった庭は畑でも薬草園でもなく見て愛でる庭だ。きちんと作庭の定石を踏まえていることが三尊石の配置などから伝わってくる。そのよく手入れが行き届いた庭を南と東の二面から見渡せる十二畳と八畳の続き間に、姉の佳津は当主の御母堂として起居して

いた。

背筋を伸ばしてすっと座した佳津は、銀色の髪と身に着けた鶯色の絽縮緬がよく合って老いを感じさせず、美しいとさえ映る。女としては大柄だが、それをも佳津は己れの味方につけている。老女の、顔貌なんぞを超えた美しさがあることを、直人はあらためて悟らされた気がした。きっと、美しさを彫ったのはこの庭に満ちている家風なのだろう。大番家の長女が、いまや、北澤家の奥の要として、両番家の柄を家の者に伝えている。

佳津は両手を突き、腰を深く折り曲げ、畳に顔を着けるようにして、菊枝の身内としての詫びの言葉を重々述べてから、直人に言った。

「お話がお話ですので、このような処までお出でいただきまして。ご足労をおかけして申し訳ございません」

上級旗本の屋敷ともなれば公の表と私の奥は厳然と分けられており、奥に訪問者を招き入れることは通常はありえない。佳津はそのことを言っている。

「当方こそ、念入りにお話を伺う場を頂いて感謝申し上げます」

語ると佳津はさらに美しく見えた。いつだったか、雅之が男女に限らず「語って美しい者は照々と考える者だ」と言ったことがある。「人には見えぬものに光を当てて見通す。その目の明るさが様子に出るんだろう」と。

「なにからお話し申し上げたものか……」

けれど、佳津の言葉は直ぐには流れ出ない。

「妹、のこととなると、いつもそうなのです。考えるそばから散っていく」

「妹」と言ったあとに間が空いて、彫り上げた顔に翳りが広がる。菊枝は光の及ばぬ処に居ると

53

いうことか。あるいは、光を当てる気になれぬ事情があるのか。

「もう、訊き取りは終えられたのでしょうか」

翳りに脆さが重なる。

「いえ」

佳津には似合わぬが、あんな事件の直後だ。書院番家の御母堂もまた傷んでいるのだろう。

「これからです」

事件の初動には他の者が当たって、直人は途中から引き継いだ。が、菊枝の訊き取りをあとに回したのは、だから、ではない。表の御用でもなぜを追うにはどのような手順を踏むべきか……それを探るのも御用のひとつである。直人はとりあえず、科人が理由を言わずに罪を認めていることにした。つまり、事件のであれば、頼まれ御用のときの見抜くやり方をそのままつづけることにした。つまり、事件の背景を掴んで仮説を得てから、当人と対するやり方だ。勝手がわかっている手順で進めるほうが修正の必要に気づきやすい。調える方向性も判断がつく。

「それでしたら……」

佳津は話しつつ、どうすれば問えずに話を進められるかを手探りしているようだ。

「顔を合わせられたら、ずいぶん驚かれるのではないかと存じます」

「ほお……」

佳津の言葉をいったん呑み込んでから、おもむろに直人は言った。

「なにゆえ、でしょうか」

「美しいのです」

「美しい……」

「ええ、それは美しい」

意外な答だが、それが佳津が選んだ、菊枝を語る入り口なのだろう。

「娘時代から菊枝は花貌で知られておりました」

花貌とはとびっきりの美形を指す。

「きっと、いまもさして変わらぬと想います」

「繁く、お会いになっていたのですか」

菊枝は今年六十三だ。「さして変わらぬ」とは思いにくい。

「わたくしが当家に入ってから菊枝を目にしたのは二度だけです。一度は嫁した直ぐあとの春で、菊枝がこの屋敷に遊びに来ました。以来、顔を合わせることはなかったのですが、十年ほど前にさる集まりで偶然、姿を見かけました。すでに、顔は合わせていたはずですが、娘の頃となんら変わらずに華が立ち込めていた。美しさという点では、あの娘は化物なのです」

ついいましがた、直人は目の前の佳津を美しいと感じたばかりだ。が、直人の「美しい」と佳津の「美しい」は意味が異なるのだろう。佳津は明らかに、菊枝が老女として美しいのではなく、女として美しいと言っている。だからこその「化物」だろう。

「顔貌だけではありません。あの娘はなにをやっても並外れていました。御茶や御花、裁縫など、女が身につけるべき稽古事はもちろん、和歌や俳諧、漢詩に至るまで、なにをやらせてもとびっきりなのです」

菊枝への礼賛はつづく。

「さすがに、殿方の嗜みである漢詩は荷が重すぎるのではと想ったのですが、苦もなく会得して、絶句や律詩の容れ物に江戸の女の世界を立ち上がらせてみせました。それは鮮やかなものでし

た」

佳津はその鮮やかさから、どこへ話を持っていくつもりなのだろう。

「盛唐詩の縛りにも写実の教義にも囚われなかった。わたくしなぞ比べるのも嫌になるほどでした」

「御母堂がですか」

いまの二人が居る場処からは想い描きにくい。

「はい」

話が妙につるんとしたまま流れていくのも気になる。

「不躾を申しますが」

直人はあえて話の流れを乱すことにした。

「どうぞ」

「そこに身内の欲目は入っておりませんか」

佳津の言を偽りとは思わぬ。しかし、目の偏りはあるかもしれない。

「親の欲目、ならばあるのでしょうが……」

佳津は拍子抜けしたかのように吐息をついてからつづけた。

「姉の欲目なるものはないのではないでしょうか」

物言いは丁寧だが、言葉には芯がある。

「女は姉妹でも張り合います。いえ、姉妹だからこそ張り合います。最も近い女どうしですから

ね。姉妹どころか母娘で張り合ったって女なら驚かないでしょう」

言われれば、そういうものかと思うしかない直人だ。

「わたくしも当初は張り合いました。姿形では無理でも稽古事ではけっして負けまいと念じまし
た。ですから、師匠が自分よりもあの娘を上としても素直には受け容れられません。師匠の目の
ほうが誤っているのだと思おうとします。そうして、実はたいしたことはないと安んじようとす
る。欲目どころか貶めたいのです。そういう迷い路をさんざ歩き回った末に降参をいたしまし
た」

「ですから、身内の欲目ではありません。むしろ、欲目ならよかったのに、と思いつづけてきま
した」

「どういうことでしょう」

「わたくしは、己れが誤ってこの家に嫁したという想いにずっと囚われてきたのです」

「誤って……ですか」

直人の問いはあまりに的を外しているらしい。でも、それがために話は動いている。

いまや、北澤家の奥の要としか映らぬ佳津がか……。

「この家に入るときも、また入ってからも、ほんとうならここに居るのは菊枝なのだと感じてき
ました。菊枝より勝るところはひとつもないどころか、なにしろ、この大女でございましょう、
女扱いされなくても致し方ないとさえ念じて嫁したのです」

そのあまりの直截さが引っかかる。なんで初めて会う徒目付に、これほどまで己れをさらけ出
すのだろう。いましがた耳にしたことのあらかたが、女ならあの世まで持っていく類の話ではな
いのか。

「子ができれば妻の座にも収まりやすくなるのかと望みを繋げましたが、跡取りを得ても、そぐ
わなさが消えることはありません。次男を、長女を得ても、変わることはなかった」

「そして、この想いは逆の形で、菊枝もまた抱いているのだろうと想わずにはいられませんでした」

引っかかりはいよいよざらつく。

ひとつ息をついてからつづけた。

「きっと菊枝も、自分が北澤の家に嫁ぐはずだったのにそうはならずにいると思いつづけているだろうということです」

そういうことか、と直人は思う。この人は頼み人なのだ。むろん、いま直人がここに来ているのは表の御用である。頼まれ御用ではない。が、もしも、表の御用でなぜを探らなければ、佳津は頼まれ御用に持ち込んでもこの事件が起きた理由を探ったことだろう。己れが書院番家の嫁となり、菊枝がならなかったことが、藤尾信久殺害という厄災を引き起こしたのではないのか……佳津はそれを見極めようとしている。だから、秘すべきもろもろをもさらけ出す。

「なにか別段の事情があったのでしょうか」

ならば、まず、なにゆえに〝入れちがった〟のかを識らねばならない。

「ございません」

言下に佳津は言う。

「別段の事情はございません。ごく当たり前の事情でこのようになりました」

あとは言わずもがなの風だが、直人にはわからない。ごく当たり前の事情とはなんだろう……。

「片岡様はまだお独りですか」

そうと察したのだろう、佳津が訊いた。

「さようです」

58

「女のご姉妹は？」

「おりません」

「ならば、嫁入りの際の持参金をお知りになる機会もなかったかもしれませんね」

「持参金であれば」

さすがに、それくらいは知っている。

「存じております」

女が嫁す際には持参金を携えてゆかねばならぬ。活計が回らぬ家は、嫁の持参金でひと息つくために縁組を企むとも聴いた。

「では、同じ家に娘が幾人か居たとすれば、玉の輿に乗れるかもしれぬのは長女だけなのはご存知ですか」

「いえ」

それもまた持参金に絡んだ話なのだろうが、直ぐには結び目が見えない。

「存じません」

「持参金の額は婚家の家格によって定まります。つまり、良縁であるほど高額になるということです」

「ええ」

「実家の山脇の家禄は二百五十石です。旗本としての体面を保つには苦しい高で、借財を重ねてなんとか日々の暮らしをやりくりしていたのが実情です。もしも相応の持参金を用意するとなれば、手元でどうにかなるはずもありません。新たな借財に頼ることになります」

旗本はおおむね禄高百五十石からである。そこから二百五十石あたりまでの家がいっとう活計

に苦労を強いられる。佳津が言ったように、小禄にもかかわらず旗本としての体面を保たねばならぬからだ。

「すでに借財があるところへ無理して大きな借財を背負い込むわけですから、二人目、三人目の嫁入りとなると、もう借財じたいがむずかしくなります。ですから、玉の輿に乗ることができるのは家がまだ持参金で疲弊していない長女のときだけで、次女、三女となると、持参金を節約するためにあえて格下の家を嫁入り先に選ぶのが当たり前になっているのです」

その「当たり前」を直人は識らなかった。

「それでも小さくはない額なので、山脇のように、二つちがいの三人の娘を次々に嫁に出すとなると、事情を識る者なら誰もが他人事ながらもぞっとします。夜逃げさえ危ぶまれる窮状に陥るのが容易に想像できて、身につまされるのです」

幕臣の夜逃げはめずらしくもない。そうと聞けば、山脇の跡取りが急逝したのも三人の姉の嫁入りが残した借財の重みに押し潰されたのかもしれぬし、急逝のあと、親類筋ではなく無縁の家から養子を迎えたのも溜まりに溜まった借財をどうにかするためだったと察せざるをえない。そういう内実を識らぬまま、持参金のことくらい知っていると思ったいましがたの己れがいかにも愚かしく感じられる。

「で、持参金の縛りに促されるままに、長女は書院番家の北澤家に嫁がれ、三女は勘定の藤尾家に嫁いだ」

己れの短慮を引きずりながらも、直人は話の流れを調えようとした。

「しかしながら、書院番家への嫁入りをいったん置けば、勘定への嫁入りがさほどわるい縁とは思えません。嫁して程なく、藤尾殿は職禄三百五十俵の勘定組頭に就かれている。勘定所は請願

の多い役所ですから、職禄が示す以上に内福（ないふく）だったでしょう。逆に、人も羨（うらや）む良縁と観（み）る者もす

くなくなかったのではないでしょうか」

永々御目見（えいえいおめみえじょう）以上を目指していた頃の直人の目標は職禄百五十俵の勘定になることだった。藤尾

信久は直人が考えることすらしなかった上席を得ている。

「世間ではそうでしょう」

即座に、佳津は言った。これまで繰り返し、そのことを考えてきた口振りだった。

「ちなみに次女は嫁して十年足らずで病で逝きましたが、嫁ぎ先は小十人の家でした」

小十人は五番方で唯一、騎馬を許されぬ番方で職禄は百俵十人扶持の百五十俵。とはいえ小十

人になるべく定められたおよそ千二百家の小十人筋のなかで番入りできるのはわずか二百家にす

ぎない。残った千家のうち三百五十家近くは家禄が百俵を下回る。俗にいう〝貧乏（せきひん）旗本〟はこの

小十人筋を指す。暮らし向きに限れば、旗本とは名ばかりだ。

「赤貧（せきひん）に塗（まみ）れて逝った次女と比べれば菊枝は別段の身分です。おっしゃるように内福の家である

ことに加えて、御相手から是が非にでもと望まれての御縁でした。そのあたりの事情はもうお聞

き及びですか」

「聞いております」

藤尾正嗣が言った「母と父の子」がよみがえる。

「ならば、わかっていただけると存じますが、菊枝の縁組に限っては持参金も求められなかった

のです。その話に及ぼうとすると、信久殿はめっそうもないという様子だったと父から聞きまし

た。ですから、わたくしも繰り返し己れを説き伏せました。別に己れが菊枝の邪魔立てをしたの

ではない。生まれた順という、動かしがたい理由でたまたまこうなった。それに、菊枝もまた良

縁に恵まれたのだ。もはや番方の御世でもない。勘定組頭に嫁したと聞けば、おしなべて羨望の色が洩れる。己れが思い煩うことなどなにもないのだ。飽きることなく、呪いをかけるように己れに説きつづけたのです」

「でも、駄目でした。なんの効き目もございません。妥当な見方など、毛ほどの役にも立たない。菊枝が己れこそ北澤の嫁にふさわしいと信じている限り、そして、わたくしがその想いを埒外と撥ねつけることができぬ限り、現との落差は広がりつづけて、きりきりと軋む響きが大きくなるばかりなのです」

それは呪いというよりも道理だろう。説けば受け入れる者はすくなくないはずだ。

いつの間にか佳津から、北澤家の奥の要が持つ重みが消えている。

「今回の厄災はそういうわたくしの想いを裏付けるものでした」

そこからが佳津には本題のようだ。

「菊枝は書院番家の嫁に己れを見ていた。勘定の藤尾信久殿に嫁している己れのほうがまちがいだったのです。すべては、藤尾家の奥になってしまった己れを憎む菊枝の気持ちから発しています」

見てきたように佳津は説く。

「菊枝は息子の正嗣に母の顔を見せなかったのですが、それもお耳に入っておりますか」

「ええ」

藤尾正嗣の「なにがあっても、かわいそうな人なのだから、で済ますことが習いになった」という言葉はくっきりと刻まれている。心底から得心したわけではない。夫はともあれ、実の我が子はまた別なのではないかという想いはいまなお残る。子の正嗣の気持ちはわかるが、母の菊枝

62

の気持ちはわからない。

「腹を痛めたなどという決まり文句は菊枝には通じません。腹を痛めたからこそ子と認めることはできない。信久殿は元は百姓でした。己れの躰が越後の百姓を迎え入れた証だからこそ目にしたくもないのです。だから、夫も子も放り置いた」

「ならば、菊枝にとって……」

説かれるほどにわからなくなる。が、わからねばならない。

「離縁は望むところ、だったのではないでしょうか。藤尾殿の妻であり、正嗣殿の母であることから解き放たれるのですから」

菊枝が聴いてきたような者であれば、夫のことも子のこともたちどころに忘れ去るだろう。惨劇は起こりようがなくなる。

「菊枝から言い出したのであればね」

間を置かずに佳津は答えた。

「でも、離縁は信久殿から持ち出された。菊枝にしてみればありえぬことです。菊枝は信久殿を夫と認めていない。夫でもない男からなんで離縁を言い渡されなければならぬと勃然としたでしょう」

「わかりませんね」

『勃然』という言葉の強さに思わず唇が動く。

「妻であり母である役割は堪えがたく、放棄して恥じぬが、その座を追われることはもっと堪えがたいということでしょうか」

「おかしいですか」

63

「いささか」

「あの娘に人並みの理（ことわり）を当てはめても駄目です」

いかにも菊枝をわかってないと、佳津の目が言っている。

「菊枝にはおかしくもなんともない。それだけでも懐剣を手にしたかもしれません」

いちいち得心できぬまま話が進んでいくのは、なぜを追ってから初めてだ。これまでは脈絡がないような事件でも科人の胸裡に分け入れば腹に落ちざるをえない人の理があった。そのやむにやまれぬ理が人臭さを醸していた。佳津が語る菊枝にはまったく知らぬ臭いが立つ。

「でも、三年と半年はそうしなかった。なんで、三年半の後だったのでしょう」

「信久殿の病が重くなったからですよ」

知らずに息が洩れて、直人ははじめに察した佳津の目の明るさを疑う。信久が後添えを得て幸せに暮らしていたならともあれ、脚を失い、目を失って、なんで別れた妻に刺されなければならない。

「信久殿は後添えを迎えなかった。世話をする伴侶が居なかった。世の習いならば、たとえ別れた妻でも呼び戻して力になってほしいところでございましょう。離縁した三年半前とは事情がちがいます」

その限りではそのとおりだ。

「なのに、一向に頭を下げて復縁を乞うてこない。菊枝にしてみれば、信久殿の病が重くなるほどにまったく頼られぬ己れが浮き彫りになって、世間から貶められることになります」

「そういう話になるのですか」

また、わからぬ話に戻る。菊枝が妻の分を放棄した年月はどこかへ飛んで消えている。

64

「なりますでしょう」

己れのことのように、佳津は受けた。

「まるで、見せしめにされているようではありませんか」

直人はまだ見ぬ菊枝と佳津が重なるような感覚に囚われる。

「無理を押して長く藤尾の家に居てやった己れに対してあまりに非礼だと菊枝は思ったでしょう。で、あの日に

かくなる上は信久殿の重篤の状態を断って見せしめを終わらせるしかありません。

至ったのです」

直人はいったん佳津の語りから引く。引いて、聴いてきた話はあくまで佳津の恐れのなかでの

ことだろうと思う。先刻来、耳に気を集めてきたが、菊枝自身が北澤の家に嫁すはずだったと語

ったとは、佳津はひとことも言っていない。

「菊枝は言葉で、己れこそが北澤の嫁にふさわしい旨を伝えたのでしょうか」

直人は質す。

「そのままの言葉ではありません」

きっぱりと佳津は答える。

「しかし、伝えたようなものです」

澱みなくつづけた。

「先刻、お話ししたとおり、嫁して以来、わたくしが菊枝の顔を見たのはわずかに二度です。一

度は出先で見かけただけなので、顔を合わせて話を交わしたのは、この家に入ったすぐあとに菊

枝が遊びに来たときのみでした。わたくしが二十三、菊枝が十九の春です。菊枝にもまだふつう

の娘らしいところは残っていて、姉妹らしい会話をしていたのですが、この庭を目にしたとたん、

65

顔が変わっていった」

庭、をか。

「思うに、家の格が目に見えるのは屋敷もさることながら庭です。小禄の家の庭は畑であり薬草園であり作業場ですが、高禄の家の庭は絵です。それも、人がなかに分け入り、巡ることのできる絵なのです。奥山に源を発した水の流れが山を縫い、麓に広がり、海に至る見立てになっていて、己れの足でその見立てをたどることができる。ただし、丹精しなければすぐに荒れた小山に戻り、絵は消え失せます。その丹精を含めて、高禄の家にしか望めぬ庭なのです。菊枝は憑かれたように春の庭に目を預けていましたが、不意に戻すと言葉すくなになり、急に帰り支度を始めました。そして、別れ際、無言でわたくしの顔が穴が開くほど見つめつづけてから言ったのです。

『ぬすっと、ですか』

『盗っ人、ですか』

「その言葉も忘れられませんが、いまも悄然たる想いが蘇るのは、耳にしたときのわたくしの振舞いです」

『ぬすっと！』と。

もはや意外には響かない。むしろ陳腐にすら感じられて拍子抜けさえする。

「ぬすっと」が『盗っ人』とわかっていながら、自分の聴きまちがいだと思おうとした。必死になって〝ほんとうの〟言葉を探りました。実は菊枝は『なにを』が『ぬすっと』になったのではないか。さらには『茄子を取って』を『ぬすっと』と聴きちがえたのではないか。

『なになに』のほうをわたくしが聴き逃して『なさって』が『ぬすっと』になったのではないか。さらには『茄子を取って』を『ぬすっと』と聴きちがえたのではないか。季節は春で、茄子なんてないのに、『取って』は収穫の『穫って』ではなかったかとこじつけ、庭で茄子を育てた

話す声に悔しさが滲み出る。

らどうかと言ったのではないかなどと足掻きました」

そこまで語ってから、吐き捨てるように言った。

「菊枝にほんとうに憎まれたと認めるのが怖かったのです」

そして、つづけた。

「でも、その後の菊枝の動きからすれば、『ぬすっと』とか、あの日以来、菊枝は一度としてわたくしと会おうとはしなかったのです。それがどういうことか、おわかりになりますか。信久殿との縁組披露の席にもわたくしどもを呼ってはなかったのです。そもそも、知らせてこぬのです。それを皮切りに菊枝は次々と家族の絆を断ってゆきました。次女の葬儀にも顔を出さなかったし、あげくは、両親を看取ることもしなかった。父母との縁さえ切ったのです。生前の母から、持参金が要らぬ話に飛びついて自分を百姓に売ったと詰られたと聞きました」

それが事実なら、たしかに『茄子を穫って』も笑えまい。

「申すまでもなく、武家は縁戚でまとまってこそ武家です。独りの武家など武家ではありません。しがらみの抜けがたさがそのまま、縁戚のしがらみでがんじがらめになって初めて武家であり、いざというときの支えの強さに繋がるのです。菊枝は情においても、また実においても山脇の家を壊した。本来なら、いくら菊枝が縁を切りたくとも当主の信久殿が制するはずですが、信久殿は菊枝にはなにも言えなかった。また、信久殿が言って聞くような菊枝でもありません。菊枝は山脇のみならず藤尾の家も壊したのです。その仕上げが今回の厄災です。菊枝が己れこそが北澤の嫁にふさわしいと信じていたとわたくしが判じても無理はないのではないでしょうか」

「無理はないでしょうが……」

直人は返した。

「しかし、それでは菊枝は本物の化物になってしまいますね」

「そうですよ」

なんでそんな当たり前のことを訊くのかという風でつづけた。

「あれは化け物です。我の化け物。そう言いませんでしたか」

貴方は『美しさという点では』化物と言ったのだ、とは口にしなかった。

翌日から直人は化物ではない菊枝を探し歩いた。が、菊枝の話をしてくれる者を見つけることじたいが簡単ではなかった。

まずは菊枝が娘時代に親しくしていた者を当たろうと、前日、佳津に心当たりを尋ねたのだが、

「あの娘と仲良くしていた幼馴染みが居るとお考えですか」という予期はしていた答が返ってきた。頼りにしていた漢詩の吟社は主宰者が鬼籍に入ってすでになく、俳諧の宗匠は江戸を引き払って郷里に戻っており、唯一、和歌の師匠とだけ会うことができたが、すでに八十歳を越えたこともあってか菊枝の記憶は曖昧で、居たかもしれぬが定かではない、というものだった。

とはいえ、その答は、苦いばかりではなかった。もしも佳津の語るとおり、菊枝が化物のように美しく、才に溢れ返っていたとしたら、いかに高齢とはいえ、すくなくとも居たことくらいは覚えているはずだ。なのに、模糊としているということは、佳津の話にも裂け目があるのを示している。まだ脈はある。直人はそう判じて、藤尾の屋敷に奉公していた下女たちを訪ねることにした。もともといっとう話を訊きたかったのは菊枝の暮らしを間近で知る下女だった。一年こっ

きりの一季奉公だろうから入れ替わり立ち替わりで、ここ十年、二十年のあいだに居たすべての下女の居場所を知るのは至難だろうが、そのうち幾人かはいまもどこかの屋敷で下女奉公をしていてもよいはずだ。

直人は藤尾の屋敷に使いを送って、出入りの人宿を照会した。

が、翌々日に届いた書状には人宿の所在地とともに添え文があって、この一月の浅草茅町からの火事で以前からの店が焼け落ちたため寄子の名簿も焼失したのではないかという危惧が記されていた。それでも足を運んでみると、たしかに危惧は当たっていたが、番頭が三名だけではあるものの奉公した者を覚えていて、内二名はいまも江戸で下女奉公をしていると伝えた。

最初に会ったのは七年ほど前に奉公したと聞いた松という女で、菊枝のことを尋ねると、すっと「わたしにはよかったですよ」と言った。「あとになって、いろいろ奥様のよくはない噂が耳に入りましたが、わたしにはよかったです」。

「どのように」

いきなり、化物ではない菊枝と出逢えた直人は気負って問うた。

「いろいろ教えていただいて。まだ二十歳前でしたので、まるで下女奉公じゃあなくて行儀見習いに出たようで嬉しかった。わたしはいま裁縫でなんとか身を立てることができているんですが、それも奥様のお陰です。見よう見まねの我流を、足袋底を縫うところから鍛え直していただきました。厚い足袋底で真っ直ぐ縫えるようになれば、どんなものでも真っ直ぐ縫えるとおっしゃって」

「裁縫は達者だったか」

たしか佳津からも聞いてはいたはずだが、化物と裁縫とが折り合わず、頭から抜けていた。平たい生地を人の躰を包む衣に仕立てる裁縫は、化物からいっとう遠い技のような気がした。

「それはもう。解いても針目が見えぬほどでした。いまだに奥様よりも上手な縫手に会ったことがございません」

幸先のいい出だしに気をよくして松の前に奉公していたという佐和に会ってみると、しかし、そんな屋敷に奉公していた覚えはないと言った。忘れたのかもしれぬからとにかく思い出してみてくれ、と言っても、忘れたのではないと言い張る。なおも食い下がると、ようやく重い唇を開いて、思い出したくもないのだと洩らした。菊枝が突然怒り出すのだが、なんで怒っているのかが皆目わからない。そんなことが度重なって、一年と持たずに屋敷を出たらしい。「ですから、あの奥様がどうかと問われても答えようがない。関わりを持たないようにする御方としか申せません」。

どちらがほんとうの菊枝なのだろうと想いつつ話を訊いた三人目の由は、松のあとに働いていた下女だった。佐和が仕えた化物の菊枝が松のときには化物ではなかったとすれば、由の知る菊枝も化物ではない歩が高くなる。けれど、顔を合わせてみれば由は「関わりを持たないようにする」を地で行っていた。言葉だけは滑らかに並べるのだが、「ええ、ええ、いい奥様でしたよ」の一点張りだ。どのように「いい奥様」だったのかを問うても、「どのようにとお尋ねになられても……とにかく、いい御方でした」としか返ってこない。己れの身に火の粉が降りかかるのを避けているのがあからさまである。まともに訊くのはあきらめて、もう一度あの屋敷で働く気はあるか、と質すと、ようやく顔つきが変わって、無言のまま苦笑いをした。

化物ではない菊枝を化物の菊枝が両側から挟み込んでぎゅうぎゅうと圧っしているようで、松の言葉で膨らんだ化物ではない菊枝は急に萎んだ。流れは化物の菊枝がくっきりしていく向きで、きっと、「関」

振り返れば、和歌の師匠の言葉だって二人の下女の言葉と変わらぬように思える。

わりを持たないようにする」ための〝居たかもしれぬが定かではない〟だったのかもしれない。直人の胸裡にはみずから手を動かしながら裁縫を導く菊枝がなお生きていたが、その顔はいかにも苦しげだった。

はてさて、これからどうしたものかと思いつつ、由の奉公先のあった明神下を北へ歩いた。程なく湯島天神の裏門坂通りに突き当たったのは、やはり、下谷広小路に出ようとしていたのだろう。並ぶ露店をひと回りふた回りして、偽系図売りの浪人、沢田源内の姿を探そうとしたのだ。

去年の三月に最後に出逢って以来、躰が空いたときには、そうするのが習いになっていた。どうせ、もうそこには戻ってこないだろうが、いないのを分かっていても、広小路をぶらぶらしていると、腹の底あたりで源内と言葉にならぬ言葉を交わしているようで、なんとはなしに気持ちが鎮まった。

浮世離れした源内の語りを聞いていると頭がまっさらに近くなって、曖昧としていたなにかが輪郭を結んでいく。それが緒になって、科人のなぜにたどり着いたことは三度を数えた。当初はそれがために己の記憶に源内が深く残っているのだと思っていたが、頼まれ御用を重ねるうちにそうではないことを悟った。

源内の言葉が直人の胸の裡に深く分け入ってくるのは、どこでなにをしていようと源内が武家でしかありえないからだった。武家とは自裁できる者だ。己れで罪を決め、己れで罰を与える。かつて知ったどの武家よりも源内は死を宿しつつ生きていた。旗本に身上がろうとするあまり、己の裡の武家を放り置いていた直人だからこそ、それがわかった。源内を語るとすれば相手は源内でしかありえず、直人はいつものように露店をひとつひとつ回った。いつものように源内の姿はなかったが、もはや、気落ちを覚えることはなかった。その営

常に、死の脈動と添っている。

みはいつしか源内を探すというよりも、見抜く者として独り立ちするための儀式になっていた。源内とはちがう顔を見届けるたびにいちいち覚悟を求められて、萎えかけた気に芯が通るのだった。

その日も御利益はあった。露店を巡るうちに、己れがなんで化物ではない菊枝を望んでいるのかが、水に落とした石の波紋が岸に触れるように察せられた。そして、その答は、御役目に励んで片岡の家を永々御目見以上の家筋にすることしか眼中になかった直人が、頼まれ御用を受け、惹かれ、そして去年の暮れ、ずっと徒目付でやっていくと腹を据えるに至った理由に、以前よりももっと強い光を当ててもした。

もしも今回の事件のなぜを追って、行き着いた先が化物の菊枝であったとしたら、なんにもならぬと直人は感じてきた。

菊枝は己れが北澤家の嫁になるはずだったと思い込んだまま、夫を殺めた罪を露とも感じずに刑を受けるのだろうし、藤尾正嗣は母の菊枝のみならず、この期に及んでも菊枝をかわいそうな人なのだからと思おうとする己れをも赦せずに残りの生を生きるのだろう。科人も被害者の家族も、直人が見抜く前となにも変わらないことになる。

今回は表の御用だ。なぜを解明しさえすれば御勤めとしては済むのかもしれぬ。が、それでは、直人が永々御目見以上の宿願を捨ててまでなろうとしている見抜く者ではない。なぜは解き明かせたかもしれぬが、見抜く者としてはなにも果たせていない。科人の裡に棲む鬼を追い遣って罪ある己れを悟らせ、残された家族に科人と自らへの赦しの機会を供してこそ見抜く者だ。よしんば、信久を殺めたときの菊枝が化物であったとしても、冥土へ渡るときは化物ではない菊枝でなければならない。

そうと見渡したとき、菊枝のことはひとまず置こうと直人は思った。このまま突き進めば化物の菊枝が待つ擂鉢の底へひたすら墜ちて行きそうだ。ここはいったん置いて、藤尾信久が離縁をした理由を追おう。わざわざあの時期を選って申し渡したのも不可解なら、『同じ墓に入りたくなかった』という物言いもいかにも座りがわるい。その先に化物ではない菊枝が居るかどうかは皆目わからぬが、とにかくいまとはちがう景色は開けるだろう。その景色が化物ではない菊枝に戻してくれるかもしれない。

直人は夏でも黒門前の青空にひるがえる菅笠を見上げてふーと息をつくと、その足で藤尾の屋敷を再訪することにした。忌明けはまだ先だから正嗣は居るはずだ。なにはともあれ、信久が言った『同じ墓』がどこにあって、どういう墓なのかを知りたかった。

「墓については、もうずいぶんと以前に父から言われておりました」

不意の訪問なのに、待たされることともなく正嗣は現れた。待ち構えていたようですらあった。

「故郷の越後に葬ってほしいとはっきり頼まれました。忌明けを終えたら御許しを願い出て越後へ向かうつもりです」

「越後で埋葬ということとは……」

「火葬です。江戸の火屋で御骨にしました」

「火葬、なのですね」

火屋とは火葬場のことで、直人にとっては意外だった。取り立てて考えることもなく土葬と想っていた。江戸でも火葬はあるが土葬のほうが遥かに多いし、『同じ墓に入りたくなかった』という言葉からも、御棺のまま土の下で隣り合う図が浮かんだ。奇妙に聴こえるかもしれませんが、父が故郷を語るときは

「越後ではもっぱら火葬のようです。奇妙に聴こえるかもしれませんが、父が故郷を語るときは

決まったように火屋の話になりました。子供の時分は怖くもあったので、はっきりと覚えていま
す」

「さようですか」

火葬の話をする正嗣の口調は軽かった。怖くはあったが、それ以上に、父の大事な思い出話な
のだろう。

「父は火屋を三昧と呼んでいましたが、田圃路を小半刻も歩けば二つは三昧を目にしたそうです。
大きさは畳六枚ほど。北国なので雪の重みに負けぬよう、しっかりと切出し石で組み上げて、屋
根も瓦で葺かれていたと聞きました。そこに据え置かれた火床で余所の手を借りずに村の者たち
で御骨にする。不謹慎かもしれませんが、そういう話なのに、語っている父は楽しそうでした。
きっと、父も子供の頃はどきどきしながらそこを通り抜けたのではないでしょうか」

話すほどに正嗣の顔が和らぐ。

「歩き慣れたいつもの田圃路です。どこにどんな草が生えているかまで知っています。でも、三
昧が見えてくると、いつもの路がいつもの路でなくなるのだそうです。この世とあの世との間が
ゆらゆらと揺れて、一歩踏み入れると、あっちへ行ったきりになってしまいそうな想いに囚われ
る。誤って 〝間〞 に触れぬよう、路の反対側に寄って足早に通り過ぎたと言っておりました。過
ぎてもしばらくは胸の鼓動が収まらない。でも、また、三昧のある路を往かずにはいられない。
〝間〞を察したときの魂の震えが忘れられずに、引き寄せられるように足が向かってしまうのだ
と繰り返していました」

だから、故郷の思い出といえば三昧のある路が出てくるのだろう。水原の元締手代上がりの勘
定組頭、藤尾信久の子供の頃が目に浮かぶようだった。

「越後には行かれたことはございますか」

三昧のある路を歩いてみたいと思いつつ、直人は問うた。

「いえ、まだです」

直ぐに正嗣は返した。

「それがしには語りましたが、父はなるたけ家では越後のことに触れないようにしておりました。越後に触れれば己れの出自に触れることになるから、母の前ではいっさい越後という言葉を出さぬようにしていたのかはわかりません。おそらくはその両方だったのかもしれません」

大事なものは大事さをわかってくれる相手だけに伝えたい。解そうとせぬ者に語れば大事さが毀損する。おそらく、子供の正嗣もまた父の話を聴きながら、三昧のある路の〝間〟に震えたのだろう。折に触れて正嗣にだけ三昧の話をしたのは、息子だからという理由だけではあるまい。

「すると、まだ父上の話で聞いただけで、三昧を目にされたことはないのですね」

「ええ、三昧も、藤尾家代々の墓もまだです。越後で大きな法事があってどうしても外せぬときは、父独りで行っておりました」

風がすっと動いて、正嗣は薬草の庭に目を遣る。そして、おもむろにつづけた。

「こんな話をしてよいものかどうか……」

キキョウとゼニアオイはまだ咲いている。

「お話しいただけるなら、なんであれ、ありがたく」

雲を摑むように直人は話を訊いている。己れの問いが的を射ている自信はまったくない。正嗣のほうから話してくれるなら願ってもなかった。

「どうということもない話なのです。庭の花が目に入って、父が語っていたことを思い出しただ

「けで」

「けっこうです」

どうということもない話ほど良い。

「焼いた御骨ですが、すべてを骨壺にお納めするわけではないようです。目ぼしい御骨だけを砕いて納め、残りは三昧の傍にある灰捨て場に撒くらしい。もうずっと、何代にも渡ってそうしてきているので、その灰が肥になって辺りの樹々が大きく育ち、季節には花が咲き乱れるのだそうです。一面の田圃のなかに三昧の周りだけがとりどりの色で溢れていて、得も言われぬ美しいと語っておりました」

三昧が育む花畑。疑いなく「得も言われぬほど美しい」だろう。

「見てみたいものですね」

「ええ、ですが……」

ためらう顔つきを浮かべてから正嗣はつづけた。

「あるいは、それがしも、また片岡殿も見ているかもしれぬのです」

瞬間、正嗣がなにを言わんとしているかがわかった。

「この庭が！」

直人はキキョウとゼニアオイに目を遣る。そのつもりで見れば、黄花のカタバミや白いシラヤマギクも揺れている。

「そうと父が言ったわけではありません。それがしが勝手に想っているだけです。実は、それがしはこの庭を薬草の庭とばかり思い込んでいて花に目が行っていなかったのです。あの日、片岡殿に花を見事と言っていただいて、そ

76

うか、花か、と思った。むろん、灰はありませんが、父は田圃路の花畑を目に浮かべつつ手を動かしていたのではないか、と。越後へ行ったら、まず三昧へ寄ってたしかめてくるつもりです」

そして、くっきりと言った。

「それがしは越後の水原から出てきて勘定組頭にまでなった父を心底より敬っております。越後では、大番家の血を引く己れではなく、越後の百姓の血を引く己れを確と見届けてきたいと思っております」

ここまでの話だけでも、ずいぶんと『同じ墓に入りたくなかった』に奥行きが出てくる。

三昧のある路は信久の大事な場処だった。江戸にあって振り返れば、折に触れて和む場処でさえあっただろう。幾つになっても三昧のある路を思い出しさえすれば、あの〝間〟が揺らぐ。そして魂が震える。そうやって、いつでも田圃路を住く己れに還ることができる。でも、その震えは子供の時分とはずいぶん変わっていたのではあるまいか。

おそらく、子供の信久は幾度となく陽炎の向こうに何人もの人影が揺れる三昧を目にしたことだろう。そのとき震えを占めていたのは、得体の知れぬ昂りを伴う恐れだったはずだ。でも、江戸へ出て、四十になり、五十になり、六十を越え、病を得て、三昧の火床に横たわる己れが近づくに連れて恐れは消え、包まれるような心地に変わっていったのではないか。むしろ、先人たちの滋養を得て花が咲き乱れるそここそが己れが還るべき場処であり、安んじる場処であり、赦される場処となったのではなかろうか。〝間〟に震えながら、己れも樹々の、花の、糧になるのを願ったのではないか。

ならば、そこへ還るのは独りだ。どこまでも独りだ。だから信久は菊枝を離縁し、致仕して越後へ還ろうとした。が、すでに遅く、病は越後への旅を許さなかった。信久は独りで越後に葬ら

れたかっただけで、菊枝とは関わりなかったことになる。もしも信久がいよいよ菊枝を疎ましく
なって離縁を言い出したと菊枝が想い込んでいたとしたら、それは見当ちがいだと言うことはで
きる。

とはいえ、確証はなにもない。ただの想察といえば想察だ。それを説きさえすれば直ちに菊枝
の裡の鬼が逃げ出す話でもない。が、北側の明り採り程度とはいえ窓は開いた。その窓からまた
どこかへ抜けられるかもしれぬと直人は己れを奮い立たせたが、しかし、それはいかにも甘かっ
た。

動くほどに痛感させられるのは、二人を識る人のあまりの少なさだった。

菊枝はともあれ、信久は勘定組頭だ。いかに勘定所が当人の力本位の役所とはいえ、交わりを
手狭にして就ける御役目ではない。信久のように武家の親類がないなら、勘定所勤めの家から嫁
を取り、新たな縁戚づくりに努めるのが常道だ。代官所の元締手代から勘定組頭に身上がったと
聞けば、誰もが勘定所と関わる権家と太い糸を持ったと観るだろう。おのずと勘定組頭に身上がったと
っていくはずだが、実際の信久は番方の大番家から嫁を迎えた。それも、人との縁を次々と断つ
とされる菊枝を迎えた。みずから縁戚の支えを捨てたと言ってよい。おのずと御用を終えたあと
の交わりは狭まっていく。信久の勤め振りについてなら誰でも語ってくれるが、御役所の外の信
久を語る者は誰も居ない。

「なのに、どうして勘定組頭になれたのでしょう」

誰もが不思議でならぬことを、直人は幾度かの御用を通じて面識のあった勘定組頭の筆頭格、

三谷一利に尋ねた。

「勘定所は大所帯です」

一利は箸を動かしながら答えた。

室町は三丁目にも浮世小路なる細長い横丁があって、日本橋室町一丁目は高砂新道にある押鮨屋「岸福」である。

「ですから、勘定組頭も十人から居ります。これが二人とか三人だったら、おそらく藤尾殿が勘定組頭の席に就くことはなかったでしょう。縁戚を固めた勘定が他にいくらでもいますからね。当人も旗本の勘定になれただけでも僥倖という風で、内示があったときはたいそう驚いた様子でしたし。十人余りの勘定組頭の一人だったから、なれたのだと思います」

この人は酒をやらない。胃の腑も弱く、暑気に当たるととたんに食が細る。で、午を共にすると、「岸福」の押鮨が多くなる。働こうとせぬ五十二歳の胃が酢飯と酢で締まった魚を歓ぶ。

「それでも、十人余りの一人になるのは容易ではありませんね」

「岸福」を選ぶのは魚河岸の近くで素材がとびっきりであることに加えて、他の店の御品書きには載らぬものが味わえるからだ。今日の膳に乗るのは鯛の香の物鮨で、酢飯に皮を引いて薄切りにした鯛と小口切りにした沢庵漬けを混ぜ合わせ、半日ほど重石をかけてからふつうの飯のように椀に盛る。直人の好物でもあるが、御用で喰うときはあまりよく味がわからなくなる。藤尾殿だからこそですよ。勘定所には"藤尾に聞け"という符牒のようなものがあったくらいです」

"藤尾に聞け"ですか」

「博覧強記なのです。御用の周りならなんでも覚えているし、なんでも識っている」

すっと答えてから、ああ、なんだかんだ言って、やっぱりここの鮨は腹に入りますね、とつづける。一利くらいになると高価な膳も御馳走にはならない。弱った胃に入るものが御馳走だ。

「それがしは勘定所は大きなことをやると承知しています」

話は鮨から急に跳ぶ。この人の語りはしばしば跳ぶ。

「ええ」

それは疑いない。勘定所は幕府を延命させている。

「大きなことをやるには、小さなことをきっちり詰めるのが必須です。勘定所に些事はない。どんなに細かなことでも手抜きなく仕上げてこそ勘定所です。で、あれはどうなっているとか、あれと比してどうだとか、あれの前例はどこにあるとかいう、大量の″あれ″が日々生まれるわけです。″あれ″が″あれ″を生んだりもする」

澄まし汁のように味噌が薄い蜆汁を吸ってからつづけた。

「誰かにその大量の″あれ″を尋ねたとしたら、三割即答できれば天才、五割を答えたら神か仏です」

役所はちがっても意味するところはわかる。

「藤尾殿は五割を軽く超えて答えた。神か仏の上なのですから、それは十人余りの一人にもなるでしょう」

説き方がさすが勘定組頭の筆頭格だ。

「想うに、時の代官が越後の水原から藤尾殿を連れ帰ったのも、だからこそでしょう。あんな人をいつも手足のように使っていたら仕舞いには独りではなにもできなくなってしまいます。おそらく藤尾殿は江戸へ出るつもりはなかったのではないでしょうか。慣れぬ江戸で普請役から苦労

するよりも、地元で元締手代をやっていたほうが遥かに内福な暮らしができますからね。あるい

は元締手代といえども武家の肩書はいまなお輝いていたのかもしれませんが、すんなりと出てき

たわけではないでしょう。ともあれ、それが勘定所にとっては大きな土産になった。病だから仕

方ありませんが、藤尾殿が致仕したときはそれは痛かったですよ。三年が経ったいまでも〝藤尾

に聞け〟が使えたらなあ、と思うことがしばしばあります。と言っても跡取りがいけないという

ことではありませんよ。正嗣殿はそういう別段の役回りではなく、勘定らしい勘定が勘定組頭ら

しい勘定組頭になったということです。なかなかの若手ですよ」

あらかじめ少なめに頼んだとはいえ、鯛の香の物鮨は残りひと口分になっている。この前は、

党で、饅頭の皮を薄く剝いだ朧饅頭を好む。

「岸福」のあと、浮世小路の入り口近くにある餅菓子屋へ寄った。酒を受け付けない人らしく甘

「じゃ、行きますか」

最後のひと口分を腹に送ると、一利は茶も飲まずに腰を浮かした。茶は朧饅頭のために取って

おくらしい。

「ところで、去年の年の瀬の件ですがね」

肩を並べて往来を歩き出すと、早速、一利が語りを再開した。

「はあ」

急に「去年の年の瀬」と言われても心当たりはないが、藤尾信久になにかがあったのだろうか。

「片岡殿は勘定所への役替えを断わったそうですね」

耳には入ったが、頭が付いていかない。

「いやね、あの話の言い出しっぺはそれがしなのですよ」

「役替え」の言葉がようやく輪郭をとって、ゆっくりと昨年末の内藤雅之の言葉がよみがえる。

「……ふた月ばかり前に、勘定所のほうから打診があってな。片岡を欲しいと言ってきた。こっちは、おめえは出せねえと伝えて仕掛かりになっていたんだが、今回、はっきりとつぶした……」

あのときは勘定所の誰からとは聞いていなかった。

「それは存じませず……」

「いえいえ、恩を着せるために持ち出したわけではありません。ただ、できたら、ちょっとお伝えしておきたいことがありましてね」

声の色は「岸福」に居たときとまったく変わらない。

「といっても、きちんと形を踏んで申し入れるのもいかがなものかと二の足を踏んでいたら、片岡殿のほうから藤尾殿の話を聞きたいということだったので。ま、それがしにとってはその機にというわけで、唐突で恐縮ですがこうしてお話ししています」

まさか、あの話の源が三谷一利だったとは。

「といっても、話は直ぐに終わります」

「さて、なにか……。恨み言を口にする人ではないと思うが。こちらはいまも門を閉ざしてはおりません。そういうことであります」

「去年は不調に終わりましたが、期限のようなものもありません。心に留め置いてもらえればけっこうです。また、気が変わるときがあったら言ってください。じゃ、間を空けずにつづけた。

「ああ、なんらかの返事をしていただく必要はありません。

その話はこれで打ち切りということで、入りましょうか」

そうして餅菓子屋の暖簾をくぐり、朧饅頭と茶を頼んだ。

「薯蕷饅頭も味は好きなのですが、口に入れたときに薄皮が上顎に張り付く感じがなんとも気色わるくてね」

薯蕷饅頭は米粉とすりおろした山芋を練り合わせて皮をつくる。茶席に出る饅頭はあらかたが薯蕷饅頭だ。

「その点、朧饅頭は表の皮が最初からありませんから」

路上での話はなかったかのようで、それが直人にはありがたい。

「ですから、交わりは狭くとも評判はわるくなったですよ」

この人らしく、脈絡なく藤尾信久の話に戻る。

「それはそうでしょう。誰も藤尾殿に付き合いのよさや座持ちのよさを求めてはいません。

"あれ" に即答してもらえさえすれば、他のことなどどうでもよいのです。立派な硯が目の前にあったとしたら、誰もが想うのは墨の摩り心地でしょう。皿としてどうかとか、重石としてどうかなどとは想わない。それと同じです」

一利ではなく己れのほうで路上の話があとを引くかと危惧したがそれもない。信久についての語りは淀みなく入ってくる。己れの裡で役替えの件がすっかり終わっていることを、直人はあらためて悟った。

「おそらく片岡殿がお知りになりたいのは勘定所での素の藤尾殿なのでしょうが、そういうわけでけっこうむずかしいのです。硯は硯としか言えんのです。御役所でいっとう藤尾殿と近かったのはそれがしということになりますが、それとてあくまで比べればの話で、御用の外の藤尾殿はほ

とんど見ていません。御人柄は御用を共にすればこそよく伝わって、なにかにつけ抑制が利いた、仕事仲間としてはたいへん助かる方だった。いや、人というのは一緒に飯を喰ったくらいではなんにもわかりません。飯を共にする分にはいい人間だった者が、一緒に仕事をしてみるととんでもなかったということがままあります。利害を一にして共に御用を勤めてみて初めて人の地がわかる。藤尾殿はその点、申し分のない方でした。いくら肩に重石がかかっても、いっさい変わることがないのです。片岡殿のようにね」

それを言うなら一利こそだ。胃の腑の弱ささえ、強靭さの裏返しと映る。

「しかし、それがまた藤尾殿の素をよけいに見えなくしました。私を語らぬのです。苦労話の類など聞いたことがない。なので、藤尾殿が別段の問題を抱えているようには映らなかった。正嗣殿と父子で勤められていたこともあって、家のほうも含めて順風とばかり想っていました。病のことも致仕が近くなって初めてそうとわかったくらいです。いまから振り返ればなにも見ていなかったということになるのでしょうが、当時は気づきようもなかった。とりわけ妻女のこととなると、いっさい語ることはありませんでした」

「正嗣殿の子供時分の話はどうでしょう。聞かれたことはありますか」

喘息には蓋をして、直人は問う。

「いや」

ちゃんと記憶をたどってから一利は答えた。

「なかったですね。なにかありましたか、子供の頃に」

どうやら信久は一利に正嗣の喘息の悩みを洩らしてはいないようだ。

「いえ、自慢の子息のようなので。父の顔が洩れ出ることもあったかと」

84

もう一度、思い出す風を見せてから言った。

「やはり、ありませんね」

ならば、菊枝のことも一利には語るまい。だからといって落胆はしない。初めから、信久と一利とのあいだに深い交わりがあるとは想っていなかった。信久が職場においてしっかりと居場所を築き、家での問題を窺わせることなく御用を勤めていたのがわかっただけで十分だ。そこに化物でない菊枝は居ないが、化物の菊枝もまた居ない。

「ああ、そういえば……」

朧饅頭の皿を空にした一利が言う。

「正嗣殿のことではないが、妻女の関わりでは一度だけ話を聞いたことがありました」

茶を含んでからつづける。

「なんでも藤尾本家の家長が亡くなったということで、葬儀のために越後へ赴いたことがありましてね。終えて江戸に戻られたときに挨拶を受けたのですが、そのなかのことだったので申し訳ありません、記憶に埋もれていました」

「いつのことだったでしょう」

「致仕する半年ばかり前です。病からして、長旅ができるのもあれが最後だったでしょう」

「で、なんと」

「話の流れのなかで出た言葉なので、定かではないのです。言葉を正しく写そうとすれば、おそらく誤ることになるでしょう。で、言葉ではなく意味合いをお伝えすれば、妻女にとって好ましいようなことを考えついたという話だったと思います。あるいは、わるくはない程度だったかもしれぬが、それがなにかは聞いておりません。藤尾殿もそれがしに伝えるというよりは、たまた

ま流れで話に出てしまったというところだったでしょうし、それがしもあくまで帰府の挨拶とし（きふ）て聴いていました。あのまま埋もれてしまってもおかしくなかったのに、なぜか頭をもたげたという程度に受け止めてもらったほうがよかろうかと思います」

「わかりました」

直人にとっては想いも寄らぬ収穫だった。信久がなにを為そうとしていたのかはわからぬが、致仕する半年前といえば離縁を言い渡した頃と重なる。その期においても菊枝のことを気に掛けていたということだ。場の流れで洩れ出たとはいえ、けっして私を語らぬ信久の唇から洩れたとなれば軽い話ではあるまい。

それに話は越後の葬儀から戻ったばかりで語られた。きっと、墓と関わっているはずだ。これで『同じ墓に入りたくなかった』にまた表情が出る。あとひとつかふたつか、こんなことがあれば暗い路を抜けられそうな気さえする。でも、そのひとつかふたつがどうやって手に入るのかはまったく見えなかった。

頼まれ御用のときは、振ってくる内藤雅之があらかじめ仮説を組むのに要る材料を用意してくれていた。おまけに、材料の山をどんと目の前に置くのではなく、出すべき材料を出すべき順番で出してくれたし、考えずともよいことを考えずともよいと曖昧さを残さずに言い切ってくれもした。

時も手間もかけずになぜの的を射抜かなければならない直人にとっては、なにを考えればならないかを示されることにも増して、なにを考えないでよいかを告げられるのが助け舟になった。

そこは手を着けずともよいのだと、見切ることができる安堵感はすこぶる大きい。それによって蓄えられた力を、本筋に振り向けることもできる。だからそうと思い知らされることが重なると、雅之に導かれているような気になったものだ。

でも、いまは雅之が差し向けてくれる舟はない。己れの力だけで要る材料を要るだけ集め、要らぬ材料を除けなければならない。直人は雅之が居てくれたらという想いを封じて、一縷の望みをかけられそうな相手を訪ね回った。が、一縷は文字どおり一縷でしかなく、いとも簡単に切れた。もとより表の御用として際限なく時をかけられるわけではない。長くてあと半月、八月の半ばまでだろう。その日も外神田で空振りを重ねた直人は、例によって下谷広小路へ身を置いて気を立て直そうとした。が、御成道を北へ往き、上野北大門町に突き当たった処ではたと足を停めた。

そして、源内頼みもここらまでだろう、と思った。

そこを右へ折れればもう下谷広小路だ。数歩、足を動かすだけで、いつものように沢田源内の居ない露店を巡って仕切り直しができる。が、己れはいま不器用に躰を動かして内藤雅之の導きから抜け出そうとしている。ならば、居ないとわかっている源内を広小路に探す独り立ちの儀式も、そろそろ仕舞にする頃合だろう。

直人は知らずに抗おうとする躰をえいやと左に向けて湯島天神裏門坂通りに歩を進めた。とはいえ、行く当てはない。広小路に替わる場処はない。せめて"困ったときの不忍池"で気散じをと思ったが、池之端仲町の雑踏が目に浮かんで、床店の並ぶ通りを図ろうかと同朋町の角を曲がりかけたが、そのまま行った。

床店の一軒に毛鉤を扱う店があったのを思い出したのは角から数歩足を運んだ頃だ。手間を惜しまぬ細工の物をそろえていて、二度ばかり鮎用を求めたことがある。あそこなら、とりあえず

ひと区切りにはなるかもしれない。ちょうど、テンカラ釣りをやってみようかと思っていたところでもある。浮きも錘も付けず、竿と糸と毛鉤の削ぎ落とした仕掛けだけでアマゴやイワナを狙う漁師釣りだ。行く手を見遣れば今日もささやかではあるが幟も立っている。直人は強引に己を渓流の釣り師に仕立ててぐずっていた足を捌いた。

「そこの武家」

脇から声が掛かったのは、床店の前に立ったときだ。

「歌集は要らんか」

目を向けずとも誰かはわかった。

「ここでしか得られんぞ」

床店は露店ではないが移動はできる屋台のような店だ。その床店と床店のあいだに茣蓙が敷かれて、座した沢田源内が笑顔を寄こしている。源内の前には大本の書籍が置かれているが、一冊のみだ。それが「歌集」なのだろう。

「和歌をやるのか」

懐かしさが過ぎて、「久しいな」とかの文句が出てこない。

「いや、やらん」

「見れば一冊のようだが、ずいぶん売れたのか」

胸の裡はこれまでどうしていたのかを知りたくてはちきれそうなのに、成り行き上、昨日の今日、会ったかのような台詞ばかりが出てくる。

「置くのは一日一帖のみだ。そして、売り物ではない」

源内は変わらずに飄然と答える。

88

「売り物でなければなんだ？」

そのわるびれぬ口調を嬉しく聴きつつ直人は問うた。

「供養である」

「供養？」

「供養」の言葉に促されて膝を折り、莫蓙の上の「歌集」に目を注ぐ。中の料紙を二つ折りにして綴じた袋綴じではなく、折ったほうを綴じて表裏を使えるようにした列帖装の体裁になっている。

歌集本来の装丁になっているということだ。ならばたしかに「一冊」でなく「一帖」だろう。料紙も両面使っても墨が透けない貴重な雁皮紙を使っており、いよいよ本式だが、表紙は紺紙金泥ではなく料紙と同じ紙を使った素地表紙で、ちぐはぐと言えばちぐはぐである。その雁皮紙ならではの卵の殻色をした表紙には、墨字で「羽林家晶子歌集」と記されている。どうやら、その墨字を表紙に黒々と入れたいがために素地表紙にしたらしい。

「羽林家というのは、あの大臣家に次ぐ公家の家柄の羽林家か」

直ぐにでも聞きたいことを聞けぬ流れをもどかしく感じつつ直人は問う。

「さすがだな」

掛け値なしの顔つきで源内が返した。

「羽林家の文字から堂上家を想い起こす武家など、この江戸にはおらんぞ」

堂上家とは帝の居所である清涼殿への昇殿を許される家格の公家を指す。武家ならば御目見以上と言えようか。その堂上家のなかでも、内大臣より上には就けぬが大納言までは昇任できる家格が羽林家で、たしか二十三家あったはずだ。かつて御所の改修の絡みで遣り取りを吟味したとき、その界隈のことを学んだ。歌集の装丁も往時の〝習わぬ経〟で、直人が歌をやるわけではな

い。

「だいたい、『うりんけ』とは読めない」

源内はつづける。

「『はねばやしけ』とか『はばやしけ』とか読むのがオチだ」

「俺も最初は『はねばやしけ』と読んだ」

言われるとおりだった。

「そうか、俺は『はりんけ』である」

二人して笑うと、いよいよ酷い暑気を忘れる。どんな処にも彼岸はあると想わせてくれる沢田

源内の抜けた笑顔は健在だ。むしろ、さらにくすみが取れたようにさえ映る。

「おぬし、この一帖の供養が済めばここを空けられるのか」

直人は問う。またいつ会えるかわからない。今日はちゃんと話をしたい。振り返れば、いつも

立ち話のようなものだった。

「ちょうど、ひと息入れようと思っていたところだ」

「俺は和歌をやらぬが、そういう者の供養でもよいか」

「願ってもない」

あれからどうしていたのかもさることながら、こういう成り行きになってみれば羽林家の者ら

しい女人が源内とどう関わるのかも気になるし、なぜ歌集を売るのが供養になるのかも知らずに

は収まらない気がする。もしも源内の顔が心なしか晴れやかになったのが誤まりでなかったとす

れば、その理由も知りたい。直人はことわりを言って場を外し、隣の毛鉤屋の傍で財布にあった

銭を除いた貨幣を懐紙に包んでから戻って言った。

「心ばかりではあるが、弔慰ということでお収め願いたい」

歌集の傍らに慎み置く。

「痛み入る」

源内は手を合わせてから歌集を丁寧に桐油の紙に包み、直人に差し出す。様子はまさに供養で、直人は頭を垂れて受け取りながら、ふっと、和歌を嗜まぬ己れに後ろめたさを覚える。

「では支度をする。といっても茣蓙を丸めて隣の毛鉤屋に預けるだけだがな」

源内は立ち上がり、つづけた。

「おぬし、歩くのは苦にならんか」

「このところ歩いてばかりいる」

「ならば、向島まで戻るので付き合わんか。川向こうまで行けば桜並木の樹陰が出迎えてくれる」

「午はとうに過ぎたが、陽はまだ高い。

「いまは向島か」

「別荘の留守番だ。俺は別棟の小屋で寝泊りしていて、一日一回、母屋に風を入れる」

「その別荘を見たくなった」

話すなら茶屋でも飯屋でもないような気がしていた。できれば人の疎らな処で話したかったし、風が抜ける処で話したかった。とはいえ、ではどこなのか、が想い浮かばない。言われてみれば、川向こうの別荘までの路すがらはまさにお誂え向きだった。

「では、参ろう」

そうして直人と源内は湯島天神裏門坂通りをあとにした。

源内の足に導かれるまま下谷広小路から山下へ抜け、浅草へとつづく新寺町通りを往く。けれ

ど、なかなかお誂え向きの路すがらにはならない。言葉は交わすものの、この夏はひときわ暑か

ったとか、本願寺が建て替え成ったせいか人の流れがずいぶん増したとかいった話ばかりだ。大

川橋を渡るまでに、あれからどうしていたのかだけは聞き終えておきたかったのだが、その端緒

にも着かない。

稲荷町を過ぎ、浅草田圃の遊水を抜く新堀川を渡り、浅草本願寺の門前に蝟集する岡場処を遣

り過ごす。それでも、なんら変わらない。木の香も新しい本願寺をすっかり背にしたとき、直人

は源内みずから口を開くまでは問うまいと腹を据えた。一年半ばかり前に源内と最後に会ったと

きのことがずっと胸底にあって、無理に訊き出そうとするのを制した。

昨年の三月、場処は柳原土手の柳森稲荷だった。そこに評判を取っている屋台の蕎麦屋がある

と耳に挟んで、すこし腹をよくしようと、例によって頭がまとまらぬときに足を向けてみたのだ

った。着いてみると、屋台は蕎麦屋一軒ではなく煮売り屋やおでん屋もあって、いくつか並んだ

床机に七、八人が座って蕎麦を手繰ったりチロリを傾けたりしている。その様子を目にするうち

に蕎麦前が欲しくなり、屋台の奥で顔の見えぬ蕎麦屋の店主に「つまみはなにができる」と声を

かけた。と、「今宵は青柳だな。黒江町の本場ものだ」という商売人らしからぬ声色の返事が戻

ってくる。思わず奥を覗き込むと、そこには沢田源内の顔があって、おう！ と声を上げると、

おう！ と返ってきたのだった。

屋台をやっているからには、あの「多町一の比丘尼」のヒモはやめたのかと尋ねると、「ヒモ

は終わった。しかし、女とはいる」と答える。「あの生業をつづけておれば、もともと常につつ

がなくというわけにはゆかぬ」あくまで淡々と、源内は語った。「病も得るし、毒を煮詰めた者

の相手にもなる。それを覚悟の身過ぎだ。いまは、それがしが世話をさせてもらっている」。そ

92

れだけ言うと口を噤んで、先を語るつもりはないという腹が伝わってきた。

以来の邂逅だ。あれからどうしていたのかを聞けば、凌ぎがかなわぬほどに躰を傷めていた比丘尼がその後どうなったかを聞くことになる。もしも直人が考える前に動く者であったなら、立派に人生を転がり落としてくれたかもしれぬ「多町一の比丘尼」だ。待つのが礼儀と、自戒せざるをえなかった。

「六年前、公家の姫君を騙った騒ぎがあったのを覚えておるか」

源内がぽつりと口を開いたのは日光道を横切って、大川右岸にある駒形堂に出たときだった。

「内侍局か。たしか、八州廻りの扱いだったな」

文化二年、武蔵国秩父郡のある村に京都の御所で内侍勤めをしていたという姫君とその家来の公家侍が逗留した。

和歌の修行のために京を離れ、全国を回っているとの触れ込みで、集まってくる近在の者に和歌や疱瘡除けの御札を与える代わりに多額の謝礼を受け取る。噂が広まって関東取締出役の目の付けるところとなり、吟味の結果、姫君は品川の宿場女郎上がり、そして公家侍は浅草の町人と判明した。結果、女は重追放、男は手鎖に処せられたが、それがまた噂になって、さまざまな異説風説が雨後の筍のごとく生まれた。

「あの騒ぎから四年ほど経った頃だ。共に暮らしていた比丘尼が、実は己れも公家の出であると語り出した」

二人は大川縁を駒形町から材木町へと歩む。

「それまでは己れの名も言わなかったが、初めて晶子と名乗りもした」

「公家であれば女性の多くの名には"子"が付く。すくなくとも名乗りは誤ってはいないと思いつつ、直人は大川橋西詰に歩を進めた。橋を渡れば川向こうだ。

「むろん、真には受けてあげたかったが、俺にできたのは信じた振りだけだった。騒ぎから四年も経てば巷ではすっかり忘れ去られるが、遊び場ではそうではない。苦界に沈む己れを忘れる御札として、公家の姫君はまだまだ使われた。下谷にも浅草にも多町にも深川にも公家の姫君が世を忍んでいた。すこしでも高く売るための方便でもあったのかもしれぬが、あらかたは現の己れを見ぬためだったろう」

川を渡る風が大川橋を往く二人の首筋から汗を拐う。

「公家の出と明かしても、なにがどう変わるわけでもなかった。晶子は内侍局にならなかったし、俺も家来の公家侍にはならなかった。変わらずに比丘尼とヒモで、ただ、俺が信じている振りをしていることだけが変わった。日々、表立って公家の姫君扱いしていたわけではない。心底でわかっているという振りをしていただけだ。欺いていたのとはちがう。公家の姫君であろうとなかろうと、俺にとっては変わるところがなかったのだ。俺は晶子が晶子であればよかった。晶子が公家の姫君であるのなら、それもまた晶子だった」

大川橋東詰を左に折れ、左岸を歩んで源森橋へ向かう。渡ると水戸藩の下屋敷があって、過ぎれば、田地のあいだに別荘が散在する向島となる。

「二人のあいだが変わったのは、柳森稲荷でおぬしと会ったひと月ほど前だ。晶子が病を得て伏せるようになった。医者は晶子に止められた。もう、いいのだ、と。頼むからこのまま他の者を入れずに二人だけで過ごさせてくれと言った。そして、柳森稲荷から八日の後、間際の晶子の言葉はいまも忘れん。その日は体調が持ち直したようでな、二人でとりとめもない話をしておった。この分ならずいぶん良くなるかもしれんとさえ想っていた俺に晶子がぽつりと『灯りを消したの?』と言ったのだ、明るい午下りなのにな。答えようとした俺

ときはもう息絶えていた。それほどに安らかに逝った。医者を呼ぼうか呼ぶまいか、ずっと惑いつづけてきたが、そのとき、二人だけで日々を送ってよかったと心底より思った」

直人は胸の裡で手を合わせる。亡くなる間際、人は意識が途絶えるよりも先に視界が閉じるという。

「亡くなる数日前には、苦しい息で、俺が信じた振りをつづけたことへの礼を述べた。楽しかったと言ってくれた。望外の日々だった、と」

二人は源森橋を踏む。

「そして、しかし、あれはほんとうのことなのだとつづけた」

知らずに耳に気が集まる。

「二年前に公家の出と明かしたきり己れの出自についてはひとことも語らなかったのに、最期を悟ったのか、初めて生家の名を言った。羽林家と言い、羽林家二十三家のうちの一家の名を言った。たしかにその名の家は二十三家に入っていた」

羽林家、晶子、歌集……。

「京を出た理由も言った。最初はたまたまだったらしい。十七歳になったある日、新古今和歌集の大江匡房の歌が無性に胸に響いて、どうしても近江の瀬田橋に行ってみたくなったそうだ。いったん想ったら矢も盾もたまらなくなって、独りで屋敷をあとにしてしまった」

王朝の世の公家ではない。武家の世の公家だ。直人とて徒目付として公家の暮らしを律する御用に携わったことがある。十七の姫君をも旅へ弾けさせるほどの屈気が、京都を埋めていたとし

ても不思議はない。

「瀬田橋を目にしたら戻るつもりだったのに、石山に寄ったり唐崎に寄ったりしていたら、もう

戻れなくなっていたそうだ。もろもろの意味でな。十七の娘の行く手も定まらぬ旅だ。糧を得る手立ては限られている。あとは歌枕に導かれるままに近江から美濃、信濃、越後、上野、下野と回って七年前、二十歳になる手前で江戸にたどり着いた」

岸辺が草地に替わって猛々しい夏草の匂いが届く。

「歌枕のなんたるかも教えてくれた。和歌に出てくる地名ではあるが、ただの名所ではないらしい。三十一文字で物語を綴る和歌にあっては地名の字数とて無駄にはできない。歌詠みならばそれと了解する情趣の意味が込められているのだそうだ。もとより王朝世界のな。瀬田橋は瀬田橋であって瀬田橋ではない。歌枕の土地はいまある土地ではなく、王朝の世の歌詠みたちが繰り返し詠んできた意味の綴れ織りのなかにある。そういう話を、途切れ途切れに、三日をかけて説いた。そして、説き終えた次の日、『灯りを消したの?』と言ったのだ」

水戸藩下屋敷が過ぎたとたん、目が緑に染まった。

「もはや俺としては信じるしかない。いや、信じなければならない。偽者が羽林家二十三家の一家を、大江匡房を、瀬田橋を語れるわけがない。そしてなにより、冥土へ渡る前の三日をかけて歌枕を説くはずがない。俺は信じた。振りではなく信じた。けれど、信じるほどに俺は当惑した。己がまことに信じたのかが信じ切れんのだ。俺は己れが信じた証しがほしかった」

右手に桜並木も始まる。

「俺は小塚原で壺に納めてもらった晶子の御骨を京の生家に届けることにした。江戸で終わった晶子の旅を遂げさせてやりたくもあったし、なによりも首から御骨を下げ、野宿を重ねて歩む一日一日が証しになると思えた。江戸を発ったのは昨年の五月の初め。晶子が回らなかった東海道の歌枕を訪ねつつ旅を進めたので、京に着いたのは六月の半ばになっていた。そうしてひと月半

をかけて信じる気持ちを証した。到着した日は篠突く雨で、水嵩を増した鴨川の流れを目にしたときは、己れはたしかに晶子を信じたと信じることができた。

桜並木の向こうにはミメグリ稲荷社も見えてきた。

「なのに、いざ、羽林家のその家を訪ねる段になって、揺るがぬはずの気持ちが揺らいだ。最後の最後になって、御骨を託するという行いがいかにもありえぬことに思えた。よしんば公家の姫君が真実であったとしても、十年の行方知れずの末に骨となって戻ってきた者を羽林家の娘と認めるはずもない。信じる証しだったこの首にかかる重みが徒らに重いだけになって、俺は〝逃げ出すな〟と己れを繰り返し叱咤し、なんとか門前まで追い立てた。そして案内に出てきた者に残った力を振り絞って事の次第を伝えた。むろん、比丘尼のことは伏せてな」

稲荷社の裏手の弘福寺に差し掛かると、桜並木は左手に替わっていよいよ向島だ。

「返答を待つ俺は、門前払いを覚悟したところか早く門前払いにしてほしいとさえ願った。一刻も早く、その場を立ち去りたかった。俺は必死に言い訳をした。俺としてできる限りのことはやった。晶子が生家と告げた屋敷に江戸から躰を運んで、しっかり口上も述べた。家へ還してあげられぬかもしれぬが、これで堪忍してくれと下げた壺の晶子に手を合わせた。門前に立つあいだに考えていたことといえば、皆目わからぬ京都のどこに葬れば晶子の旅を終わらせてあげられるのかだけだった」

路の木洩れ陽に目を遣りながら、あの源内が、と直人は思う。

「いまとなってはどれほど待ったのか覚えておらぬのだが、しかし、伝えられた返答は俺が想ってもみないものだった」

直ぐに桜餅の長命寺を右に見る。

「当家としては心当たりがないが、江戸から遠路はるばる来られたこともあり、また、すでに分霊（みたま）に還っていることでもあるので、もしも望まれるのであればお預かりする……そう、聞いた」

きっと源内はずいぶんな時を待ったのだろう。そして、その家はその家で時を短く感じながら、一向に定まらぬ返答を懸命になって定めたのだろう。

「俺は最後になって狼狽えた己れを晶子に詫びつつ首の結び目を解いた。後ろめたく、恥ずかしくもあったが、晶子を生家に還してあげられた喜びの前には、己れの気持ちの揺れなどなにほどのものでもなく、直ぐにもろもろ霧散（むさん）した。躯の隅々を、信じて、江戸を発ってよかったという気持ちがひたひたと満たして、雨でずぶ濡れになっているにもかかわらず、屋敷を背にした俺は雲の上を歩んでいるようだった」

諏訪明神（すわみょうじん）の角を折れ、新梅屋敷（しんうめやしき）を右に見て綾瀬川（あやせがわ）を渡った。

「御骨を届けたあとのことはなにも考えておらず、あるいは江戸へ戻ることもないかと想っていた。が、そのひたひたが江戸を愛しく振り返らせて、晶子が歩んだ近江から美濃、信濃、越後とつづく東山道（とうさんどう）と北陸道（ほくりくどう）の歌枕の旅をなぞりながら還った。旅は一年近くにもなって、着いたのはこの五月だ。それからは、晶子の遺した歌を一日に一帖、己れの手で歌集に仕立て、人の手に取ってもらうのを日課にしている。実は、多町で共に暮らしていたとき、けっして俺には手を触れさせぬ文箱（ふばこ）があってな、晶子が明かす前はなんだろうと想っていたのだが、それが歌だった」

直人の聞きたかったことはすべて聞き終えていた。

「なにはともあれ汗を拭（ふ）くか」

別荘は生垣（いけがき）に囲まれていて、木戸を開けると源内はまっすぐに井戸端（いどばた）へ向かった。冷たい水を

汲み上げて桶に満たし、手拭いを濯いで堅く絞る。直人も倣って手拭いを取り出し、上の半身を陽に晒してごしごしと拭った。

終えた源内は井戸の縁にかけていた紐を手繰り、水の滴る白い布袋を手に取る。開けると入っていたのは何本もの胡瓜で、笑みを浮かべつつ直人に一本を手渡した。

単衣の袂を合わせて母屋の濡れ縁に向かい、並んで腰を下ろして胡瓜を齧る。母屋は材は吟味しているのだろうが大きな田舎家風で、濡れ縁の冷えた胡瓜が旨い。半分ほどが腹に消えると源内が言った。

「俺の話ばかり聞いてもらった」

残りの半分を齧ってからつづける。

「なにか俺が聞く話はないか」

むろん、ある。話したいことがいっぱいある。ありすぎて直ぐには選べない。直人は胡瓜がなくなるまで考えつづけてから、「ある」と答えた。そして、語った。

「六十五歳の隠居した武家が居た。重い病を得ていたにもかかわらず六十歳の妻に離縁を言い渡した。理由は『同じ墓に入りたくなかった』というものだ。ちなみに、武家は越後の出で、埋葬は火葬だ。理由は『同じ墓に入りたくなかった』という理由が当たり前に過ぎて、どうにも得心できずにいるのだが、なにか、感ずるところはないか」

唇を動かしながら、うつけのような物言いだと思った。あまりに漠然としている。自分でも、それだけではな……と返すだろう。言い終えて別の説き方を思案しかけたとき、源内がぽつりと言った。

「話したように……」

目は前に遣ったままだ。

「京からの帰路は晶子の歌枕の旅をなぞった」

　そうだった。近江から東山道、そして北陸道へ回った……。

「だから、越後にも寄った。信濃川や出雲崎、それに寺泊も訪ねた。それぞれの地で足が向かったのは歌枕の跡だけではない。京都への旅が旅だったので、墓や埋葬と出くわすと勝手に気が行く。目を凝らす」

　直人は首を回して源内の横顔を見遣った。

「それで知ることになったのだが、越後の火葬は他の土地の火葬とはまた異なる。越後の火葬は別段なのだ。俺はそれまでそんな火葬があるのを知らなかった。あるいは、その御仁も俺の見た火葬で墓入りする気だったかもしれん」

「聞かせてくれ！」

　直人は言った。

「その火葬の話を聞かせてくれ！」

　思わず源内の肩に手を掛けていた。

　聞き終えると、直人はその足で小日向へ向かった。藤尾正嗣にたしかめなければならぬことがあった。

　別荘をあとにする前に、沢田源内がいつまで向島に居るかは問わなかった。以前であれば、出逢った次の日にはもうそこには居るまいという気にさせられた。が、京から戻った源内はちがっ

100

た。問わずとも、明日も田舎家に風を入れていると想わせた。源内の裡で羽林家の晶子の供養は
まだ足りていなかろう。明日も斐紙に歌を写し、糸で綴じているはずだ。が、だから明日も消え
ないと想ったわけではない。居ると察したのは、源内が変わろうとしていたからだ。

直人の目に映る源内は蛹を想わせた。まだ幼子の頃、直人は蛹を割いたことがある。幼子は物
を識らぬ。だから、酷い。青虫が蛹になって蝶になるのだから、蛹の殻を外せば蝶のなりかけが
居るはずと思い込んだ。けれど、外れた。蛹のなかに見たのは形のないどろどろとした液だけだ
った。青虫は殻のなかで己れを解き、いったんどろどろにしていた。蛹のあいだは動かない。動かずに新たな躰
源内もまた蛹になり、どろどろになろうとしていた。蛹のなかに蝶になってから蝶になっていくのだった。
が組み上がるのをじっと待たなければならない。だから直人は問わずに正嗣の屋敷へ向かった。

秋とはいっても七月末の昼間はまだ長い。小日向へ着いたときもなお陽が残っていて、例によ
って正嗣は待たせることなく直人を出迎えた。

「急な訪問で恐縮ですが、一点、どうしてもたしかめさせていただきたいことがございまして」
逸る気持ちをなんとか抑えて、直人は言った。

「なんなりと」

この前と同様、正嗣は待ち構えていたかのようだった。独りで腹に収めつづけるには事件はあ
まりに酷かろう。正嗣は己れを責めている。傍らに居て母を阻止できず、その母を憎み切れぬ己
れを責めている。けれど、正嗣は事件を覆い隠さなかった。屋敷のなかでの犯行だ。家の安泰を
第一に考えれば、病死として届け出て、なにもなかったことにもできたろう。なのに、御咎め覚
悟で届け出た。なにもなかったという終息を、父への想いが許さなかったのだろうか、正嗣は正
嗣なりに闘っている。

「先日、藤尾殿に教えていただいた御父上の離縁の理由についてです」

いま見届けようとしている景色が、正嗣にとっても救いになってくれたらと思いつつ直人は問う。

「はあ……」

わずかに怪訝が覗く。

『同じ墓に入りたくなかった』。そうお聞きしました」

「はい」

「あの言葉ですが、一字一句、御父上が語られたとおりでしょうか」

正嗣は目を長押のあたりに預けて言う。

「いえ」

直ぐに戻してつづけた。

「父が口にしたとおり、というわけではありません」

「ちがう、と……」

「ええ。ちがいます。その言葉では意味が伝わりにくい気がしたので、通りがよい言葉に変えました。それが、なにか……」

「その元の言葉をお聞かせ願えますか」

「はい、しかし、ほとんど変わらぬのです。文字にすれば、ちがうのは一字だけです。それでよろしいですか」

「お願いいたします」

『同じ墓に入れられたくなかった』。父はそう言いました」

「『同じ墓に入れたくなかった』」

「ええ」

「『入り』と『入れ』のちがいですね」

「そのとおりです。『入れたくなかった』と言い換えました。意味するところは同じように伝わると判じましたので、『同じ墓に入りたくなかった』と言い換えました。意味するところは同じように伝わると判じましたので」

「排除……ですか」

「たしかに、聞きようによっては『入りたくなかった』よりも『入れたくなかった』のほうがもっと妻を避けているように響くかもしれない。

「なにか支障がありましたでしょうか」

「いえ、助かりました。それからもうひとつ、つかぬことを伺いますが、よろしいでしょうか」

「どうぞ」

「藤尾家の越後の墓ですが、銘々でしょうか。それとも、家族としてひとつにされた墓でしょうか」

「その昔は銘々だったと聞きましたが……」

つかの間、考えてからつづけた。

「いつだったかは思い出せぬのですが、もう数代も前に檀家寺の境内へ墓を移したのを機に藤尾家の墓としてまとめたと聞いています。そんな答でよろしいでしょうか」

「けっこうです。たいへん役立ちました。ありがとうございました」

それで十分だった。直ぐにでも小伝馬町牢屋敷の揚座敷に居る菊枝に会いに行きたかったが、やはり、ひと晩寝かせることにした。知りたかったことは知った。組みたかったことは組んだ。

なぜ六十五歳の藤尾信久は六十歳の菊枝に離縁を言ったのか……。直人は見えなかった景色を見ている。その景色なら菊枝の裡に棲む鬼の腰を浮かせられそうだ。ただし、それも明日の朝、目が覚めても、そういう気でいられたらの話だった。

菊枝が藤尾信久を殺めた理由はいまもわからない。人にできることではない。信久から頼まれたのならわかる。あの躰で生きていく苦しみを頼まれて断った。が、信久が菊枝に頼んだ痕跡はまったく見つけられない。頼まれたのでなければ、姉の佳津が語ったとおりになる。菊枝は我の化物になる。菊枝の裡に棲む鬼が懐剣を抜かせた。

「人が生まれるとき鬼も生まれる」と、内藤雅之が語ったことがある。「人に生まれつきゃあ鬼と棲み暮らすのは避けられんねえ。でも、人は鬼じゃあねえ。鬼じゃあねえ証しがこの世の中だ。鬼に世の中はつくれねえ。つくっても直ぐに壊れる。人と鬼は分けがたいが、人は鬼を馴らすことができる」。だから世の中はおもしろいと雅之はつづけた。「みんな健気に鬼を飼い馴らしてさ。そいつが世の中の"脈"になるんだ。世の中がすこ生きてくってことさ。ちゃんと顔つきを持ってな。

鬼との付き合いがなきゃあ、世の中のっぺらぼうになっちまう」。

鬼を上手に馴らしたのが藤尾信久だろう。あるいは馴らししすぎたかもしれぬほどに馴らした。でも、己れの鬼を抑え切った信久とて、伴侶の鬼を馴らすことはできなかったらしい。信久に無理なら自分はなお無理だろう。でも、自分は見抜く者だ。自分は退けない。で、どうにかここまで来た。これで菊枝の鬼が居づらくなってくれたらいい。安心し切って落ち着けていた腰をそわそわさせてくれたらいい。菊枝のなぜを包む殻に走る罅を見たい。

小日向から戻る途中、本郷六丁目に差し掛かったあたりで暮れ六つになる。七五屋に寄って気を鎮めようかとも想ったが、七五屋へ行けばまた気持ちが雅之を頼る。ここが堪えどころと制し

て法泉寺の門前にあった蕎麦屋でチロリとせいろを頼んだ。

一日中歩き回って、聞き漏らしちゃならない話を聞きつづけたせいだろう、一本のチロリがず
いぶん効く。店を出て、こんなに遠かったかと思いながら下谷御箪笥町の組屋敷に戻ってみれば、
昂ぶって眠れぬのではないかと案じたのはまったくの杞憂で、躰も拭かずに眠り込んだ。まだ居
残っていた飯炊きの銀婆さんに質されると、昼間拭いたからいいという言い訳にもならぬ言い訳
を言ったらしいが、なにも覚えていない。

次の朝が来て、直人は昨日見た景色を見直す。房楊枝を遣いつつ、味噌汁の椀を傾けつつ、欠
けや歪みを探す。ひと晩置いても破綻はなく、色も退いていない。直人は組屋敷を出て通い慣れ
た御成道を住き、筋違御門を抜け、今川橋を渡る。いつもなら、そのまま通町筋をまっすぐ歩ん
で常盤橋御門から御城へ向かうのだが、今日は本銀町の角を左に折れる。

筋違御門前の神田須田町から芝の金杉橋まで、御府内を南北に貫く通町筋は江戸の町並みの顔
である。なかでも目を奪われるのが、京橋側から日本橋を渡ってからで、天下一と謳われる橋の
意外な小ささに拍子抜けした地方からの客も、三井越後屋をはじめとする呉服屋と向き合えば
う土産話には事欠かない。壁はもとより軒先まで厚い漆喰で塗り固めた土蔵造りの豪壮な店が建
ち並び、引き寄せられて暖簾を潜れば使い勝手だってよい。大店なのに反物の切り売りもしてい
て半襟の替えを気軽に楽しむことができるし、買ってすぐに着て帰れる仕立て売りもやっている
気持ちが弾んでくる上に一見の客にも寄り添っているというわけで、通りはいつも賑わっている。

その目抜き通りを組む本銀町から四つ角を三つ通り過ぎるだけで、練塀と小さな堀に囲まれた
小伝馬町牢屋敷に着く。徒目付の御用のひとつである斬首の立会いに赴くたびに、直人は天国と
地獄は隣り合わせだと思わされる。いくら場数を踏んでも首が落ちる土壇場に慣れることはない。

地獄のなかにある空地が菊枝の居る揚座敷だ。家禄が五百石に届かぬ旗本を収監する一人用の牢で、七畳の畳が敷かれる。食事も本膳になり、世話する者も付く。三百五十石の旗本の奥方だったとはいえ三年半前に離縁されている菊枝が入るにはなんらかの配慮が働いたと想われるが、それは直人がこれから伝えようとしている景色と喧嘩をしない。

直人は鍵役の牢役人に言って、揚座敷と揚座敷のあいだにある当番処に菊枝を呼び出す。

姿を現したときは誰かと思った。あまりに場ちがいだったからだ。

姉の佳津の目は菊枝の姿かたちに関する限り偏ってなどいなかった。

あの日の佳津と同じ絽縮緬を着けて牢屋敷に立つ菊枝は六十三歳にして化物だった。まさに、泥田に咲く蓮で、蓮華の五徳を見せつけて咲き誇っているようだ。

淤泥不染にして中虚外直。泥田にあって泥に染まらず、真っ直ぐに茎を伸ばして大輪の花を着けている。染まらぬ泥のなかには己れの罪を交じっている。

仏の教えでは極楽に生まれる者は蓮の台に忽然と生まれるという。蓮華化生である。菊枝も泥のなかの厄災など与り知らぬまま極楽へ向かうのかもしれないと想わせる。

「徒目付を勤めている片岡直人です」

それはいけなかろうと思いつつ、直人はゆっくりと己れの名を言った。

「この前は別の者が経緯を訊きましたが、なにも話されなかったとか」

直人は麦湯を勧めるが、菊枝は応えない。

「いかがですか」

あらぬ向きを、菊枝は見ている。頑なに拒む体とはちがう。躰の力を抜いて泥田の上空を渡る風を感じているかのようだ。直人の存在を歯牙にも掛けていないとも見て取れる。

「あれからなにか話す気にはなりましたか」

直人は待つ。無言で待つ。常人ならば黙しているのが難儀になるほどに待つ。菊枝の唇が動いてほしいが、動かなくても落胆はしない。待つのは己れ、待たせるのは菊枝だ。無音の責は菊枝にある。その図をじっと待つことで明々にする。

「では、それがしが話しましょう」

それから四半刻が経った。直人はおもむろに口を開く。

「貴方は六十歳のときに信久殿から離縁を言われたそうですね」

今日、話すのはこの一点のみだ。鬼を退ければ罪が見える。罪が見えれば外直の茎も曲がるかもしれない。曲がった茎の中虚を覗くのは明日からだ。

「なんで離縁を言ったのか、子息の正嗣殿から理由を聞きました」

おそらく菊枝は理由を聞いていないはずだ。離縁を言い渡すときは、相手のその後を考慮して理由を曖昧にぼかすのが約束である。〝気合わず候につき〟とか〝互いの縁之なく〟といった当り障りのない言い方をする。信久のことだ、きっと、菊枝に言い渡したときも、表向きの理由しか言わなかっただろう。

「信久殿は『同じ墓に入りたくなかった』と言ったそうです」

信久の言葉を聴くのは初めてのはずだが、なにも変化はない。いっさいの言葉に気が行かないのか、そのくらいのことは予期していたのか……。

「聴いたそれがしは得心できませんでした。そもそも六十五歳になっての離縁がわからなかった。

信久殿の病は重篤です。世の習いであれば、そういうときこそ伴侶を得がたく感じるものでしょう。なのに離縁をするからには、言うに言われぬ理由があったはずです。『同じ墓に入りたくなかった』というようなありきたりの理由では間尺に合いません」

直人は菊枝の気配に集めていた気を己れの語りのほうに移す。これからが肝だ。伝わるように伝えなければならない。

「きっと別の理由があるはずだとそれがしは判じました。拠り処は墓でした。『同じ墓に入りたくなかった』墓とは、どういう墓なのだろうと思い、正嗣殿に尋ねました。すると、まず、信久殿の念頭にあった墓は江戸の墓ではなく越後の墓であると知れました。正嗣殿はもうずいぶん以前に、信久殿から故郷の越後に葬ってほしいとはっきり頼まれていたそうです」

菊枝の前では、信久は越後の百姓上がりの己れを消していた。越後の墓の話を聴くのもおそらく初めてだろう。

「江戸で埋葬といえば土葬ですが、越後では埋葬の多くが火葬です。信久殿の郷里でも、田圃路を小半刻も歩けば二つは三昧を目にしたそうです。三昧というのは骸を焼く火屋のことで、信久殿はそう呼んでいたと聞きました。大きさは畳六枚ほど。きちんと切出し石で壁を積み、瓦で屋根を葺いて雪の重みにも負けぬように組み上げていました。そこに据え置かれた火床で、村の者たちだけで御骨にするのだそうです」

麦湯で喉を湿らせてから直人はつづけた。まだ渇いてはいなかったが、直ぐに渇きそうだった。

「知り尽くしたはずのいつもの田圃路も、三昧が見えてくるといつもの路でなくなるらしい。この世とあの世との間が揺らいで、一歩踏み入れると、あっちへ行ったきりになってしまいそうな想いに囚われる。まだ子供だった信久殿は路の反対側に寄って足早に通り過ぎるのが習いでした

108

が、しばらくすると、また三昧のある路を往かずにはいられなかったと聞きました。"間"を察したときの魂の震えが忘れられなくて、引き寄せられるように足が向かってしまうのだそうです。

それに、三昧のある路は一面の田圃のなかでそこだけ樹が聳えて陽陰で憩うことができたし、ひときわ美しくもありました。花畑が広がっていたのです」

話に聴いただけでその光景に憧れたのは、直人にしても初めてだった。

「焼いた遺骨はすべてを骨壺にお納めするわけではありません。残りは三昧の傍にある灰捨て場に撒きます。もうずっと、何代にも渡ってそうしてきているので、辺りの土地にはその灰が肥になって染み入っています。で、樹々が大きく育って樹陰をつくり、季節には花が咲き乱れるのだそうです。それがしは是非ともその北の花畑を目にしたいと思い、口に出しましたが、そのとき、正嗣殿はあるいはそれがしがすでに見ているかもしれないと答えました」

正嗣に言われるまでは想いもしなかった。

「小日向の屋敷の庭がそうだと言うのです」

菊枝が己れの屋敷と認めなかったかもしれぬ屋敷であり、菊枝が庭と認めなかったかもしれぬ庭だ。

「あの庭にはサイカチの大樹が聳え、いまの季節はクチナシやキキョウ、ゼニアオイが花を咲かせています。当初、それがしは見事な花の庭と嘆じましたが、正嗣殿から信久殿みずから丹精した薬草の庭と告げられました。言われてみれば、どれもみな漢方の素材ばかりです。花の脇にはオケラやクコも植わっていました。それがしは病弱だった息子への信久殿の想いに感じ入ったものですが、しかし、そのあと、正嗣殿はやはり花畑だったのかもしれぬと思い直したそうです。三昧の灰こそないけれど、この庭は信久殿が越後の田圃路の花畑を目に浮かべながら作った庭な

のではないか、と」

聞いた瞬間、直人もまちがいなかろうと察した。

「それで、それがしも気づきました。三昧のある路は、きっと信久殿にとって郷里そのものだったのでしょう。信久殿はけっして私を語りません。まして、越後は語らない。正嗣殿を除いて封印していました。だからこそ折に触れて、三昧のある路を振り返ったのでしょう」

正嗣は「父の酒」を「哀しい」と言った。「逃れて呑むのに、己れを酔いに委ねることがない」と言い、「避難する場にまで己れで枠をつくる」と言った。その父に唯一、避難処があるとしたら、それは記憶のなかの三昧のある路だっただろう。

「幾つになっても三昧のある路を思い出しさえすればあの　"間"　が揺らぎます。そして魂が震えます。そうやって、いつでも田圃路を往く子供の己れに還ることができる。繰り返すに連れ、震えは子供の時分とは変わっていったでしょう。子供の信久殿の震えを占めていたのは、得体の知れぬ昂りを伴う恐れだったでしょうが、江戸へ出て齢を重ね、病を得て、三昧の火床に横たわる己れが近づくに連れ、恐れは消えていったのではないでしょうか。むしろ、包まれるような心地に変わっていって、いつしか、先人たちの滋養を得て花が群れるそこことが己れが赦される場処となっていた。"間"　に震えながら、己れも樹々の、花の、糧になるのを願ったのではないか と思えてなりません」

直人とて、その心地よさはわかる気がする。まだ火床は遠い齢だが、武家である以上、気は常に死と添っている。

「であれば、そこへ還るのは独りです。独りだからこそ迎え入れられる。が、すでに遅く、病は越後への旅を許さなかった。だから信久殿は貴方を離縁し、致仕して越後へ還ろうとしました。

ですから、離縁は信久殿が独りで越後に葬られたかったゆえで、貴方とは関わりなかったことになります。貴方をいよいよ疎ましくなって離縁を言い出したのではありません」

それを菊枝がどう取るか。己れと関わりがなかったのを良しとするか、独りで大事を決めたのが許せぬか。そもそも理由などとは関わりなく離縁を口にしたことじたいが憎いか。でも、話はまだ終わっていない。

「そこまでたどり着いたとき、まだ先があると察しました。これで仕舞いではない。まだ、なにかが欠けている、と。でも、そのなにかがなんなのかがわかりません。探しあぐねていたとき、信久殿が致仕する半年前に藤尾本家の葬儀のために越後に帰ったことを知りました。その帰郷の旅から江戸へ戻った際、同役の方は信久殿の帰府の挨拶のなかで『妻女にとって好ましいような旅から江戸へ戻った際、同役の方は信久殿の帰府の挨拶のなかで『妻女にとって好ましいような言葉を聞いたそうです。それがなにかは信久殿にしなかったことを考えついた』という意味合いの言葉を聞いたそうです。それがなにかは信久殿にしなかったことを考えついた』という意味合いの言葉を、思い付きの軽い話であるはずがそうですが、けっして私を語らぬ信久殿の唇から洩れたのです。思い付きの軽い話であるはずがありません」

ひとつ息をついて、直人はつづける。

「信久殿が離縁を切り出したのはそれから間もなくでした。となれば、『妻女にとって好ましいようなこと』とは離縁を指すと判じて差し支えないでしょう。なにゆえに離縁が好ましいのか……。話は越後の葬儀から戻ったばかりで語られたのですから、墓と関わっていると観るのが自然です。お話ししたように、信久殿は郷里の三昧で花の糧になるのを願っていた。あの躰を押して越後の葬儀に赴いたのも、己れのそのときと重ね合わせていたからこそでしょう。しかし、実際に葬列に加わって埋葬を見届けているうちに信久殿は己れの三昧を忘れていった。ありのままの越後の火葬を目の当たりにするにつれ、頭のなかは己れではなく別の者で占められていきまし

111

た。申すまでもなく、貴方です。そうして、貴方のために離縁をしなければならないと思うに至ったのです。信久殿は独りで越後に葬られたいがために貴方に離縁を言い渡したのではないし、貴方とは関わりなく離縁を考えついたのでもない。すべては貴方のためでした」

直人はあえて菊枝の顔つきを読まない。

「いったい墓と離縁がどのように関わってそういうことになるのか、それがようやく摑めたのは、事件とはまったく無縁のある人物の話を聞いたときでした。その人物は亡くなった伴侶を偲ぶために北陸道と東山道の歌枕の旅に出たのです。当然、越後も訪れます。その上、供養の旅ですから、知らずに墓や埋葬に目が向かう。信久殿の村と同様の三昧のある路も歩んだし、埋葬の場にも身を置きました。それで、越後の墓がいかなる墓であるかを語ってくれたのです」

それはいくら想像をはためかせても想い及ばぬ話だった。

「申し上げたように、越後では埋葬の多くが火葬です。しかし、火葬とはいっても江戸、あるいは関東の火葬とはちがうのです。関東で火葬といえば、陶器の骨壺に納めた遺骨を墓の石室に安置する埋葬を想い浮かべます。でも、越後のある地域ではちがう。墓の下は石室になっていません。土を掘り抜いただけです。そこに骨壺を据え置くのでもない。容れ物に納めていた遺骨をその土の室へ撒くのです」

土に散る焼かれた骨を、沢田源内は語ってくれた。

「もしも、その墓が家族の墓ならば、信久殿の遺骨も、そしてやがて貴方が亡くなれば貴方の遺骨もそこに撒かれることになります。申すまでもなく骨と骨は直に触れ合います。関東の火葬では同じ石室にあっても遺骨はそれぞれの壺に納められ、陶器の壁に隔てられていて、実は銘々葬られてもいるのですが、越後の火葬は骨と骨が交わるのです。正嗣殿に尋ねたところ、藤尾家の

112

墓は家族の墓とのことでした」

見抜く者を志すからには、聴く一語一語を指の腹で触るように頭に入れなければならぬと自戒してきた。けれど、いくら戒めても網目から抜け出る言葉は多々ある。今回の火葬もそうだった。

火葬は火葬と見なしてしまった。

「それを知ったとき、それがしは想っていたのとは逆の筋を考えついてしまいました。つまり、だから信久殿は『同じ墓に入りたくなかった』のかと察してしまったのです。石室の骨壺ならば、『同じ墓』とはいっても別々といえば別々です。しかし、越後の火葬では死後もずっと触れ合いつづけなければならない。もしも、おぞましいほどに相手を疎ましく感じていたとしたら、同じ墓に入るのは拷問ですらあるでしょう。肌の合わぬ者が永遠に交わりつづけなければならないとなれば、これはもう理屈ではない。なんとしても避けるしかありません。となれば、当初ありきたりと思えた理由も得心するしかなくなります」

源内が語り終えたとき、一瞬、直人は無理筋だったかと気落ちした。

「ですが、その逆の筋はまったくの逆ではなかったのです。つまり、信久殿はまさにそのように想ったのです。死後もずっと触れ合いつづけなければならないとなれば、同じ墓には断じて入りたくはなかろうと想ったし、永遠に交わりつづけるのだけはなにがあっても避けようとするだろうと想ったのです。ただし、己れが、ではない。貴方がです。貴方がそのように思うだろうと、信久殿は想ったのです」

そこが哀しくも信久らしい。

「信久殿は江戸の大番家で育った貴方が百姓の自分を忌み嫌っていると思っていた。その貴方に、死後もずっと自分と触れ合いつづけ、永遠に交わりつづける越後を忌み嫌っていると思っていた。越後を忌み嫌っていると思っていた。その貴方に、死後もずっと自分と触れ合いつづ

113

けさせるわけにはいかない。信久殿はそう断じました」

息子の正嗣が語ったように「避難する場にまで己れで柩をつくる」御人（ひと）だ。死んだあとだって

「己れで柩をつくる」だろう。

「信久殿はさらにその先まで考えていました。越後の墓の下がなんで石室ではないのかわかりますか。石を惜しんだわけではありません。信久殿の郷里の人々は、石の壁に護られて骨としてこの世にずっと残るのを避けたのです。それよりも土に還りたいと願ったのです。土に埋もれれば灰となった骨も遠からず土になります。郷里の土に溶けます。だから石室を避けて土にした。信久殿と貴方の骨は二人で交わるのではありません。いまや土となっている先祖たちとも交わるのです。そして、みずからも土となって子孫とも交わる。それは江戸育ちで越後を嫌う貴方には堪えがたい厄災（やくさい）であろうと信久殿は想ってしまった。信久殿は貴方を、郷里の土となる定めから救おうとしたのです。その手立てが離縁でした」

信久のそこまでの想いはいったいどこから来ているのだろう……源内の話を聞き終えて向島の別荘をあとにする路すがら、直人は想った。並みの答では信久の振る舞いを解きづらい。もはや、

「己れで柩をつくる」を超えている。ふっと、恋という、らしくもない言葉が浮かんだのは、源内と晶子の歌枕の旅を聞いたあとだったからかもしれない。きっと信久は縁づいて以来ずっと変わることなく、菊枝を愛（いと）しく想ってきたのではないか。たとえ、鬼を棲まわせる菊枝だったとしても、その鬼をも信久は迎え入れていたのではないか。女をわからぬ直人が、懸命に男と女の間（あわい）を想った。

「ただし、そう判じるにはひとつだけ疑念が残りました」

その疑念をたしかめるために、小日向の藤尾の屋敷へ急いだのだった。

114

「もしも、それがしの立てた筋が的外れでなかったとしたら、『同じ墓に入りたくなかった』という言葉はおかしいのです。貴方のために同じ墓に入らないようにしたのですから、『同じ墓に入りたくなかった』はない。人によってはそういう言い方をするかもしれませんが、信久殿の物言いは外連や想わせぶりとは無縁でしょう。もっと直截に語るはずです。それがしは三たび正嗣殿を訪ねてほんとうにその言葉だったかを問いました。直ぐに正嗣殿は一字を替えたと認められた。元の言葉は『同じ墓に入りたくなかった』ではなく『同じ墓に入れたくなかった』でした。その言葉だけを捉えれば排除をしているようですが、信久殿が離縁で郷里の土となるのを阻止しようとしたのを識っていれば、気持ちをそのまま表したとわかるでしょう」

語りながら、最初の訊き取りで藤尾正嗣が言った言葉が思い出された。

「……それがしがいくら母への不満を訴えても、父が母をわるく言うことはけっしてありません。おまえの母は立派な人である、ただ、人の慈しみ方を知らないだけなのだと言うのです。逆に、そういうかわいそうな人なのだから、男子のおまえもそのつもりで支えてあげてくれ、と頼まれました……」

あれはきっと息子への慰撫の言葉ではなく、信久の本心だったのだろう、と想ったとき、常にない疲れを覚えつつも直人は感じた。

菊枝の耳が開いているのを感じた。

目は変わらずにどこも見てはいない。が、耳は直人に向かって開いている。ともあれ、話は入ったらしい。入らなければどうにもならない。

思わず安堵してあらためて見遣ると、菊枝がゆっくりと首を回して初めて目が合った。

そして、開くのを期待していなかった口が開いた。

見かけにたがわぬ泥に染まらぬ声で、菊枝は言った。

「理由を言えばよろしいのですか」

その問いはあまりに唐突で、あまりに意外だった。まさかいきなりなぜを語るとは想いもしなかったし、初めから、訊き取りはひと晩空けるつもりでいた。もしも直人の立てた筋が的を射たとしたら、ひと晩のあいだに幾倍にも嵩（かさ）を増して、菊枝の裡（うち）の鬼を圧してくれるはずだった。菊枝を見抜くのはそれからと決めていた。とはいえ、理由を言う気を見せられれば拒めるわけもない。気持ちの用意が整わぬまま直人は言った。

「そうだ、と言えば話すのですか」

淀みなく、菊枝は答えた。

「話せば、直ぐに揚座敷に戻していただけるのであればお話しします」

初めて声に出した「理由を言えば……」のひとことで、場は菊枝を軸に回るようになっていた。

もはや、直人は話を聞くしかなかった。

「戻しましょう」

ともあれあれ聞くだけ聞いてから、あとの算段をしようと思った。

「嫌になったんです」

直人が備える間もなく菊枝は言う。

「なにがですか」

116

直人は訊かされているような気になる。

「独りで死ぬのが」

やはり、そうだ。訊いているのではなく訊かされている。しかし、こんどは次にどう訊いてい

いのかわからない。

「尼僧が預かる塔頭での独り暮らしでございましょう」

問いを探す直人に、菊枝は言った。「尼僧が預かる塔頭」は藤尾信久が実家に戻れぬ菊枝のた

めに用意した住処だ。そこで菊枝はなに不自由なく暮らしていたと聴いている。

「あっという間に三年半が経って、ああ、このままこんなおもしろくもないところで独りで死ぬ

んだなあって想ったら、なんだか急に嫌になってきて」

口に出すべき言葉が浮かんでこない。

「ならば、あのひとに道連れになってもらおうかなあって」

直人は努めてゆっくりと息を腹に送る。ゆっくりを繰り返して気を鎮める。

「そうすれば恩返しにもなるし」

「恩返し……」

「あんな軀でずっと伏せたっきりではたいへんでございましょう。それに、相手がわたくしだっ

たら、あのひとは歓びます」

刹那、それだけはそうかもしれぬと感じてしまう。信久は菊枝に刺されれば歓ぶかもしれない。

「貴方に延々と語っていただいたようなひとですからね。相手にしてほしいことをしてほしいと

口にできないんです。なので、いろいろやってきてくれたことはたしかですから、恩返しに道連

れにしてあげることにしました」

「しかし……」

「はい」

直人はようやっと言葉を見つけた。

「道連れと言いながら、貴方はまだ死んでいませんね」

「ああ」

なんということもないように菊枝は言った。

「なんだかそういう気分ではなくなってしまって。でも、そのうち死ぬんじゃないでしょうか」

一矢も報えぬ答を得て、直人の唇が成り行きで動く。

「悔やんではいないのですか」

問いの意味がわからぬ風で菊枝は答えた。

「あのひとは嬉しかったのですよ。嬉しいまま逝けたのです」

訊くまでもなかったと思い知らされると、なんでこれほど語れるのにずっと黙していたのかが気になる。

「なんで、いまになって話す気になったのでしょう」

「だって」

笑みを含んで、菊枝は答えた。

「あんなに細々としたお話を長々とつづけられて貴方もお疲れでございましょう。わたくしもなにかお返しをしないと申し訳ないじゃありませんか」

そして、つづけた。

「もう、よろしいですか。話はこれでぜんぶです。さきほど、話せば直ぐに戻していただけると

のお約束を頂きましたが」

　菊枝に念押しされるまでもなく、直人のほうから消えてほしかった。あまりに想いもかけなかった成り行きで、構えを立て直そうにも立て直しようがない。一刻も早く一人になって、もろもろ考えたかった。

「どうぞ、戻ってください」

　後ろ姿さえ中虚外直とした菊枝の背中に目を遣りつつ挽回の手立てを想ったが、気持ちは萎えるばかりだった。時が経つほどに、己れが菊枝の話に得心しているのを認めざるをえない。つい、いましがたまで事件はありえぬ事件のはずだった。離縁された妻が三年半も経ってから重い病で寝た切りの夫を刺し殺すという考えられぬ事件であり、いくら気を集めても真相には触りようもないはずだった。が、菊枝の口から理由が語られてみれば不審はなにも残らない。菊枝が語る限り、話に無理はなくなる。

　独りで死ぬのが嫌になった。

　前の夫を道連れにすることにした。

　前の夫も言葉にはしなかったが心底ではそれを望んでいる。

　だから、気を利かして道連れにしてあげることにした。

　そこに、飛躍はあっても狂人の滅裂はない。

　直人は、もしも菊枝が藤尾信久を殺めた理由をわかるとすれば、信久から頼まれたときだけと想ってきた。あの躰で生きていく苦しみを頼まれて断ったのならわかる気がしていた。菊枝の語りは、この唯一のわかる筋と重なっていた。信久が菊枝に頼んだ痕跡は見つけられないが、それはなにかにつけ己れを抑えて主張を控えてしまう信久の性癖のせいと説かれれば抗うのはむずかし

119

い。だから、得心せざるをえない。

ただし、この得心には但し書きが付いた。"菊枝が語る限り"という但し書きだ。直人の頭のなかには我の化物としての菊枝という予断がある。先刻、初めて顔を合わせ、泥田に咲く蓮を目にして、化物はより輪郭としての菊枝という予断がある。その菊枝が語るからこそ、話から無理が消える。

直人が得心したのは、信久から頼まれたという筋と重なるせいだが、菊枝が刺したのはあくまで菊枝が独りで死ぬのが嫌になったからだ。道連れにするために刺したのではない。菊枝でなければ責められるべき独善が、化物を見る目が働くために見過ごされる。信久が道連れになるのを望んでいたという言い分に、なんとはなしに納得してしまうのも菊枝が語ればこそだ。菊枝でなければ、やはり異常に身勝手な話としか聴こえぬだろう。

菊枝の語りには、化物の菊枝と化物ではない菊枝が同居していて、だから受け容れられることも受け容れられぬこともできない。化物の菊枝が化物ではない振りをしているのか、化物ではない菊枝が化物の振りをしているのか……ともあれ明日からだと直人は思った。ようやく滑り出したのだ。明日からがほんとうの見抜く日々になる。よほど腹を据えてかからなければならない。直人はいつにも増して気を引き締めて小伝馬町をあとにしたが、しかし、直人の望んだ明日は来なかった。

翌朝、獄丁は揚座敷に、首を吊った女の罪囚を見た。

屋敷で報せを受けた直人は思わず玄関にへたり込んだ。その日の訊き取りに備えていっぱいに満たしていた気がいちどきに抜けて、使いの者に労いの言葉をかけるのも大儀だった。初めから女のわからぬ己れに勤まるかと自問せざるをえない御用だった。菊枝の裡に棲む鬼を察してからは、これまで己れが対してきた鬼とは比べるべくもないことを嫌でも悟らなければな

らなかった。

まともな探索ではどうにもならず、藤尾信久が入ろうとしていた墓に的を絞って初めてなぜを追う路が見えた。その墓が越後と知り、火葬と知り、三昧のある路を知り、最後に沢田源内の助けを得て、信久が菊枝を郷里の土となる定めから救おうとしたという筋にたどり着いたときは、ようやく、これで菊枝と向き合えると思えたものだ。

それは藤尾信久という男の一途が生んだ筋であり、三昧を介した藤尾父子の交わりが生んだ筋であり、そして沢田源内の晶子を信じる旅が生んだ筋だった。源内と晶子の歌枕の旅は、信久の菊枝への想いが恋なのだろうと気づかせてくれもした。たとえ菊枝の鬼が嵐を発しようともたじろがぬだけのもろもろの想いの深さが、この筋には凝集していると信じられた。

人は誰でも鬼と添う。人に生まれつけば鬼と棲み暮らすのは避けられない。だからといって人が鬼になるわけではない。鬼に染まらぬ臓なり腑なりを人は持つ。その証しが滴り落ちるほどに満ちているのが語った筋だ。ひと晩置けば、溜まった雫は菊枝の鬼の頭を覆い隠すほどにもなるだろう。幾重にも念じて直人は語った。

菊枝は揶揄するかのごとく「あんなに細々としたお話を長々とつづけられて」と言ったが、「理由を言えばよろしいのですか」のひとことを引き出したのは筋の雫と見てよいだろう。とはいえ、菊枝の語りは耳を通りやすいものの、やはり化物の菊枝なしには組みえぬ筋で、明日から化物の菊枝と化物ではない菊枝の不分明を消していくのだと心して迎えた朝、牢屋敷からの使いの者が門前に立ったのだった。

直人が「貴方はまだ死んでいませんね」と問うたとき、菊枝は「そのうち死ぬんじゃないでしょうか」と答えたが、声の響きからするといつまでも生きそうだった。化物らしく、獄門になっ

121

ても生きそうだった。なのに、その宵のうちにあっさり逝った。

跳ね返された、と直人は感じている。五月蠅いと、面倒と、手を払われたようだ。

信久の鬼をも愛する想いも、源内と晶子の歌枕の旅も、みんな「あんなに細々としたお話」というゴミ入れにいっしょくたに放り込まれてしまった。直人は三昧のある路の花畑を己れが踏みにじった気がした。晶子の骨の重みを首で受けつづけた源内の京への旅を穢した気がした。こんなことに使ってはならなかった。悔恨が重くのしかかって指の一本も動かす気になれない。

けれど、科人の検死もまた徒目付の御勤めだった。ともあれ小伝馬町へ急がねばと、石のごとき躰を座敷へ運び、袴を穿こうとした。と、不意に喉が詰まり、息が吐きづらくなる。直ぐに吸いづらくもなった。どうしたと想う間もなく脈が速まり、汗が吹き出る。袴がずるずると落ちて、直人は腰を落とす。乱れたままの袴の上に座して、不意に、牢屋敷へは行き着けぬだろうと想った。小伝馬町どころか玄関までだって立たぬとだって遠くに感じる。躰だけでなく、気もおかしいらしい。座り込んだまま、どうせ俺など役には立たぬのだと貶めている己れが別の者のようだ。

なんだ、こいつは、と咎めたとき、胸の痛みが襲った。喉のあたりがくわっと強張って、できた塊が胸に落ちる。父の直十郎も心の臓で逝った。俺もこのまま逝くのかもしれぬと、畳に背を預ける。横になっても塊は広がりつづけて胸を圧する。どこかにじたばたする己れを見ている己れが居る気がするが、どこなのだろう。

首だけを動かして畳に目を遣ると、こっちに向かってくる蟲が居る。細くて長くて、ずいぶん大きい。黒くて腹は赤。もろもろ賑やかな直人の躰を恐怖が貫く。百足だ。直人は毛虫もヤスデもゲジゲジも苦手だが、子供の頃からいっとう怖いのが赤腹のでかい百足だった。崖下の湿気の溜まる土地柄なのかけっこう出る。

弾けるように躰を起こして立ち上がる。寝そべっていた袴を手に取り、素早くそこを退いた。一目散に廊下へ出て箒を手に取り戻る。庭へ掃き出そうと見たくもない姿を捜す。が、居ない。座敷の真ん中くらいに居たから、まだ、どこかの隙間に潜り込んではいないはずだが居ない。箒を頼りに座敷の隅から隅まで当たり、下げていた顔を上げて壁と天井板を目で舐め回す。やはり居ない。

思わず息をついて箒を置き、廊下に放り置いていた袴を手にして座敷へ戻る。庭へ向かい、濡れ縁に立って、袴をばたばたと振ってから両足を通した。袴紐を結び切りに結んでいて、ふと、気づく。戻っている。躰が戻っている。喉も息も脈も汗も胸もなんともない。でも、あの嫌な記憶は残っていて、小伝馬町へ行ったらまたぶり返すのではないかと怖じ気づく。

胸痛に襲われる前の卑屈な弱気は消えているが、もしも人前でまた起きたらどうしようという危惧が玄関へ向かわせない。己れの柄が太いとは露ほども思わぬ。が、そこまで細くもなかろう。躰は戻っても気が戻らぬようだ。直人は消えた百足を想い浮かべて背後の畳に置く。表へ逃げぬと嚙まれるぞと脅す。情けなくもそんな子供騙しが効いて足が動き、玄関へ出て門へ向かう。さすがに門前から屋敷へ引き返す真似はしなかった。

牢屋敷へ着いたときは気も戻っていた。検使の目で亡骸を捉える。梁に掛けた紐からは下ろされていたが、それは責められない。見込みが皆無でなければ蘇生を試みるのは獄丁の務めだ。縊首顔が真っ白で鬱血がなく、閉じた瞼を開いてみれば白目にも血の斑はない。縊首紐の跡は顎の直ぐ下から耳の後ろにかけて残っていて、失禁が見られたのも掛けられた紐の真下だ。疑いなくそこで足を座敷から離し、苦悶することもなく命が絶たれたのだろう。縊首は正しく紐をかければ苦しむ間もなく逝く。

「お願いいたす」

　直人は獄丁に言って片付けを促す。その亡骸を、直人は菊枝と思わない。鬼からも化物からもあまりに遠い。閉じられた目は生前をなにも語らず、口は飛び出ようとした舌を歯が噛んでいる。下肢は腹のなかにあった物に塗れていて、纐首した骸の型からひとつとして逸脱するところがない。泥田にすっくと茎を伸ばして咲く大輪の蓮は跡形もなく、酸鼻を極める纐首らしい姿に行儀よく収まっている。これは菊枝ではない。こんな情けない処には居られぬと、菊枝は鬼と共にさ

っさとどこかへ跳んだのだ。

　徒目付が詰める本丸表御殿中央の内所へ戻った直人は、傍目には淡々と事後の処理を進める。淡々と進めぬと叫び出したくなるような衝動にかられるのだ。あの息のしにくさや胸の痛みがぶり返しそうでもある。なんとか夕刻まで己れの躰を宥めて御城をあとにする。

　小伝馬町に通じる本銀町を避けるためにいつもの常盤橋御門ではなく神田橋御門をくぐり、突き当たりを右へ折れて筋違御門へ抜け、通町筋へ戻った。そこからは通い慣れた御成道で、真っ直ぐ歩いて突き当たりを右へ進めば下谷広小路だ。が、普段は気が紛れる雑踏が今夜はきつい。直人はひとつ手前の路地へ分け入って直ぐに左へ曲り、下谷一丁目と二丁目の境を右へ行って広小路と山下を遣り過ごした。あとは御山の下寺が並ぶ通りをたどれば直人の組屋敷のある御箪笥町だ。

　けれど、直人は下寺のひとつである顕性院の前を右へ折れる。折れながら、やはりな、と思う。向島へ行くつもりだった。行って源内に詫びたいという気持ちを、そいつは己れが避難する口実だろうと諫める気持ちが抑えていたが、分かれ路に差し掛かると足が勝手に新寺町通を選んだ。

詫びか避難か、川向こうへ向かいながらも直人はずっと考えつづける。詫びたい気持ちは強くあった。使ってはならぬ源内の旅の記憶を使いながら役に立てることができなかった。詫びて済むことではないが、詫びずに済ますわけにはいかなかった。一方で、実は避難ではないかと糾されれば、否とは言えなかった。朝の変事が再び起きることはなかったが、起きる予感は常にあって不安が増していた。

そして、時が経つほどに、もっと大きな不安が生まれつつあった。内所で淡々と御用を勤めながら、直人はその新たな不安に触りつづけていた。徒目付としての熱の源である、なぜを追う気が細っていた。追うのを恐れてもいるが、それだけではない。追いたい欲が薄れているようだ。恐れているだけなら、恐れを乗り越えさえすれば戻れもするだろう。が、欲が消えてしまったらどうにもならない。むろん、今日の今日だ。むしろ、今日から数日はそんな気分にもなると観るのがまともだろう。でも、そういう意欲の萎えとはなにかがちがう気がして不安が募る。その不安から逃れようと足を動かしている己れもたしかに居るのだった。

堂々巡りとはわかっても堂々巡りをせぬわけにはいかなかった。細った気で勤まる御役目ではない。御用で挫けて避難するようであってはならない。ずっと堂々巡りをつづけてとうとう大川橋も渡り、長命寺も過ぎる。これで一本でゆくと決めた徒目付だった。見抜く者を目指していた。

ようやく決したのは綾瀬川を渡って別荘が目に入ったときだった。留守番小屋の障子から揺れる灯りが洩れて、もつれた気がほぐれる。ああ、やっていると想う。今夜も源内は斐紙に晶子の歌を一心に写しているのだろう。直人はふっと息をついて足を停め、障子に目を預けた。これが求めていたものがそこにある。鬼が侵しようがない、人のみがなしうる交情がある。やはり避難だ、と直人は思う。己れはあの侵しようのないものに縋りに来たのだ。現に、灯りの揺らぎを見遣る

だけでずいぶんと救われている。

直人は踵を返していま来た路をたどった。避難と知れればもはや訪ねることはできない。訪ねれば源内と晶子の二人の時に無遠慮に割り入って、詫びを口にしながら凭れかかることになる。避難でなくこれでもう……足を運びながら直人は察した……向島の源内と会うことはなかろう。避難でなくならない限り源内には会えぬ。そして、源内が向島を去るよりも早く避難を抜けられるかどうかはおぼつかない。それでも、とにかく、源内の供養の時を壊してはならなかった。

それからは、もう、どうにも定まらぬ日々だった。十日ばかり経った頃、変調は再びやってきた。場処がまた屋敷だったのはよかったが、時がよくなかった。床に入って直ぐで、それからは寝るのが怖くなった。胃はずっと弱っている。喰うのも眠るのもいけないとなると、やはり堪える。気の保ち方がいかんのだと己れを叱咤しようにも、その肝腎の気が頼れない。なぜを追う気は痩せたまんまで、なんとか内所には通っている有様だ。

直人が四月振りに内藤雅之の顔を見て、海防の話をしたのはそういう頃だった。

126

「大根だけでも喰ってみるかい」

内藤雅之は言う。差し出された皿には鮟鱇と大根の炊き合せが盛られている。

「練馬大根でも沢庵漬けに使うやつじゃあねえ。煮物のために育てた柔らけえ秋詰まり大根だ。煮大根の極め付きさ」

雅之が戻って二十日ばかりが経って、月は九月の十二日だ。暮れた六つ半、呼び出されて七五屋に行ったら雅之はもう小上りに居て、猪口を傾けていた。

「鮟鱇大根は鮟鱇を喰う料理じゃあねえんだよ。鮟鱇は身だけじゃなくて皮もアラも骨もみんな旨い。その旨味をまるごと煮汁に移して大根に染み渡らせる。馳走は大根なんだ。むろん刺身だって旨いが、そいつは身だけの旨さだ。鮟鱇大根の大根にはぜんぶの旨さが詰まっている。白身の鮟鱇のぜんぶだから濁らず、すっと旨い」

直人は半月切りの大根を箸でまた半分にして口に入れる。たしかに、すっと喉を通る。雅之の言うように鮟鱇だからこそだろう。鰤大根だといまはちっときつい。

「いいですね」

直人は箸を伸ばして残りの半分を摘む。直人に奨めたとき、鮟鱇大根はまだ箸が付いていなかった。あるいは直人のために頼んでおいてくれたのかもしれぬ。いまだに胃の腑が本調子ではなった。

127

いのを気取られているようだ。大根といわず、鮎鱠の身だって喰わなければと直人は思う。

「俺は〝なになに尽くし〟ってやつが苦手なんだがな……」

雅之は中身のわからぬ椀を突きつつ言う。

「言ったように鮎鱠はなんでも旨いから、あれこれ喰わねえと鮎鱠喰ったって気にならねえんだよ。で、こいつは鮎鱠のアラだけの赤出汁さ」

この二十日のあいだ、雅之と腰を落ち着けて話したことがない。そもそも、姿を見かけぬことが多い。なにしろ四月に及ぶ遠国御用だ。もろもろの筋へ報告するだけでも、たっぷり時を取られるのだろう。

「きれいに血合いを洗い除けて出し汁で炊き、赤味噌を溶いてひと煮立ちさせる。最後に刻み葱を散らして山椒を振れば、これぞ鮎鱠だ」

手酌で猪口を傾ける雅之はいつもと変わらない。この三年、こうして七五屋の小上りで向き合って膳を並べてきた雅之そのものだ。なのに、ふと薄い膜が一枚挟まっているような気が過るのは己れの具合もさることながら、やはり雅之が先の四月、見たことのない対馬、長崎での内々御用を勤めてきたゆえなのだろう。流れからすれば、このまま人を見抜く御用を離れ、もっぱら海防に当たるようになるのが順当だ。

直人が勘定所への想いを断って徒目付を己れの励み場と見切ったとたんに、なぜに導いてくれた雅之が居なくなる……そのことに思うところはない。決断したのは、なぜが孕んでいる〝人臭さ〟を否応なく躰が覚えていったからだ。あくまで己れ独りで決めたことで、他人は介在していない。雅之がおめえを手放すわけにはいかねえと言って関わりない。だから、よしんば雅之がなぜ

てくれたのは嬉しかったが、それで腹を据えたわけではないのだ。

128

の御用に戻らなかったとしても、己れの決断を悔いることはない。なぜを追う気が細って、御用を遠くに感じているいまでもだ。とはいえ、己れはどこからも遠い雅之の居場処を知りたくて見抜く者への路に分け入った。いよいよ目の前のことになって初めて、見えていなかった穴が空いているのに気づいたりもする。するが、こういう御代だ、御用替えは避けられまい。

いまから振り返れば、己れの幕臣暮らしは海防に関わる事件と重なってあった。文化元年、二十二歳の己れが初めての御役目である小普請世話役に就いた年の九月、レザノフの乗るナデジタ号が長崎に入港した。翌二年にはそのレザノフと遠山様の会談があり、三年から徒目付になった四年にかけてはフボストフの文化魯寇が起きた。明くる五年にはフェートン号が長崎に侵し入り、そして今年文化八年にはゴロウニンの抑留があって、これはいまにつづいている。

長く異国の脅威を知らずにきた島国がここへ来て俄かに海防の備えを余儀なくされている。どこにでも顔を出してなんにでも手を着ける徒目付が、この流れと無縁でいられるはずもない。まして、十人の御目付から最も信を置かれる内藤雅之だ。海防がいよいよ国の大事となれば、引かれて当然だろう。これまで関わりなく来たのがむしろ不思議なのであって、海防の切っ尖で動き回っているいまの雅之が本来の姿なのだ。直人の知る雅之はずっと旗本を狙うでもなく、残ったごく狭い場処でふわふわと息をしてきた。そこがどんな処なのかを知りたくて部下の役にのめり込んできたが、そろそろ雅之も、そのどこでもない場処をあとにする頃合なのだろう。

「この前のゴロウニンの話な……」

赤出汁のアラと取り組みつつ、雅之が言う。

「ええ」

そういえば、この前、箱館から松前へ移送された魯西亜軍の大尉、ゴロウニンに問い合わせてみる話が仕掛かっていた。

阿蘭陀商館長のドーフがどういう事情かフェートン号事件の背景を偽っている節があるので、いまの欧羅巴がどうなっているのかをゴロウニンに当たってみるという流れだった。

なにかわかったら直人にも知らせると雅之は言葉を足したが、正直、知らせを待っていたわけではない。問われて、フェートン号事件につきまとう不審を語りはしたが、あのとき頭を塞いでいたのは、なぜを追う気が一向に戻らないことだった。

他人はいざ知らず己れに限っては、その気なしに御用を勤めるのは無理だ。三年の頼まれ御用の人臭い記憶が御役目を辞する即断を許さず、なんとか気が戻るのを待っていたが、あのときさえも刻限は過ぎているくらいに思っていた。己れがなにも問題を抱えていないかのようにフェートン号事件を語るのを、奇妙に感じたのを覚えている。

「どうやら、まだ、こっちが欲しい話は取れてねえみたいだ」

「そうですか」

その奇妙を直人はまた感じている。あれから二十日が経って、もはや切羽詰まっていると言っていい。これ以上先延ばしすれば、徒目付の御用を侮ることになる。なのに、腰を浮かすこともなく雅之の話が聴けている。まるで、海防の話だけは変調が及ばないかのようだ。

「でな、こうなったらいっとう事情に通じている御方に聞くのが早かろうと、大槻玄沢先生のところに行ってきた」

「芝蘭堂の？」

「ああ、俺が会ったのは芝蘭堂のある采女原じゃあなく浅草だがな。今年から先生は幕府天文方

に出仕して、オランダ語に訳されたフランスの家事百科事典の和訳に当たられている」

昨年末まで直人は算学を学んでいた。いつ勘定所に移ってもいいように、年貢の収納に役立ちそうな地方算法を学んでいたのだ。関流の和算なので直には蘭学と関わりないが、それでも知らずに目は向いて、大槻玄沢の高名には馴染んでいる。

仙台藩の近習医師ではあるが、世間では江戸蘭学の泰斗としての名のほうが通りがいい。なにしろ、名前の玄沢は、あの『解体新書』を著した杉田玄白と前野良沢の二人の師から一字ずつ取った。すでに開塾から二十五年が経った家塾芝蘭堂からは、宇田川玄真、橋本宗吉、山村才助、稲村三伯のいわゆる玄沢四天王をはじめとする数々の俊傑が輩出している。

その巨星が五十五歳になっていよいよ旺盛な知への渇きをもって海の彼方を見極めようとしている。もしも国内に尋ねるべき人が居るとしたら、たしかに大槻玄沢先生を措いてない。

「と言えば、さぞかし、と想うよな」

「ええ」

知らせを待っていたわけではないのに、大槻玄沢の名を聞けば、どんな話が語られたのかを知りたくなる。

「ところが、正直、そうでもねえんだよ」

直人は唇を閉じたまま、つづきを待った。

「レザノフが長崎に来航したとき、津太夫ら四名の日本人漂流民を伴っていた。四名は仙台藩の水主だったから、帰還後は長崎から江戸の仙台藩邸に送られ、そこで大槻先生の聴取を受けている。それをまとめた書物が『環海異聞』だが、先生の四人に対する評価は手厳しいところじゃあねえ。想うような話が取れなかったせいか、無知の極みで無駄に魯西亜を見聞したなどと、もう

131

糞味噌だ。会って直に話を伺っても趣旨は変わらねえ。想うに、ラクスマンに送られて帰還した大黒屋光太夫への訊き取りを基にした桂川甫周先生の『北槎聞略』がよくできていると評判を取っていたから、どうしても矛先が四人に向かっちまうんだろう。津太夫たちには気の毒だったと言うしかねえ」

語りながらも赤出汁のアラはけっこう減っていく。

「それで伝わると想うが、こと新しい欧羅巴の状況に限っては、先生の把握はいまのところ大槻玄沢の名に釣り合っちゃいない。聞いた話のなかでさすがと思えたのは、阿蘭陀に紛争があって国王がエゲレスに身柄を預けたという説くらいのもんだ。これにしたって確証があるわけじゃあない。他はまあ聞いたような話で、なかでも俺がちっとばかり残念だったのは先生の海防論だった。ドーフが唱えた魯西亜とエゲレスの同盟話をそのまま前提にしているのさ」

言わずもがなだが、大槻玄沢だからといって、雅之は御高説を賜わったりしない。

「どうやら、大槻玄沢といえども最新事情となると、ネタは一に己れの存立が一義の阿蘭陀商館が出す風説書、二に最新とはいえぬ中身の地理書の類、そして三に先生自身が無知の極みと糾弾する漂流民の証言ということになるようだ。おのずと出てくるものの出来もそれなりにならざるをえない。天下の大槻先生をしてこれだから、まともに考えれば、この国には欧羅巴がどうなっているかを知る者は誰も居らないということになるわけだが、確証のある話じゃあなくてもいいんなら、聞くべき相手は他にも居る」

猪口を傾けてからつづけた。

「長崎の阿蘭陀通詞だよ」

振り出しに戻る、といったところか。

132

「フェートン号が長崎に停泊していたときのことだがな。交渉に来艦していた日本人通詞に、阿蘭陀語のできる水夫が驚くようなことを語ったらしい。阿蘭陀に攻め込んだ仏蘭西の皇帝が阿蘭陀を別の国にして、てめえの弟をその国の王に据えたというのさ」

「それが事実なら」

思わず直人は口を挟む。

「なんだい？」

「阿蘭陀商館の本拠のあるジャガタラも無事では済まないということになりますね」

言ってから、直人はまた己れを訝る。いまになってもなぜを追う気は痩せたまんまで、致仕さえ頭を過るというのに、海防ならば聴くだけでなく進んで語っている。

「まさにそれさ。実あ、長崎の通詞のあいだじゃあ、元々の阿蘭陀という国はとっくに仏蘭西の侵攻でなくなっていて、ジャガタラも仏蘭西とエゲレスの鬩ぎ合いの場になっていることがけっこう早い時期から知られていたらしい。寛政九年よりあとに長崎にやってきた〝阿蘭陀船〟は、かろうじて息を繋いでいたジャガタラの本拠が、仏蘭西とエゲレスのどっちにも与しないということで雇った亜米利加船だってこともな。いまじゃあ、その本拠もなくなっているっていう話さえ出てるようだ」

なぜ、海防ならば己れは聴き、語ることができるのだろう。

「そいつにまちがいがなけりゃあ、ドーフは必死になってまだ阿蘭陀という国もジャガタラの本拠もある振りをして、長崎の阿蘭陀商館を切り盛りしているわけだ。そりゃあ、魯西亜とエゲレスの同盟話だってなんだって拵えるだろう」

いつの間にか赤出汁の椀は空き、直人も鮗鰤大根の大根を喰い終える。

133

「となると、フェートン号事件も片岡がこの前言ったとおりになるんだよ。魯西亜に頼まれたエゲレスが長崎を調べに来たんじゃあねえ。ジャガタラでの仏蘭西とエゲレスの鬩ぎ合いがそのまま長崎に移されたのさ。片岡はフェートン号が『なにかを探しに来て、それがなかったからさっさと引き揚げた』と言ったが、それというのはおそらく阿蘭陀船だろう。もしも仏蘭西の息がかかった阿蘭陀船が長崎に泊っていたら分捕るつもりだったんじゃあねえか」

「疑問は解き明かされたことになりますね」

「問題はそこさ。確証のある話じゃあねえとはいえ、そこまでわかっているんなら、なんでドーフの言い分を突き崩せないかってことさ。魯西亜とエゲレスの同盟話はフェートン号事件直後の急場凌ぎに語られただけじゃあねえんだ。事件から四月が過ぎた文化五年の十二月から明くる六年の一月にかけてもドーフへの訊きが行われている。糺した者は大槻先生とはちがうが、用意した十四項目の質問は大槻先生が練りに練ったものだった。にもかかわらず、ドーフは変わらずに魯西亜エゲレス同盟による攻撃の脅威を警告してそれが通っちまった。先刻、俺は大槻先生が同盟話を前提にして海防を考えている様子が残念だったと言ったが、おそらくはこのときの尋問が頭に刻み込まれているのだろう。いったい、なんで阿蘭陀通詞たちは虚偽とわかっていなが
ら異議を唱えなかったのか、なにか思うところはねえかい？」

「それがし、ですか」

「ああ、片岡だ。人のなぜを追ってきた者だけがたどり着ける筋を聞かせてみてくれ」

「思いつきになりますが」

「人のなぜは追ってきた。でも、いま追ってはいない。なのに、己れは語ろうとする。

「構わねえよ」

「ひとつは、やはり、ドーフに異議を唱えるまでの確証がないからではないでしょうか」

語りながら、直人は、やはり遠いからだろうと思う。菊枝の生きていた、人と鬼とが織り成す世界からずいぶん遠い。遠いから聴けるし、話せる。人と鬼との言うに言われぬ間に思い煩うことなく、碁石を置くように前へ進めることができる。

「阿蘭陀通詞にとって商館長は単なる商い相手の長ではないでしょう。自分たちが依って立つ阿蘭陀語と欧羅巴理解の師匠であるはずです。それも紅毛碧眼の本家本元ですから、もう奉るべき師匠だ。ごくひと握りを除けば、もともと通詞たちの聴き話す力は高くないとも聞きます。いくら師匠に疑念を抱いても問い質すことができない。意を決してその高い敷居を乗り越えたとしても、堂々と否定されれば踏ん張るのもそこまででしょう。疑念の元は乗組員からの伝聞でしょうから、一介の水夫と師匠である商館長のどちらを信じるかということになる。知らずに躰が商館長を選んでしまっても不思議はないでしょう」

いっぽうで、ただ遠いだけではない気もする。遠さに逃げているだけではない気がする。

「もひとつ、あるかい」

「いささかきつめの話になりますが、よろしいですか」

「そういうのが聞きてえんだ」

「初めに落としどころを言えば、異議を唱えても益がないからではないでしょうか」

こういう時期だ。まずは己れが逃げを疑う。でも、物言いは逃げていない。己れの語りをいやらしいとは思えない。

「益がない?」

「長崎奉行をはじめとする江戸から赴任する幕吏はごく短い期間で入れ替わります。職能に習

熟する間もなく江戸へ戻る。長崎という、欧羅巴に開かれた唯一の湊を当事者として切り回しているのは、通詞をはじめとする地役人です」

発する音は急がず、揺れず、流れない。もしかして己れは海防に惹かれているのかもしれないと想わせる。

「通詞は世襲ですから長崎で生まれ、育ち、勤め、子を育て、死ぬ。長崎のみが生きる場であり、世界です。その長崎の成立ちはどこにあるか。申すまでもなく阿蘭陀商館です。阿蘭陀商館が動かす貿易船が行き来するからこそ、長崎という町全体が脈を打っている。貿易船が運ぶ物が、智慧が、長崎の生きる糧です。ですから、阿蘭陀商館をなんとしても護ろうとするのはドーフだけではない。長崎に生きる者すべてが護ろうとする。その先頭に立っているのが通詞です。長崎の命綱である阿蘭陀商館に不利になるようなことを、しょせんはお客さんにすぎない幕吏に告げるはずがありません。いましがた、異議を唱えないのは確証がないからと語りましたが、たとえ確証があっても告げることはないでしょう。正しさを貫いて阿蘭陀商館がなくなってしまったら元も子もない。同じ船に乗り合わせているのは幕府と通詞ではない。阿蘭陀商館と通詞です」

雅之はどうなのだろう。

「その説に絡んで言やあ、俺にも思い当たることがある」

先日からのつづきで、今日もゴロウニンの話が伸びているが、海防の切っ尖で動いているいまの己れをどう見ているのだろう。

「つい何日か前にそいつに気づいてしくじったと思っていたところさ。あんとき俺は、江戸から遠路はるばる下ってくる偉い御目付に粗相があったら自分たちの責めになるからと語ったが、よくよく考えれた長崎の地役人がレザノフにお辞儀を押しつけた話だよ。あんとき俺は、江戸から遠路はるばる下ってくる偉い御目付に粗相があったら自分たちの責めになるからと語ったが、よくよく考えれ

136

ばそんなちんけな理由じゃねえ。きっと地役人はレザノフに成功して欲しかったんだ。欧羅巴での紛争が回り回って阿蘭陀船の来航は細っていた。長崎の人間にとっちゃあ魯西亜船が交易に加わってくれれば往時の活気がよみがえる。だから、なんとしても会談が上首尾に終わるようにお辞儀の稽古を求めた。たかがお辞儀ひとつでうまく運ぶんなら、軽くやってくれりゃあいいじゃないかってとだったんだろう。

誇りが邪魔して抗うレザノフを、融通が利かねえくらいに見ていたのかもしれねえ。片岡が言うように、長崎の人間にとっての味方は、長崎に商いの種を持ってくる者ってことなんだろう。だとすれば、たしかに異議なんて唱えるはずもねえ」

人がやることを見抜くには、人を見抜けなきゃあなんない……この前、雅之が言ったことがよく伝わる。人を見なければ、なんで異議を唱えないのかという話になる。人を見れば、異議を唱えなくて当たり前になる。でも、海防絡みの話に出てくる "人" はあっさりめだ。動きの型を大きく踏み外すことがない。地役人が長崎奉行所よりも阿蘭陀商館を選ぶのは、長崎の地の者としてごく当然のことだろう。そのくらいなら人を見ることにはなるかもしれぬが、見抜くことには

ならない。人は踏み外してからが計りがたく、"人臭い"。見抜くとは、計りがたいところを計ることだ。むしろ、地役人が阿蘭陀商館よりも長崎奉行所を選んだとき、そこに "人臭さ" が洩れ出るだろう。

「これこれ」

「お待たせしました」

喜助(きすけ)が姿を見せて新しい燗徳利(かんどっくり)と鮗鱇尽(あんこうづ)くしらしい鉢(はち)を置く。

「鮟鱇の皮の和交(あえま)ぜ。炒った皮と塩揉みした大根を短冊切りにして、木耳(きくらげ)と三つ葉、針生姜(はりしょうが)と合

雅之がとたんに相好(そうごう)を崩して直人にも奨める。

137

わせて三杯酢で和える。箸を伸ばして口を動かしてみると、ほのかに栗の風味もする。

「栗生姜ってわけか」

声を上げたのは、しかし直人ではなく雅之だ。栗生姜は生の栗を針のように細く切って針生姜と和わせる。

喜助が答える。

「明日は十三夜ですんで、ちっとだけ交ぜ込んでみました」

言われてみれば、明日の九月十三日は先月十五日の中秋の名月のあとの後の名月だ。芋ではなく栗を供えて月見をする。前夜というのに、月見なんてすっかり頭から退けていた。

「そう言えば、去年は亀戸の羅漢寺で芋名月でしたね」

思わず頬をゆるめて直人は言った。雅之や直人は日頃、深川の富川町五間堀に近い錬制館で剣の稽古をする。導く石森念流が斬らずに相手を制圧する剣であることに加えて、徒目付組頭を補佐する加番の芳賀源一郎が在職のまま道場主を務めているからだ。その日は八月の十三日で、満月の二日前ではあったが、三人そろうのはめったにないということで稽古帰りに月見に繰り出したのだった。

「ああ、土垂が旨かったなあ」

深川も小名木川を離れて羅漢寺辺りまで足を延ばせばもう一面の畑地で、月見の季節になるとその地で里芋を育てる農家が茶店を出す。月見に供える喰い物といえば、まずは里芋だ。中秋の月見は里芋の収穫を祝う祭りでもある。雅之の目当ては子芋のほうを喰う土垂という里芋で、農家の庭先に仮組みされた茶店の床机に腰を下ろし、芋だけを肴に飲み、語った。雅之と月見を共

138

にするのはその宵が初めてだった。

「襲撃への心の構え方など、さまざまに導いていただきました」

月見に付き合ってくれた芳賀源一郎の剣の話から回り回って、徒目付が受ける襲撃の話になった。幕吏の昇進、異動に伴う人物調べに当たる徒目付は恨みを買いやすい。関門で阻まれた者のなかには、人物調べのせいではないかと考える者が必ず出る。きっと悪く書かれていたのではないかと想い、わざとではないかと想い、狙われたのではないかと想う。さらに極まれば、このまま捨て置いてなるものかと毒を煮詰める。たいていは思うだけでいずれ正気に戻るが、なかにはとうとう戻らぬ者も居る。で、ある夜、鯉口を切った襲撃者が目の前に立つ。その襲撃者はなぜ戻れなかったのか、いよいよ本身を抜いて進み出たらどう対すべきか……雅之が躰で悟った智慧を惜しみなく分けてもらった。

「片岡……」

なぜか鎮まった口調で雅之は言う。

「ここんとこ俺は海防の話ばっか語ってると思わねえかい」

「そうですね」

共に科人のなぜを追っていた頃の月見の記憶が、その問いを引き出したのだろうか。

「なんで、だと思うね」

いよいよか、と直人は思う。切り出すのかと想う。実は二十日前も妙だとは感じていた。最初は四月の不在を説いてくれているのだと思った。そのために日頃は語らぬ政を語っているのだろうと思った。けれど、いかんせん長すぎた。聞くうちに、切り上げる間際になって、なぜを離

れる話を言うのだろうと予期した。きっと、御目付にをわれて、もっぱら海防に当たることにな
ったのだろう。が、結局、そこには向かわず、己れのしくじりをそれとなく、しかしざくりと糾
す言葉を聞いた。ありがたく受け取ったが、それで、そんな話はなかったのだという気にはなれ
なかった。事がはっきりするまで待つ気になったのかと想った。あるいは目付筋のなかに、海防
に専念するような部署ができるのかもしれない。そこが正式に発足するのを待ったのかもしれな
い。二十日をかけて、聞く構えを整えた。海防話を引っ張る必要はない。さあ、言ってくれ、と直人は思う。気持ちよく送り出
す用意はできている。

「柄にもねえかもしれねえが、俺もなかなか言い出しにくくてな」

話は直人が読んだとおりの筋道をたどる。

「片岡が徒目付一本と腹を据えてからまだ十月と経ってねえ。用件を切り出せずに延々とレザノ
フやフェートン号の話をつづけちまった」

せめて一年は部下の役にのめり込んでいたかったが、いまとなっては未練だ。

「しかし、ま、いつまでも先延ばしするわけにもいかねえ」

そう願いたい。

「実あな」

直人は腹を据える。

「海防に当たる御目付の一人が片岡を欲しいって言ってるんだよ」

一瞬、雅之の言っていることがわからない。

「恐れ入りますが、いま一度」

「だからさ」

言葉の際を立てて、雅之は繰り返した。

「海防に当たる御目付の一人がさ。片岡を欲しいと言うんだよ」

「それがし、ですか……」

話があまりに唐突で、頭が回らない。

「ああ、どこまで本気なのか見切らねえと当人には持ち出せねえから、片岡には俺の御用旅の知らせがてら海防がどんなものかを説いておいて、御目付のほうはしばらく打っちゃっといた。そしたら、昨日、あの件はどうなったと念押してきてな。で、いよいよこうして切り出したってわけだ」

「はあ……」

「ま、考えといてくれ。この話に関わる組織替えは年の瀬になるだろうから、まだ時はある。できねえならできねえと言ってくれたらいい。断わってもあとあと御勤めの疵にはならねえように、しとくから気にすることぁねえ。俺にもそんくらいの力はある」

ようやく、頭が事態を理解する。

「けどな、いきなり断わることぁねえと思う。勧めてるんじゃあねえよ。迷うのは無駄にはならねえと言ってるんだ」

己れの用心が過ぎて、胸の裡で勝手に雅之をいじくり回していたようだ。

「人は変わる。日々変わる。日々変わる己れと膝突き合わせたらいい。その上でこうと決まったときには、ためらうことなくそいつを選ぶことだ。たんと迷うように言っとくが、海防やりゃあ御目付の目にも留まりやすい。評定所で探索をやる評定所留役に推挙されることだってあんだろう。評定所留役は御目見以上だ。片岡がいったんは望みを捨てた旗本に身上がることになる。見

141

いや、己れは下衆だと直人は思った。そして、この人は、どうあっても下衆には堕さない。

軸になっているのであればそのままつづければよいし、やはり、科人のなぜが己れの軸だと悟るまでの時を稼ぐしかなくなる。なぜを追う気が戻らぬいまでも、海防の話はできている。当分は勤まるだろう。海防が新たな

抜く者とて人だ。一度思い切ったことをまた思い直したって下衆にはなんねえ。そいつを含めて、もろもろ迷い抜いたらいい。人がいっとうわからねえのが誰でもねえ、己れだ。迷いは見抜く力のなによりの肥やさ」

評定所留役の話はいまの直人を動かさない。高砂新道での三谷一利との午餐のあとで、勘定所への再度の誘いを受けたときも気持ちはざわつかなかった。旗本に身上がろうという気は直人の裡から消えている。

あのときはまだなぜを追う気がみなぎっていたので、いまはどうかと己れの様子を窺ってみたが、やはり動かない。三谷に声がけしてみようかなどとは露ほども思わない。なぜを追う気は戻らぬだけで、己れの軸ではありつづけているのだろうか。それとも海防が新たな軸になろうとしているのか。ずっと徒目付で行くと腹を据えてから十月も経たぬうちに、海防がなぜに取って代わるとは思いたくないが……。

雅之は「もろもろ迷い抜いたらいい」と言ってくれたが、直人としては素直に従ってもいられない。御用はこちらの事情に関わりなくもたらされる。勤まらぬと見切り次第、御役目を返上しなければならない。それを避けようとすれば、海防への誘いを受けて徒目付ではありつづけ、戻

日が来たら戻る苦労を重ねればよい。いかにも妥当で、考えずとも結論は出ているようだ。なのに、どうにもすっきりとしない。あまりに都合がよくて得心をためらわせる。都合がよすぎるものはとりあえず避けるのを習いにしている。

とはいえ、海防を選ばぬ限り、もう時の猶予はない。どうしたものかと窮していたら、徒目付の増員が発表され、九月半ばからのひと月、直人の組は全員が人物調べの御用に当たることになった。勘定所ほどではないにせよ、徒目付の枠も増すばかりだ。ついては、その数倍にもなる候補の人となりを精査しなければならない。直人にとっては、その間、なぜを追う気が痩せたこれと直面せずに済むことになる。明日にも致仕願いを出さねばと焦る日々からいったん放たれる。

直人は全力で人物調べに当たることにしたが、迷いから逃げたわけではない。いつものことだ。最も御用繁多な徒目付に員数合わせはない。一人一人が主軸だ。くれぐれもきっちりと調べ上げなければならない。それが元で恨みを招き、襲撃を受けるかもしれぬ御用でもある。地味な人物調べを好む者はすくなく、斜に構えて動きがちだが、そんな温い了見で当たっていい御勤めではなかろう。

心ここに在らずで当たられたら調べられるほうは堪らない。彼らはかつての己れである。それに重い時を重ねて徒目付という御役目が開いてくれる日々に賭けている。直人が無役から抜け出るために逢対に通い出したのは十五の春だ。まだとっぷりと暗い登城前の権家の屋敷に日参し通し、ようやく小普請世話役にありついたのは二十二の秋だった。徒労、諦念、希望、嫉妬、正義、怨嗟、固執、公正、焦燥……もろもろを煮詰めたような七年を、けっして忘れることはない。その苦い七年を嘗めながらさらに三年、徒目付になる日を待った。直人は身をもって襲撃の歯止めがごく脆いのをわかっている。

彼らの想いと組み合える熱をもって調べなければならぬ。だから、いま己れを身動きできなくさせているもろもろを、きれいに拭い去って御用に当たる。なぜも海防も躰から除ける。菊枝だけは除けがたいが躰を努めて除ける。人物調べ専一で御用に当たる。直人は久々に、己れを押し出そうとするものが脈づくのを察した。

直人が受け持ったのは五名だった。己れに課した調べ方で調べればひと月はあまりに短い。直人は寸暇を惜しんで歩きまくり、訊きまくり、観まくった。ことさらに自戒をせずとも、これを身動きできなくさせていたものが居残る隙間はなきがごときになった。なんとか明くる十月の十四日、最後の一人である御徒、岡村久次郎の調べをあらかた終えた直人は、締めくくるために浅草諏訪町の大川縁に来ていた。御徒の水練場を目にするためである。

御徒は七十俵五人扶持の士分で御目見以下だが、上様御成の際の儀仗と警護の御役目を担う。水が温む季節には大川で水練に励むことになる。折に触れて上様の御上覧があるので、打ち込み様は半端ではない。実際、久次郎が徒目付の候補となったのも御帷子頂戴が力になったらしい。その稽古場が諏訪町にあったので、直人も一度目にしておくことにしたのだ。すでに水練は八月で終わっていて、泳ぐ姿がないのはわかっていたが、場の醸す

御成は御座舟を使われることもあるから御徒に泳ぎは必須だ。水が温む季節には大川で水練に励むことになる。折に触れて上様の御上覧があるので、打ち込み様は半端ではない。

総勢二十組、六百名の御徒のなかで、水練上覧で演武を披露できるのは七十五名のみだ。選ばれるだけでも名誉な上、演武を認められて上様から御帷子を頂戴すればその後の身上がりにも有利になるというわけで、弥が上にも稽古に熱が入る。

気だけでも感じ取っておきたかった。すでに水練は八月で終わっていて、泳ぐ姿がないのはわかっていたが、場の醸す

見慣れた大川の川端も、見る気で見ようとするとちがう場処のように映るのが不思議だ。毎年、土用が間近になると十を超える葭簀張りの水練小屋が建つのだが、役割を終えて取り払われてみ

ると、夏の光景は遥かである。それでも水際には川に入ったまま休みを取るためなのだろう、止まる杭が何本も打たれていて、そこが水練場だったことをほのめかす。そのまま川面に目を預けていると号令の掛声が聴こえてくるような気がして、御徒たちの演武を想い浮かべながら上流へゆっくりと歩みを進めた。

ほど近くなった大川橋の方からざわめきが伝わってきたのはそのときだ。思わず目を上げて声のする向きを見遣ると、駒形堂の下あたりから対岸へ向かって男が泳ぎ出したのが見えた。それを見物していた者たちのどよめきが届いたらしい。

場処がら季節外れの水練かという気もよぎりはしたが、それにしても外れすぎている。すでに川終いからひと月半ほどが経って、季節の上では初冬だ。朝夕はめっきり冷え込んで、大川も野菜洗いが辛くなるほどに寒がかっている。さすがに水練はあるまいと思ったとき、五日ほど前に、毎日のように大川を泳ぎ渡る男が居るという噂を耳にしたのを思い出した。

決まって午九つのすこし前、浅草の聖地とされる駒形堂に現われて、対岸の南本所の多田薬師辺りとのあいだを往復すると、その後、なにをするでもなく姿を消すらしい。人騒がせではあるが、事件の匂いは薄いようだ。あれがそうかと合点して目を凝らすと、はっきりと水練とはちがうとわかった。いかにも下手なのだ。

毎日、往復しているからには、さぞかし泳ぎが達者なはずだが、目の当たりにしてみればいかんせん拙い。抜き手と言えるほどの技ではなく、どうにか水面から顔を出して進んではいるという風で、いまにも波間に掻き消えてしまいそうだ。見る者によっては泳いでいるのではなく溺れていると思うかもしれない。そのぎこちなさに逆に気持ちを摑まれてどうにも目が離せない。ひと掻きひと掻きが見知らぬ生き物が蠢くのを見ているようで、結局、対岸まで行って戻るまで

っと目で追ってしまった。

男がなんとか駒形堂の船着場に泳ぎ着いたのを見届けてから直人は川端を離れる。けれど、川の匂いが届かなくなっても、あの溺れるような泳ぎが目に焼きついて離れない。ふと気づくと男を想い浮かべている。幾度となく繰り返すうちに男がなんらかの事件にかかわることを感じるようになった。噂では人騒がせなだけとしていたが、どこかで男が噂とはちがうような気がしてならないのである。菊枝の一件が刻み込まれている躰で尋常とはちがう様に触れれば、どうしたって胸の裡は不穏に傾くだろうと、いくら、己れに説いても収まろうとしない。気になり出すと、かねてからずっと抱えてきた懸案まで頭をもたげた。

己れはいつもすでに起きてしまった事件のその後をどうにかしている。けれど、事件は起きぬのが一の善だ。なのに、そもそも起きぬようにするための努めをなにひとつやっていない。どうすればよいのかを突き詰めることもなく、日々の忙しさに紛れている。想い浮かべる男の頭が波間に隠れるたびにそのことを突き付けられているような気になってどうにも落ち着かない。で、結局、御用繁多の時をこじ開けて翌日の十五日も再び駒形堂へ足を向けた。

行ったところで幕臣の監察を担う徒目付が介入する筋合ではない。船着場に上がった男は町人風だった。幕吏が関わるとすれば町方の、おそらくは定橋掛だろう。大川橋のみならず、大川に架かる橋の途中で立ち止まるのは御法度だ。橋脚に偏ってかかる重みで橋が落ちかねない。四年前に永代橋が崩れ落ち、千を超えるともされる仏を出してから、お達しはさらに厳しくなっている。大川を泳ぎ渡ってはならぬという触れが出ているかどうかは知らぬが、それが元で立ち見の者が出るとなれば捨て置くことはできぬだろう。だから直人は、定橋掛の邪魔にならぬよう、離れた処から船着場を見ていた。

もともと、町方と目付筋の反りはよくない。関わりに曰く言い難いものがあるのだ。御番所の

与力、同心は幕吏であるが、罪を背負った町人を扱うゆえだろう、御番所の外の御役目に役替え

になることがない。町方は八丁堀で生まれ、育ち、勤め、逝く。生涯、町人地である八丁堀を出

ることがない。おのずと町方みずから、己れはあくまで町方であって幕臣ではないという覚えを

抱くようになる。着流しに小銀杏という粋な風体はそんな町方の矜持の現われだ。それゆえ八丁堀にとって

なら、こっちのほうから幕臣のお仕着せとは縁切るというわけである。幕臣扱いせぬ

はすべて八丁堀で閉じるのが道理なのだが、監察については幕臣の軛が生きていて目付筋が出張

る。八丁堀にはやりきれない。町方の居場所の不分明が、監察に露出しているのである。

やがて四つ半になって、男が船着場に姿を現わす。大川橋の上にも人が集る。放っておく目

を巡らせて定橋掛を探した。が、見つからない。どこにも着流し黒羽織は見えない。直人は周りに目

のか、と訝って、ふと、三橋会所か、と想う。二年前から、大川橋と新大橋、それに永代橋の面

倒見は御番所から十組問屋が設えた三橋会所の所管に移っている。十組問屋のみが江戸と東国の

物資の流れを扱うのを御公儀から認めてもらう見返りに、大川に架かる両国橋以外の三つの橋の

架け替えと修理を担うことを申し出たのである。

橋はべらぼうに手もカネもかかる。いくら良材を選んでも木の橋である以上、腐るのは免れな

いし、大船を通すために橋桁を高く支える大川の橋は風にも弱い。繁く上り下りする船が橋脚に

衝突するのはしょっちゅうだ。加えて、橋の大釘や鎹を引き抜いてカネに替えようとする不届き

者だって居る。誰かが常日頃から破損や腐食、金物の盗みに目を光らせ、適宜、架け替えと修繕

を諮らなければ、いずれ橋はたいそうな木屑と化し、途端に大江戸の暮らしは蹲る。その誰かが

三橋会所に替わったのだが、会所はカネを出すだけで、主管はずっと御番所が当たるものと想っ

ていた。が、どうやら、検分や巡察を含めて会所に移ったらしい。

定橋掛を探すうちに男が泳ぎ出す。今日もあの溺れるような泳ぎで、直人の目は男に移った。いまにも土左衛門になりそうなどつどつした動きが、逆に男が生きていることを煮詰めて伝える。

見る者が目を離せなくなるのは、日頃、持て余して打っちゃっている己れの生を見せつけられるせいかもしれない。男は衆生の視線を集めつつ対岸にたどり着き、折り返す。ごつごつと水を掻くのにちっとも進まない。なんとか駒形堂が近づいたところで直人は目を移し、また定橋掛の姿を探した。見つからぬのをたしかめてからおもむろに躰を動かして船着場へ向かう。突端に立ち、やっとのことで泳ぎ着いた男に思わず手を差し伸べた。これから己れがなにを為そうとしているかはまったく定まっていない。けれど、眼前で男を捉えれば力尽きたかのようで、ごぼごぼと水を飲みさえする。いまにも沈みそうで、手を出さずにはいられなかった。

「どうも、ご親切に」

息を荒くしながらも、男は丁寧に礼を述べて直人の手を取った。商家できちんと苦労を積んだことのある人間の物言いだ。齢の頃は三十半ば。目には大川の冷たい水のせいで細かい血の筋が浮いているが、配りは穏やかで、こんな突拍子もない真似をしでかすような男には見えない。

「実のところ、親切ばかりではない」

岸に上がって、盛大に湯気を放つ躰を拭いている男に直人は言った。

「支度ができたら、ちっとばかり話を聞かせてもらいたい」

「御番所の御方で?」

男は緊張はしたが驚いてはいなかった。なぜか、待っていたような顔つきを浮かべた。

「いや、徒目付だ。自身番には行かぬよ」

ともあれ、事情を識ることだと、直人は己れに諭した。己れがなにを為すかは、男がなんで十月の大川を溺れるように泳いでいるのかをわかってから考える。

「そこいらの蕎麦屋で躰あっためて、唇ほぐしてもらおうか」

そうして直人と男は、駒形町の川岸にある蕎麦屋、墨屋の二階小座敷に上がった。墨屋はずっと大川橋の袂近くで屋台商いをしていて、ようやくこの春、店を構えるまでになった。江戸千六百余町と同じ数だけ店があるとされる蕎麦屋を切り盛りしていくのは楽ではなかろうが、夏でも辛味大根の蕎麦切りを出すなどの工夫を重ねて蕎麦っ喰いの舌を捉えている。直人もそういう客の一人だ。

「見させてもらったが、どうやら、泳ぎはあんまし得意じゃないようだ」

頼んだ蕎麦が来るのを待ってから、直人は用件に振った。

「子供の頃からずっと金槌でして。このひと月で俄に覚えましてございます」

男は、内藤新宿で古手を商う蓑吉と名乗った。

「そいつはたいしたもんだ。とはいえ、その覚え立ての腕で大川を渡り切るのは、ちっとばかし度胸がよすぎはしねえかい。なんでまた、そんな無理をするんだ」

さほど寒が強い日とも感じなかったが、それも男の泳ぎに気が行っていたせいかもしれない。川岸に立って見届けていただけの直人にも蕎麦の熱さはありがたく、手繰るよりも先に汁を吸う。小柱を海苔の上に散らして、辛味大根の蒸籠ではなく、墨屋が評判を取っている霰蕎麦である。

冬の霰に見立てたかけ蕎麦だ。

胃の腑は完調とはゆかぬが、人物調べに当たってからは霰蕎麦くらいは美味しく手繰れるようになった。種物が苦手な直人も墨屋の霰蕎麦だけは惹かれる。海苔と小柱の按配がよく、男にも

薦めてみたらあっさりと受けた。振る舞われた義理からか、あるいは大川の水で冷え切った躰が求めたのか、丼が届くや音を立てて蕎麦を掻き込む。汁まできれいに飲み干して、丼は早々と空になった。

「手前は十一のときに三河から江戸へ出て、富沢町の古手を商う大店に奉公させていただいておりました」

箸を持っていた右手を置いて、蓑吉が神妙に切り出す。江戸でいちばん古手屋が集まっているのが富沢町だ。

「五年前に、お世話になってから二十年が経ちまして……」

「ほお」

丁稚奉公は最初の一年で三割方が欠け落ちる。その後も罠は幾重にも用意されている。二十年持つのは、並外れて辛抱が利く者だけだ。

「そのお店は、二十年勤め上げた者が望めば暖簾を分けてもらえる決まりになっております。で、手前も江戸市中はまだ敷居が高いってことで内藤新宿に持ち店を開かせていただいたのですが」

「そいつは上々だ」

「ところが、どうにも芳しくございません。内藤新宿だからといって、手を抜いているつもりは毛頭ないのですが、どうやっても上手く回らない。御府内でも真ん中の、富沢町仕込みの商いは四谷大木戸の外では通用しないのかと、あれこれ試してもみましたが、ますます塩梅がわるくなる一方です」

「話は暗いが、口調は凍っていない。蓑吉はようやく人心地が付いたようだ。

「なんとか五年は持たせましたが、いよいよ蓄えも底をついて、このままでは分けていただいた

150

らお世話になっているさるお方に相談しましたら、霊験あらたかと評判の神様を紹介されまし
て」

富沢町の暖簾にも傷が付きかねません。こいつは神頼みでもなんでもしなきゃなんねえと、昔か

「語る唇にも、血の色が戻っている。

「その神様が申されるには、浅草寺の御本尊である観世音菩薩が浅草に上陸された土地である駒
形堂と対岸を泳いで往復すれば運気が変わるだろうと。で、人騒がせとは存じましたが、こうし
て十月の朔日より願掛けさせていただいている次第でございます」

「話に特段妙なところはない。富沢町と内藤新宿に足を運んで裏を取りさえすれば、やはり己れ
の気が敏くなっているだけということになるのかもしれない。それでも、明日、明後日にも時を
こさえて行ってみようと思うくらいには事件の予兆を感じている。大木戸の外とはいえ内藤新宿
くらいなら出張ると言うほどの距離でもないが、本業の報告書をまとめる合間を縫っての手間に
はなる。

「そういうことかい、と言いたいところだが……」

その前に、いちおう釘を刺しておく。

「大川橋の上の見物客を見たかい」

「はあ……」

「みんな、おぬしの泳ぎ目当てらしい。人が集まりやすい午九つなんぞを選んだこともあって、
けっこう人が混んできている」

「皆様方のお手を煩わせて恐縮の極みでございますが、その刻限を含めて神様のお告げなもので
すから、手前ではいかんともしがたく……」

「ま、そっちにはそっちの事情があるだろうが、知ってのとおり永代橋の凶事の余韻（よいん）も冷めやらない」

「はい」

「このまま見物客が増えつづけて、大勢が橋の上で立ち止まったら、その重みで大川橋だって落ちるかもしれん」

明日は喰えずに大川に身を投げているかもしれない連中が、今日はけらけらと笑っているのが江戸という町だ。常とは異なることがあれば、寄ってたかって束の間の戯（たわむ）れに変えてしまう。大川橋の上にはすでにすくなくない人が足を停めて見物を決め込んでいた。人でごったがえす浅草広小路は目と鼻の先だ。下谷だって直ぐ隣りである。噂がさらに広がれば落橋も杞憂（きゆう）とは言えなくなる。

「まことに、申し訳ないことで……」

「町方とはちがうからどうこう指図はしない。とはいえ、目に留（と）まってしまったからには御番所にひとこと入れておくのが筋だが、その神様のお告げの満願（まんがん）まで、いったいあと何日残っている？」

「二日か……」

「はい、あと二日でございます」

直人は箸を置いて腕を組んだ。なんとも悩ましい日数だ。ほんとうにあと二日なら、内藤新宿まで出張って裏を取ったときには蓑吉の姿が大川から消えている公算が高い。蓑吉の言い分がまこととわかれば、なにもなくてよかったで良し、しかし、偽りと判明したときには厄介だ。事件の予兆が取越し苦労でなかったとたしかめられても、当人が人の海に紛れれば追うのは至難であ

る。なにしろ、まだ事件にはなっていない。事件になっても町人だ。徒目付の御役目にはならない。さて、どうしたものか、直人は思案する。

蓑吉は朴訥としているように見えて、存外、人好きがする男で、いつの間にか直人の胸裡にはできるものなら願掛けを成就させてやりたいという気も芽生えている。蕎麦の喰いっぷりもわるくないし、あの溺れるような泳ぎで大川を往復する度胸も敬服もんだ。ひとつまちがえればいつ御陀仏になってもおかしくはなく、相当に腹が据わっている男でなければ踏ん切れるものではない。

蓑吉の語った話のすべてを信じたわけではない。なかでも、内藤新宿で古手商いがいけないというのはどうにも解せなかった。享保の頃に武蔵野新田が拓かれて以来、内藤新宿は多摩や秩父と江戸市中を結ぶ中継地として殷賑を極めている。そんな活気溢れる土地で富沢町仕込みが古着を商えば、失敗するほうが難儀なはずだ。

とはいえ、あくまで感じたまでだ。二日、泳ぎを見て、蕎麦屋の二階で話を聞いただけだ。それに、蓑吉からは不穏は届いても悪は伝わってこなかった。このまま事情を掘り返さずにあと二日、目を瞑ってもさしたる支障はないかもしれない。己れが噂を聴いたのは六日ばかり前だった。蓑吉が泳ぎ出したのが切りよく朔日というから、すでに九日が経った頃になる。徒目付の耳に九日なのだから、町方ならその数日前には摑んでいるだろう。いまさら御注進するのはいかにも外しているかもしれない。直人の頭から内藤新宿がだんだん遠ざかる。

「では、こうしよう」

直人は言った。

「いまの話に嘘偽りがなく、そして、きっちりあと二日で止めるなら、こっちもおぬしに会わな

「そんなふうに、なすっていただけるんで」
　くすんでいた蓑吉の顔がわずかに晴れた。
「といっても御役目ちがいだ。町方がどう出るかはわからない。厄介なことにならぬうちに確と
二日で切り上げるよう。延ばすのはなしだ」
「まっこと、ありがたく。肝に銘じさせていただきます」
　蓑吉の礼の言葉を聞くと、満願の願いを通してやったという感はなく、逆に、事件に遭わぬよ
うに差し伸べた手を引っ込めてしまったような気がした。そもそもは起きる事件を起こさぬよう
にと躰を動かしたはずなのに、どうにも腰の据わらぬ振舞いだ。こんな風にしてなんにも手を着
けぬ日々が積み重なっていくのだと思いながら直人は大川を離れた。
　翌朝になっても、やはり悔いは尾を引く。已れから頭を突っ込んだにもかかわらず、あと二日
と聞いただけで引いてしまった。いかにも軽い。だからなのか事件の予兆は昨日よりもっと強く
なっている。ふてぶてしさを見せつけていた菊枝はその夜にぶら下がった。記憶から遠ざけてい
るあの朝のことを思い出しそうで、内所で筆を動かしているあいだもどうにも落ち着かない。結
局、蓑吉が泳ぐ午九つに間に合うように、三日つづけて駒形町へ足を向けた。
　二日は目を瞑ると言い切った手前、蓑吉に姿を見られるわけにはゆかぬので、墨屋の二階から
辛味大根の蒸籠を手繰りつつある溺れるような泳ぎを追う。そこは蕎麦っ喰いで、さすがに二日
つづけて種物に箸をつけるなんて真似はできない。
　蓑吉は佳きを泳ぎ終えて、川向こうの多田薬師からこっちの駒形堂に戻ろうとするところで、

もう川幅の半ばを切っている。昨日と変わらずに波間に沈みそうで、よくもまあ大川を往って還ってこれるものだ。

直人の目は直ぐにその危なっかしい泳ぎに釘付けになったが、そのうち、昨日、己れの居た船着場に立つ一人の男に向かうようになった。御役目がら胡乱な輩にはすぐに気が行く。直人の目に映った男はもう怪しすぎるくらい怪しくて、なんでもっと早く気づかなかったのかが不思議なほどだ。

離れた墨屋からなので顔相までは捉えられぬが、武家風体で黒羽織を着けている。となれば定橋掛と想うところだが着流しではない。黒羽織も町方のそれとはちがうようだ。御徒の水練場が間近なのだから、御徒と捉えるのが妥当なのだろう。公方様の御成の際に周りを固める御徒は毎年羽二重の黒羽織を賜わる。万に一つ、行列が襲われた際に公方様にも同じ黒羽織に身を包んでいただいて、賊の目を眩ませるためだ。

けれど、直人の目には襲撃者にしか見えない。とにかく様子が落ち着かない。檻に入れられた獣さながら間断なく動き回っている。近くに寄って顔を見たら泡を吹いているのではないかと思えるほどだ。

蓑吉はもうすこしで岸に着く。蕎麦はまだ蒸籠に残っていたが、直人は思わず腰を浮かせた。頭は迷ったけれど、躰は迷わず階段を目指す。足早に駆け下りて、駒形堂下の船着場へ急いだ。着ひょっとすると、泳ぎ疲れた蓑吉の目には岸に立つ黒羽織姿が見えていないかもしれない。着いて、昨日の己れがしたように手を差し伸べられたら取ってしまうかもしれない。そいつはいかんぞという胸裡の叫びに取越し苦労という囁きが交じるが、大きく足を捌くうちに呆気なく消えた。

消えるとさらに足が早まって、二人の姿がくっきりとしてくるのに、なかなか着かない。蓑吉はもう岸に上がって濡れた躰のまま男と向き合っていて、危うさが噎せ返るほどに臭う。

離れろ！

と、直人は大声で叫ぼうとする。

が、声にならない。

笑っているのだ。

蓑吉が笑っている。

笑ってまではいずとも、微笑んでいる。

知り合いだったのかと拍子抜けして男に目を向けると危うさは変わらない。変わらないどころか涎を垂れ流す狂犬さながらだ。

蓑吉が微笑んでいるのではなく恐怖で顔が歪んでいるのだと気づいて、直人は脱兎のごとく駆け出す。

その瞬間、男が本差を抜いて大きく振りかぶり、そのまま斬り下げた。腰が据わらぬ太刀筋だったのに辺りはみるみる赤く染まる。

なのに、男は本差を納めようとしない。

しきりに声を上げつつ刀を振るいつづける。

どうやら「おばけだ」と言っているらしいが「おまけだ」とも聴こえる。

さらに間が詰まると、こんどははっきりと「お化け」とわかった。「お化けだ、お化けだ」と繰り返しては本差を振るう。

鯉口を切りながら直人はずかずかと足を送る。返り血に塗れた男の傍に立つと抜刀し、腹に溜

156

めたありったけの息を振り絞って声を張り上げた。

「かたな、おけー！」

想わぬ大声に虚を突かれたのか、男の手から本差が落ちてその場にへたり込む。へたり込んでも、まだ「こいつはお化けなんだ」などと言っている。

なんてこったと胸裡で己れを罵倒しつつ男を捕縛する。

予兆を察していたのに、目の前で斬り殺されてしまった。

また、死なれちまった。

思わず躰の変調に身構えるが、直ぐに、なにが変調だと思う。それどころじゃあない。そんなことにかかずらっているときじゃあない。

こいつは己れの御用だ。眼前ですべてを見届けていた己れの務めだ。

なんで十月の寒がかった大川を願掛けで泳いでいた蓑吉が斬殺されなければならなかったのか、己れが明らかにしなければならない。

上からどんな御役目のお達しが来ようと、この御用だけはやり遂げると、蓑吉と己れに誓った。

あの男、川島辰三はやはり御徒だった。幕臣だった。幕臣ならば事件は徒目付の御用になる。たとえ掛を外されても御勤めとは別で当たるつもりでいたが、直人が凶行のそのときその場に居合わせたことを押し立てるよりも先に探索の命が降りた。

早速、直人は訊き取りにかかったが、辰三は酷く気を患っていてまったく訊き取りにならない。「お化けを退治した」を繰り返す。

人を斬ったことで一気に病が進んだのだろう、なにを尋ねても「お化けを退治した」を繰り返す。

157

仕方なしに辰三を能く識るという同じ御徒の菊池親兵衛から組の詰所で話を聞いたが、親兵衛が語る成り行きはなんともやりきれないものだった。

「この八月初めに御当代様の水練御上覧が予定されていたのはご存知ですか」

親兵衛は言った。

「いえ、今年は御上覧はなかったはずですが……」

直人は問い返した。

「間際になって急に取り止めになったのですよ。理由は知らされていません。こっちは御目見以下の御徒ですからね。中止の通達一片のみです」

親兵衛は直截に語る。徒目付の訊き取りに身構えることも物怖じすることもない。どうやら、ただの御徒の仲間ではないらしい。幕吏にとって監察は怖い。敵に回したくない。だから、どこの部署にも、怖い目付筋に力を貸せるときに貸して恩を売っておく役柄の者がかならず出る。親兵衛もその一人のようだった。話せることは話して、話したくないことを護る。

「川島も消えた水練御上覧に出ようとしていました。齢はもう三十二ですが、これまで一度も出たことがありません。今年こそ御徒総勢二十組、六百人の御徒のなか七十五人になろうと固く念じていたようです」

川島辰三の件は話してもよいことに入っているようだ。奇行が過ぎて、所属する組でも持て余していたらしい。

「どこまで念じるかは人それぞれですが、川島はそれこそ死に物狂いでした。このたびの御上覧で上様から御�子を頂戴して、それを取っ掛かりに上を目指すつもりだったようです。ま、御徒ならめずらしくもありませんが」

御徒には儀仗と警護の御役目がある。同時に、幕臣に新しい血を入れるための受け皿のような役割も担わされている。だから、売り買いできる御家人株のなかでも御徒の株は看板のようになっているし、御徒より先の御役目にも門が開かれている。武家ではない身分から新たに御徒となった者は初めからそのつもりで、もともと御徒の出の者は新参者に負けじと〝その先〟を目指す。

辰三はと言えば代々の御徒のほうだった。

「ところが、御上覧の演武は一人ではできません。相方が要ります。相方とひと組になっての演武なのです。その相方があやつの想うように仕上がらない。で、別段の稽古をつけたわけですが、御徒の水練の稽古というのがどんなものかご存知ですか」

「かなり手荒いとは聞きますが、目にしたことはありません」

「いいと言われるまで何十回も大川を往復したり、足を縛ったまま泳がされたりします。しかし、ま、そんなのはまだ序の口です」

口調は淡々と親兵衛は説く。

「つまりは、稽古と苛めが紙一重であるということです」

顔色を変えずにつづけた。

「おまけに、その相方、仁科耕助は御家人株を買った新入りでした。ただでさえ、カネで武家になった新入りへのいびりは酷いものですが、それに御当代様御上覧のための稽古という名分が加われば、苛めの歯止めはあってなきがごときものだったでしょう」

ずいぶんときわどいことまで親兵衛は平気で口にする。隠すよりも、ぎりぎりのところまで語って相手の懐に飛び込もうとする者のようだ。

「そんなこんなで〝稽古〟が過ぎて、相方の仁科が溺れて逝った。それがしが目にしたわけでは

ありませんが、息を継ごうとして顔を出したところを繰り返し押さえ込んだりしたようです。逝ったのではなくて殺したという見方だってできるかもしれませんが、その件について川島が罪に問われることはありませんでした」

「目溢ししたということですか」

「徒目付が相手となれば答え方に気をつけなければなりませんが」

物言いに已れが出る。幕吏には希有だ。

「それがしは目溢しとはちがうと存じています」

親兵衛の齢の頃は雅之と直人のあいだか。無駄に齢を重ねてきたわけではないらしい。

「つまり、御徒の水練ではその程度の苛めはめずらしくもないということです。それがしも幾度となく頭を押さえられました。でも、こうして生きていることを経験して、みんな同じようなことを経験して、数多い生きている者とごく稀な死んだ者に分かれる。となれば、死んだ理由を殺しとするためには然るべき証しが要りますが、たとえ、同じ御徒であるそれがしがその証しを立てようとしても無理です」

親兵衛は聴く者の気が外れぬ語り方を心得ている。

「申し上げたように稽古と苛めは紙一重です。明らかに稽古ではないという、まさにその現場を目撃していなければならない。已れが目にしていなければ見ていた者の証言に頼ることになりますが、みな已れの泳ぎだけで必死です。已れが死なずに腕を上げることで精一杯で、他人の死と殺しの分かれ目に気を遣う余裕のある者など居りません。不確かな記憶で罪か罪でないかの証言をできるはずもない。まして、糺されようとしているのは同じ御徒です。内側のそれがしにも口を閉じます。単に仲間内で庇い合うということではないのです。ですから罪には問えない。死ん

だ者の家族が明らかにしようとしても、なおのこと無理でしょう」

額面どおりに証しを立てる困難さを説いているのか、それとも、もしも直人にそのつもりがあ

るなら、止めておけと忠告しているのか……。

「家の者たちにはどう死を伝えるのでしょう」

直人はとりあえず訊くべきことを訊く。

「病死です。これは動かしようがありません」

即座に、親兵衛は答えた。

「御座船の上様をお護りする御徒は一人の例外もなく泳ぎの練達でなければなりません。御徒の

水死はありえない……これが揺るがすことのできぬ御徒の建前です。ですから、水練場だけでは

ありません。海川で逝った御徒の死因は等しく病死と定まっています。己れの川遊びで溺死した

としても病死です」

「仁科耕助も……」

「病死です。変わるはずもありません」

「つまりは、なにも起きなかったというわけですね」

「さようです。川島がそのままおとなしくしていたら、の話ですが」

「おとなしくしていなかったのですか」

「ええ。まだ御上覧が中止と決まる前に演武を披露する七十五名の発表がありました。川島はそ

うまでした挙句、結局、選ばれなかったのです。もともとそこまでの腕はなかったというのが組

内の評ですが、当人にとっては大𥤿だったのでしょう。それで、だいぶおかしくなりました。場

に関わりなく独り言を喋りつづけたり、間断なく手を洗うようになったのです」

耕助の頭を押さえつけた手をか……。

「その上、出たらしい」

「出た……」

船着場でも訊き取りの場でも辰三は繰り返し「お化けだ、お化けだ」と言っていた。

「お化けですか」

「ええ」

「耕助のですね」

「養吉です」

「ええ」

「はい、それで、だいぶおかしいくらいだったのが、はっきりとおかしくなりました。日々の暮らしさえおぼつかぬほどで、どう繕おうと気患いを隠しようがありません。そこから、今回川島が手にかけた男が絡んできます。名はなんと言いましたっけ？」

「願掛けで泳いでいたそうですね」

親兵衛のほうから尋ねてくる。

「ええ、満願の十七日まであの日を入れて二日でした」

「願掛けで泳ぎ出して十六日目ということですか」

「そうなりますね」

気の病が進んだ辰三は耕助のお化けを見るようになっていた。そういう辰三と、人の泳がぬ十月の大川を泳ぐ養吉がたまたま願掛け十六日目に出くわした。辰三の目には、息も絶え絶えにごつごつと泳ぐ養吉と耕助のお化けが重なったのだろう。二人のあいだにはなんの関わりもないのに、いまにも沈みそうな泳ぎが辰三の目に留まって厄災を招き寄せてしまった。辰三は本身を振

162

るって「お化けを退治した」。これまでの話の流れではそういういきさつになる。願掛けで泳い

でいただけなのに、なんという悲運だ。

「まさにその十六日間です」

親兵衛はつづける。けれど、直人には「十六日間」の意味がわからない。十六日目ではなく十

六日間と言うなら、蓑吉が大川を泳いだ日のすべてだ。だから、蓑吉は願掛け十六日目のただ一日だけ辰

三と関わったのだろう。「十六日間」とはどういうわけだ？

「川島が仁科のお化けを見るようになったのは十月に入ってからです」

直人の不審を知らぬげに親兵衛は語る。

「つまり、蓑吉が大川を往復するようになった頃と重なるのです」

「待ってください」

親兵衛を制して、直人は質した。

「耕助のお化けを見たのはもっと早くなかったのですか」

辰三が己れを逸する様子を見せ始めたのは、演武を披露する七十五名に洩れてからだ。その時

点ではまだ御上覧の中止は決まっていない。水練御上覧は八月の初めに予定されていたというか

ら、七十五名の発表は遅くて七月の半ばだろう。だから、辰三がお化けを見るようになったのは

八月あたりと想っていた。親兵衛が言うように「蓑吉が大川を往復するようになってから」であ

れば、話はずいぶん変わってくる。

「いえ」

親兵衛は答えた。

「お話ししたように、十月に入ってからです」

163

そして、駄目を押した。

川島は蓑吉の泳ぎを目にしてから仁科のお化けを見るようになったのです」

「まことですか」

「ええ、御不審ならあとで他の者にもたしかめてみてください」

あのいまにも溺れそうな泳ぎだ。なんの関わりもなくはなかったのだ。たしかに脛に大疵を持っていれば〝お化け〟にも見えただろう。蓑吉のごつごつとした、いまにも沈みそうな泳ぎが辰三に耕助のお化けを見させて、一日一日、辰三を壊していったのだ。関わりがないどころか、辰三に蓑吉を襲わせたのはあの泳ぎとすら言える。親兵衛の言うとおり「十六日間」かけて、「だいぶおかしいくらいだった」辰三を「はっきりとおかしく」した。耕助のお化けを「退治」せずにはいられない辰三にした。

「蓑吉はただ願掛けをしていただけなのでしょうが、結果として、その願掛けがああいう川島を生んでしまった」

親兵衛はつづけた。

「蓑吉には気の毒でした」

直人は己れを責めずにはいられなかった。あのとき墨屋で蓑吉を止めていれば、こんなことにはならなかった。あの日も辰三は直人たちの間近で蓑吉の泳ぎを見ていたのかもしれない。ひょっとすると、あの日にも「退治」しようとしていたのかもしれない。けれど、蓑吉が水から上がったところから直人が共に居つづけて果たせなかった。あの日で打ち切らせればそこで辰三との縁は切れたのに、己れの据わらぬ腹が「あと二日」を容れてしまった。あの厄災に向けて蓑吉の背中を押したのは自分なのだ。

164

「組の者たちにも、訊かれることがあったらなんでも話すようにと言っておきました」

親兵衛のほうは冷静だった。

「ありのままを心がけて語ったつもりではありますが、見方のちがいなどもあるかと思いますので、気の済まれるまで当たってみてください」

後手に回った、と直人は思った。親兵衛の後手に回った。が、探索の差配としてはきっちりしており、直人はむしろ菊池親兵衛を徒目付に欲しいとすら感じつつ他の組衆にも話を訊いて回った。

大筋として訂正しなければならない点はなにもなかった。

気負い込んで取り掛かった割にはあまりに呆気ない落着のようだが、ただひとつだけ疑問の晴れぬ点があった。そして、その一点が晴れぬ限り、この事件のなぜは終わらなかった。

笑いだった。

駒形堂の岸に泳ぎ着いて船着場に立った蓑吉は笑っていた。

狂った獣さながらの辰三と真正面から向き合いながら笑っていた。あるいは、微笑んでいた。

直ぐに、微笑んでいるのではなく恐怖で顔が歪んでいるのだと察したが、いまから想い返してみるとそうではない。

幾度となく想い返してみれば、あれは恐怖ではない。

やはり、笑いだ。微笑みだ。

あの微笑みはなんだ。

よもや、蓑吉と辰三は以前から見知った間柄だったのではないかと訝って、親兵衛にも組衆にも尋ねてみたが一人としてそうと答える者はなく、また、隠している様子もなかった。

まだ、やることはたっぷりとある、と直人は思った。

落着なんぞしていない。むしろ、始まったのだ。

なぜはたっぷりとある。あの微笑みに、〝人臭さ〟が密に匂う。

己れは見抜く者だと念じつつ、直人は御徒の詰所をあとにした。

川島辰三は妻を娶っておらず、隠居した父と母と三人で暮らしていた。まだ縁座の沙汰は下りていないが、両親は自失している。頼りとする独り息子が突然科人となればさもあろう。慈悲を追い遣って動かぬ徒目付の御役目をいっとう因果と思わされるときがこういうときだ。

唇を動かしてもらい、蓑吉との繋がりがないのをたしかめた。組屋敷の界隈で尋ねても蓑吉との繋がりを知る者は一人としてなく、あとは内藤新宿へ行ってみるしかなくなった。

御徒の詰所で訊き取りをしてから四日後の朝四つ、内藤新宿へ足を踏み入れてみると、蓑吉が商っていると言った古手屋はたしかにあった。

上町の表店で、青梅道中との追分にも近く、申し分のない場処である。構えも想ったよりもかなり大きい。もしも、内藤新宿で古手屋をやっているのが偽りだったとしたら、ずいぶんと厄介になるだけにひとまず安堵はしたが、懸念が残らぬわけではなかった。なによりも蓑吉のことを誰に尋ねるかがはっきりしない。

店の近所で訊き取りをするのは当然としても、御徒の菊池親兵衛が川島辰三を語ったように蓑吉を語ることのできる人物の心当たりがない。そこが、いくら御府内に近くとも四谷大木戸の外ではある宿場町だ。いったん事件の類が起きたとき、御公儀として事に当たる出先がないのであ

る。

江戸市中の外にある内藤新宿を管轄するのは、御番所ではなく道中奉行である。とはいえ、道中奉行は勘定奉行の兼務であり、その務めは宿場全体の大きな舵取りに限られる。実務を担う勘定奉行支配の代官所にしても日常の政務は市中にある拝領屋敷で執っており、支配地には陣屋を置いていない。しかも、代官所の本来の役目は年貢の確実な収納だ。本筋から外れる科人の捕縛方は勤めても手柄にはならず、動かせる人数はなきに等しい。おのずと事件が起きた際の対処の仕方は曖昧に据え置かれたまま、結局、誰が始末に当たっているかと言えば、宿場の妓楼を取り仕切る店頭くらいのものだった。

宿場によってはやくざそのものの店頭もめずらしくないが、内藤新宿の多四郎は十手こそ持っていないものの、十手持ちとしても筋がよいという声が気の利いた筋から届く。四谷大木戸の直ぐ外に延びる宿場だ。どうしたって、市中に居場処を見つけられない半端者が群れがちになる。にもかかわらず、内藤新宿がそれなりの収まりを見せているのは、多四郎が妓楼の外にも目を光らせているせいという声は多い。とはいえ、あくまで聞いた話であり、それに多四郎の本業は布団や枕などの夜具を妓楼に貸し出す損料屋だ。どこまで信じていいものかわからぬが、かといって他に行く当てもなく、直人の足は甚吉の古手屋と同じ上町にある多四郎の店に向かった。前も

店は店頭の会所を兼ねている。宿場では「防」と呼ばれる子分が十五、六人も詰めていて、妓楼商いに関わりがあるのかどうか、なかなかの男振りが多い。なかの一人に徒目付を名乗って案内を頼むと、「申し訳ございやせんが、多四郎は先刻、野暮用で出ちまったところでして⋯⋯」と口を濁した。「戻っているかどうか見てまいりますんで、しばしお待ち願います」。そう言って、

玄関脇の座敷に通された。十二畳のゆったりした部屋で、造作もなかなか凝っており、間に合わせの感はない。直ぐに、上等の茶も出された。

けれど、二口、三口、茶碗に口をつけた頃に案内に出た男が戻ると言うには、多四郎はやはりまだ帰っていないとのことだった。「半刻もありゃあ戻ると思いますんで、このまんまこちらでお待ちいただくか、あるいは界隈をひと回りされるなどして閑を消しちゃあいただけませんでしょうか」。

ならば、蓑吉の古手屋も近い。半刻だけでも周りの訊き取りを先にやっておこうと店を出た。

「ええ、繁盛しておりましたよ」

まずは蓑吉の店の隣りにある小間物屋を訪ねて店の様子を問うと主は言った。

「というか、繁盛しております。ここ、ひと月ちょっとは親類の不幸とやらで休んでるだけで。当然、得意も厚く付いております。みなさん、休み明けを首長くして待っております」

いきなり、駒形町の蕎麦屋で蓑吉が語ったこととはちがう話に出くわす。

「古手の商いが思わしくないという話を耳にしたが」

「めっそうもございません。上町では出世頭でございますよ。なにしろ、あの若さで宿場で五人しかいない御上納会所掛に選ばれたくらいですから」

「それほどか」

御上納会所掛は、旅籠屋や茶屋から運上金の分担金を取り立てて幕府に納める役目だ。宿場の顔とも言ってよく、これはという人物だけが選ばれる。蓑吉の話とはもうまったくちがう。

「さすが富沢町仕込みです。商いがよく練り込まれていますよ。いや、うちだってね、小間物商

いですから、蓑吉さんとこの客が流れて入ってくれるわけですよ。これが馬鹿にならないどころ
じゃなくてね、本音を言やあ、ほんとうにちっとでも早く戻ってきてほしいです」
いったい、どういうことだ……。

「親類の不幸で休業、か」
「手前はそう聞いております」
「願掛けに行くとかは言ってなかったかい」
「あの、お宮へ参る願掛けですか。いや、聞いてないですねえ」
蓑吉が語った話は、己れの名と店をやってることを除けばみんな偽りということになる。

「そう言われりゃあ、休みにしちゃあちっと長いのが気になってはおりますが……」
「いつから休んだ？」
「先月、九月の半ばですから、もう、かれこれひと月半になります」
泳ぎ始めたのは十月朔日だ。俄か仕込みの泳ぎはほんとうで、どこかで稽古でもしていたのか。
「使用人は居たのか。一人で回すにしては店構えが大きいが」
もしも使用人が居て暇を出していたら、店は休んだのではなく畳んだことになる。
「ええ、二人ばかり。他に丁稚が一人居りました。ですから、蓑吉さんは商いができないにして
も、店は使用人に任せて開けていたらいいと思うんですが、どうもそのあたりがね……ま、他人
にはわからない事情があるんでしょうが」
おそらく暇を出したのだろう。

「その事情に心当たりはあるかい」
「いや、皆目。それこそ順風満帆でしたから。店を休むと聞いたときはびっくりでしたよ」

「躰の按配はどうだった。どこかの具合がいけないとかはなかったんじゃないですかねえ……。顔を合わせればいつも笑顔でした」

「所帯は？」

「いや、特段、どこがわるいとかはなかったんじゃないですかねえ……。顔を合わせればいつも笑顔でした」

「なぜか独り身でね。話は降るほどあったんですが」

「宿場で特に親しくしていた者はないか」

「若くても苦労人ですからねえ、蓑吉さんは。誰とも満遍なく穏やかに相手をしていましたよ。手前どもは隣の上に商いも重なるところがあるんでなかでは親しいほうでしたが、他には……ちょっと思い当たりませんねえ。そういう人なんですよ、なんでか。ことさらな深入りを避ける。ずいぶんと慎重なんです」

手広に商っていたのに、当人は手狭に暮らしていたらしい。

そういう「ずいぶんと慎重な」男が、覚え立ての溺れそうな泳ぎで大川を十六日往復した。

「最後にするが、これを見てみてくれ」

直人は懐から川島辰三の人相書きを取り出して主に見せた。

「蓑吉の店で見かけなかったか」

「いや……」

目を凝らしてから主は言った。

「見かけたことはございませんね」

小間物屋を出た直人は往来の様子を窺った。実は入る前、己れを付ける者の気配を感じていた。背中に視線を感じながら当て推量で二軒回ったが、話はど姿は捉え切れぬが気配はまだあった。

ちらも小間物屋と似たようなものだった。蓑吉の古手屋は内藤新宿上町の顔とも言える店だった。

蓑吉は捨てるには惜しいものをいっぱい持っていた。それをみんな拠って、下手な泳ぎを覚えて、冷たい大川を幾度も往復して、蓑吉はいったいなにを狙っていたのか……知るほどに謎は深まる。

辰三との繋がりがたしかめられればそれが緒になるのだろうが、二軒とも人相書きには反応しなかった。ひとつだけ小間物屋の答とちがっていたのは親しくしていた者についてで、二軒が二軒とも「そりゃあ、損料屋さんでしょう」と答えた。

「損料屋というと、店頭の?」

「ええ、御上納会所掛の繋がりで、懇意にしていたはずですよ」

「多四郎も御上納会所掛なのか」

「取りまとめ役でございますよ」

ならば、やはり、ただの店頭ではない。

「小間物屋は言っていなかったが」

「あそこは多四郎さんとよくないんですよ。以前に多四郎さんを介して妓楼に品物を入れてたんですけどね。それがいけないもんだった。それで、出入り差し止めになってから、ま、腹に一物というやつで、多四郎さん周りのことには触れたがらないんです」

三軒回るだけで半刻は過ぎた。店を出て先刻来の付ける気配を探ると、さっぱりと消えていた。それで、たぶん、わかった。損料屋に戻るとすでに多四郎は居て、直人は名乗り終えると直ぐに「付けさせたか」と問うた。二軒目まではあった気配が三軒目を終えたときに消えていたのは、付けていた者が多四郎に報せに戻ったからだろう。

「お気づきでしたか」

多四郎はわるびれもせずに言った。

「こちらとしてもいきなり御役目を言われて、直ちに、さようでございますか、とはゆかぬもので。ご無礼申し上げました」

低いけれどよく通る伸びやかな声が風体に合っている。齢の頃は四十の半ばか、防たちに劣らぬ男振りに齢の紗がかかっていい具合だ。

「ひょっとすると、さっきも居留守かい」

きっと、直人がたまたま訊き取りに出たから付けたのではないのだ。最初に訪ねたとき多四郎は店に居た。居たのに留守を言い、半刻後の再訪を促して、その間、直人がどう動くかを見定めようとした。言ってみれば、直人が訊き取りに出たのではなく、多四郎が直人を訊き取りに出したのだ。そうして付けて、直人がほんとうに徒目付かどうかを見極めようとした。なかなか腰の据わった差配で、それだけでも十手持ちとしても筋がよいという話がうなずけた。

「実は手前どもは宿場の御上納会所掛を勤めさせていただいておりまして、つまりは公金を扱っております。くれぐれも慎重を期さねばなりません。で、謀るような真似をさせていただきました。どうぞ、御容赦願います」

おそらく直人を試した理由は公金とはちがう。けれど、御上納会所掛を持ち出したほうが通りがよくて場がぐずつくことがない。そのあたりの使い分けも心得たものだ。

「で、どうだ。疑いは晴れたのか」

「はい」

「いい子分を持っているようだな」

付けさせたまでは見事だ。が、付けた結果は付けた者の目で決まる。目のいけない子分なら、

それまでの深謀も水泡に帰す。

「子分には恵まれておりますが」

多四郎は言った。

「先刻、付けさせていただいたのは手前でございます。御徒目付ということで、念を入れさせていただきました」

そこまでは気が及ばなかったが、そこまでやるなら、その先だってやるだろう。

「では、それがしがなにを訊いたのかも承知だな」

「概ね、は」

きっと、多四郎は子分と二人で直人を付けたのだ。直人が小間物屋を出たあと、どちらか一人は直人を付けて、もう一人は小間物屋になにを質したのだろう。二軒目の店にも同じように質したはずだ。多四郎はもう直人が蓑吉のことを調べに来たのを知っている。

「ならば話は早い。そういうことでおぬしに会いに来た」

多四郎の目を見据えて直人は告げる。余計な回り道はしない。

「蓑吉がなにか不始末をしでかしたのでございましょうか」

こんどはなぜか白を切るのが上手くない。多四郎は明らかに蓑吉の身に起きたことを知っているる。

多くの野次馬の目の前で斬殺された事件は、市中でも格好の話のネタになっている。噂の足の速さからすれば、市中と内藤新宿の隔たりなど物の数ではあるまい。まして、店頭を張っているからには地獄耳だろう。知っていても当然だが、ただし、条件がある。蓑吉が大川を泳ぐのを前もってわかっていなければならない。読売にまだ蓑吉の名前は出ていない。書かれている中身も、大川を泳いでいた男が気の触れた武家に斬り殺されたという程度だ。多四郎が蓑吉の横死を

知っているとすれば、蓑吉が十月の大川を泳ぐのを知っていたことになる。

「手短かに言えば……」

ひとまず直人は多四郎の芝居に付き合う。

「蓑吉が浅草で大川を泳いでいて、岸に上がったところを武家に斬り殺された」

多四郎は無言だ。驚く素振りも見せない。芝居を演じ通すつもりはないようだ。

「なぜ斬り殺されたのかを探っている。そういうことだ」

「差し支えなければ……」

多四郎が重そうに口を開いた。

「どこまでわかっているのかを教えちゃあいただけませんか」

直人の話しだいでは、己れの知るところを語るつもりのようだ。あるいは、多四郎もまた回り道をせぬために、蛇足を避けるつもりなのかもしれない。けれど、直人は念を入れた。多四郎にとって直人は初顔だろうが、直人にも多四郎は初顔だ。

「御公儀の御用だ。差し支えはある」

直人は返す。

「差し支えがあるのをおぬしが承知の上で、なお聞きたいと言うのなら話さぬでもない」

直人は多四郎に、話せば見返りがあるのかを問うている。

「手の内を言やあ、こっちもそのあたりをたしかめたくてお願いしたわけなんですが……」

苦笑を見せてから、多四郎はつづけた。

「わかりやした。お聞かせください」

多四郎は先に掛け値を下げた。

174

「実は、それがしと蓑吉は因縁がある」

直人は切り出した。動じぬ多四郎が目に見えて驚く。

「と言ってもわずか三日の因縁だがな。凶事の起きた前々日に泳いでいるところを目にして、前日には蕎麦を喰いながらなんで十月の大川を泳いでいるのかを訊いた。当日も気に掛かって蕎麦屋の二階から現場を見ていた」

「蓑吉はどう言っていやしたか」

多四郎は喰いついた。

「願掛けだと言っていた。古手屋の商いがいけなくて蓄えも底を突いた。どうにもならずに世話になっているお方に相談したら、ある神様を紹介された。その神様が言うには、浅草の駒形堂と対岸を泳いで往復すれば運気が変わる。で、十月の朔日から泳いでいるということだった」

話すと、あのごつごつした泳ぎがまざまざと目に浮かんだ。

「それがしが話を訊いたのは十五日で、蓑吉は満願まであと二日と言った。二日ならということで止めなかった。止めていれればあんなことにはならなかったと悔いたが、こっちへ来て話を聞いてみれば願掛けはまったくの偽りだった。どうやら、事は己れの目溢しがどうのこうのという問題でないようだ。たとえ俺が止めたって蓑吉は十六日も泳いだのだろう」

多四郎は無言でうなずいた。

「蓑吉を斬ったのは御家人の御徒だ。夏には現場の直ぐ隣の水練場で稽古を積んでいた。公方様の水練御上覧の演武で御褒めに与って出世の手掛かりにしようとしていたらしい。想いが嵩じて、演武の相方を溺死に追い遣った。その上、演武を御披露する七十五名に洩れて、だいぶおかしくなった。それがおそらく七月の半ばの頃だ」

気を集めて多四郎は聞いている。

「はっきりとおかしくなったのは、相方のお化けを見てからららしい。だいぶおかしいくらいだったのが、日々の暮らしさえおぼつかぬほどになった。その話を聞いたときそれがしは、科人が相方のお化けを見たのは演武の泳ぎ手に溺れた直ぐあとの八月頃と判じた。つまり、蓑吉が泳ぎ出す前だ。だから、蓑吉はたまたま十月の十六日、不幸にして気の触れた科人と出逢って横死したのだと思った。蓑吉の泳ぎは泳ぐというよりも溺れているように映るほどで、いまにも土左衛門になりかねなかった。その泳ぎと相方のお化けが重なって、科人が本差を振るったと察したのだ」

そのときはなんたる悲運かと思った。

「けれど、ちがった。よくよく聞けば、科人が相方のお化けを見たのはもっと遅く、十月になってからだった。つまりは蓑吉が泳ぐのを見てからだった。蓑吉のあの溺れるような泳ぎが科人に相方のお化けを見させたのだ。科人は日々蓑吉の泳ぎを見るに連れ壊れていった。蓑吉は十六日にたまたま科人と遭遇したのではなく、願掛けの十六日間をかけて、おかしくなり出した科人をはっきりとおかしくしていったのだ。蓑吉を斬り殺した狂人は蓑吉自身がつくったとも言える」

ひと息をついてから直人はつづけた。

「それでも蓑吉を悲運と思う気持ちは変わらなかった。たった一日の遭遇が十六日の関わりになっても、願掛けで泳いでいた蓑吉が想いも寄らぬ凶行を受けた事実はなにも変わらない。蓑吉は変わらずに気の毒な犠牲者だった。が、ここへ来て、聞いた話とはまったくちがう蓑吉を知った。いまは、どう変わってくるのか、見極めようとしているとなれば、おのずと話は変わってくる。ところだ」

「ということは……」

この話になって初めて多四郎は言葉を挟んだ。

「ここへ来られるまでは、御役人のあいだで事件のあらましはあらかた定まっていたわけでございますね」

なにを言いたいのかと訝る直人に、多四郎はつづけた。

「つまり、気の触れた科人が、大川に、多四郎を泳いでいた蓑吉に相方のお化けを見て斬殺したということで落着していた」

「その限りではそうだ」

直人は静かに感じ入る。多四郎は直人の話をただなぞっただけのようだが、そうではない。人は己れの聴きたいようにしか他人の話を聴かない。聴きたい筋の外はあらかたが抜け落ちる。蓑吉に関わりのある者なら、蓑吉を軸にしか話を聴かない。が、多四郎は蓑吉の話を聴きながら役人側の目で話を組み直す。多四郎は水面の話を聞いて、水底の流れを読むことができる。

「なのに、片岡様はなんで内藤新宿まで出張ろうとなすったんでしょう」

そうして矛先を直人に向けた。

「事件のもろもろの後始末なら、御徒目付が躰を運ばずとも、そういう掛の者が居られるのではございませんか」

その切り込み方が直人の唇を動かした。

「一点、解せぬことがあった」

多四郎がわずかに身を乗り出す。

「先刻、話したように、それがしは事件の当日も蕎麦屋の二階から凶行の起きた船着場を見てい

た」

多四郎の目の奥が光った。

「科人を認めてからは船着場へ走った。そして見たのだ。狂犬さながらの科人と対峙していると
いうのに微笑むように笑う蓑吉をな」

「笑う……」

「ああ、そうだ。そのときは笑っているのではなく恐怖で顔が歪んでいるのだと思い直した。し
かし、ちがう。あれは恐怖なんぞではない。想い返すにつれ、そうとわかる。蓑吉はすこしも怖
がってなどいなかった。あれはやはり笑いだ」

繰り返し想い浮かべてきたあの顔を、直人はもう一度呼び戻して言った。

「なんで笑っていたのか、それがわかれば事件の真の姿がわかると信じてここへ来た」

「失礼でござんすが、それだけで」

怪訝な風で多四郎は問う。

「それだけで、とは？」

「蓑吉が笑って見えたのが腑に落ちねえという、たったそれだけの理由でいらしたんでございま
すか」

「ああ、なにか不足か」

「滅相もありやせん」

間を置かずに返してからつづけた。

「たまげているんでさあ。宿場の古手屋が笑っただけで、内藤新宿へ汗かきに来る御武家様が居
なさることにね」

言うと、多四郎は唇を結んで思案する風になった。腹の底に溜め込んだ言葉を外へ出そうか出すまいか、難儀な綱引をしているかに見えたが、さほど間を置くこともなくひとつ大きく息をつくと、おもむろに唇を動かした。

「手前が蓑吉に頼まれたことをお話しいたしましょう」

どうやら、綱は話すほうに引かれたようだった。

「承知いたしました」

即座に直人は答えた。まさにお誂え向きで、そこから入るのが意外なほどだった。

「まずは、片岡様が小間物屋たちに示された人相書きを見せちゃあいただけませんか」

多四郎は切り出した。

「望むところだ」

人相書きを取り出すと、押し付けるように手渡した。

「こっちのほうこそ見てもらいたい」

多四郎は大事な預かり物のごとく押し頂き、おもむろに開いて、喰い入るように見た。

「名も言っとこう。川島辰三だ。齢は三十二、さっきも言ったが御徒を勤めていた」

「心当たりはあるかい」

直人は問うた。あの笑いは蓑吉が辰三を知っていたからだ。偶然のように見えて、実は繋がっていたからだ。多四郎がほんとうに蓑吉と懇意なら、きっと辰三を見知っている、の答を信じて、ある、はずだ。

「いえ」

　けれど、多四郎は言った。

「見たことはございません」

　想いが空を切って、思わず多四郎と蓑吉との縁を疑った。気落ちする直人に、多四郎はつづけた。

「見たことはございませんが、ずっと見たかった顔ではあります」

「見たかった顔……。

「手前ではありやせん」

　丁寧に畳んだ人相書きを直人に戻して、多四郎は言った。

「蓑吉です。蓑吉がずっと見たがっていた顔です」

　どういうことだ……。

「この男がしたことを蓑吉は知っていた。けれど、蓑吉はこの男を知らなかった。この知らぬ顔を目にするために蓑吉は泳ぎを覚え、大川を渡ったのです」

　聞いたとたんに躰の芯がぞくっとした。語りの意味は判然としない。けれど、蓑吉と辰三の出逢いが偶然でなかったことははっきりと伝わる。たまたまではないのだ。蓑吉は企んで大川を泳ぎ、辰三との出逢いを手繰り寄せた。事件は直人が想いもしなかった向きへ転がっている。

「その川島辰三が溺死に追い遣った相方でございますが……」

　質す言葉をまとめられずにいる直人に、多四郎は問うた。

「名は仁科耕助ではありませんか」

「知っているのか！」

驚きは途切れない。

「蓑吉の弟でござんすよ」

「弟……」

ぼやけていた絵が輪郭を取り始める。

「二十と七年ばかり前のことでござんす。その年、兄弟が暮らしていた土地で抜け参りがありやした」

お店者や子供が主人や親になんの断わりもなく、お蔭参りの列に連なることを抜け参りと言う。

近所に使いに出たその足で、ふらっと伊勢への旅の列に紛れる。

「そんとき蓑吉は九歳。弟の耕助は六歳。東三河のとある村に居りましたが、ただ百姓の息子をやっていたわけではありやせん。生まれ育った村とは別の村で乞食番をやらされていたようです」

蓑吉と耕助の結び目がわかって、直人はようやく話に加わる。

「家は潰れ百姓だったのか」

乞食番は村につづく路の入口に詰めて、物乞いをして歩く者たちが村へ入ろうとするのを防ぐ。

その間、田畑の仕事はできなくなるから村の本百姓は当たらない。潰れて村の施しを得ながら凌ぐ者や、夜逃げをして移って来た者が番を勤めて糧を得る。蓑吉と耕助の兄弟もそうした潰れ百姓の息子だったのだろう。

「お察しのとおりで。元々は村でも中分の者よりも上の本百姓だったのですが、大豆や煙草など銀に替わりやすい作物に手を広げて借財が嵩んじまったようです。潰れてからは村の施行で喰い繋いでいましたが、すでに人別から外れている帳外者ですから、村の行事にはいっさい出られな

181

いし、身内の人寄せがあっても羽織も着られない。それが村でも上のほうの一軒前だった父親には堪えられなかったのでござんしょう。家族を喰わせられなくなっても面子は捨て切れなかった。

たとえ物乞いに回る暮らしになっても村の厄介で居るよりはいいってことで、一家引き連れて夜逃げに走った。あげく、連れ合いとは生き別れ、当人は行き倒れちまったらしい。蓑吉と耕助は父親が逝った村でなんとか拾われて、喰わせてもらう代わりに乞食番を宛てがわれたってわけです」

「難儀だな」

「二人も物乞いやって凌いできたわけです。物乞いの辛さは嫌ってほどわかっている。村に拾われるまでは、路上で行き倒れた親父の傍らで寝起きしてたようです。臭いがきつくなっても、まだ親父は生きてるって自分たちに言い聞かせて寝起きしてた。大人が先に行き倒れるってことは、きっと、親父はなけなしの喰い物をぜんぶ二人に回してたんでしょう。母親とは生き別れたって言ってたけど逃げられたのかもしんねぇ」

思わず直人は息を洩らした。

「他に四つ齢上の結って名の姉が居たと言ってましたけどねえ、こっちは旅の途中で病に死に別れたそうです。そうやって生き延びてきた子供二人が物乞いを追っ払う役をやらされる、そりゃね、どうにもなんねえですよ」

そこまで言うと多四郎は妙に鎮まった声で「旦那」と直人に呼びかけた。「片岡様」ではなく「旦那」と呼んで言った。

「あっしがね、なんでこんな話、知ってると思いやすか。なんで蓑吉があっしにそんな身の上話をしたと思いやすか」

182

己れを呼ぶのも「手前」から「あっし」になった。

「御上納会所掛繋がりなんてね、そんな上等なもんじゃねえですよ。闇がりです。初めは損料屋と古手屋の商いの繋がりで顔を合わせたけどね、直ぐに互いの裡の闇がりを目っけて話し込むようになった。こんな損料屋なんて稼業はね、胸底に闇が巣くわせてなきゃあできねえです。なにやっても、その闇がりよりは闇かねえとてめえに言い聞かせられますからね。蓑吉にしてもね、あっしの明かした闇がりなんぞ、あいつが抱えている闇がりのほんの上っ面だけですよ。あいつはあっしの想いも寄らねえ闇がり抱えてます。たぶん、乞食番やってた頃のね。そういう闇がりをちっちゃな躰に呑んで、毎日、路端に座って物乞いに目を張ってた二人の前にですよ、お蔭参りの列がどんちゃかどんちゃか通ったら、そりゃ吸い込まれるでしょう。抜けるでしょう。で、もう、絵に描いたような抜け参りになってね、そうして旅をつづけるうちに絵に描いたように兄弟は生き別れになっちまったってわけです」

蓑吉と耕助は、そのように兄弟だった。離れられぬのに離れてしまった兄弟だった。

「そんな二人がようやく再会したのが、蓑吉が自分のお店を持った五年前です。ほとんど二十年振りですよ。耕助はどういうわけか、さる御家の家侍になっていたそうです。家侍とはいっても内実は小者と変わらねえ扱いだったらしいけれど、さっきのね、蓑吉の抱いている闇がりから すりゃあ、もう陽だまりの猫です。耕助のことを考えちゃあ、真っ闇な筋をいくらでも立ててきた蓑吉はそりゃあ喜んでね、二十年の埋め合わせをしたくて仕方なかったんでしょう、もっとなんとかしてやりたくて御徒の株を買うことにした。といっても御徒の株の相場はざっと五百両だ、蓑吉の店が繁盛したのは、なにがなんでも五百両こさえるつもりだったからです。うちの店にも毎日参してね、それからですよ、互いの闇がり持ち寄るようになったのは。初めは蓑吉もこっちの

商いに喰い込みたい一心で己れを晒したんだろうけど、そのうちお互い素と役柄の境がわかんなくなっちまった。ま、そうしてがんばった甲斐あって、ようやく去年、御徒の株を買い与えてね、小普請やってる仁科の家の養子の口も見つけて、耕助を御徒にした。その養子の縁組代なんかも入れりゃあ六百両はかかったでしょう。蓑吉はそれは得意でしたよ」

直人はふっと息をついた。これで、蓑吉と仁科耕助、そして川島辰三がみんな繋がった。

「ところが、せっかく晴れて御家人になって一年も経ってねえのに、この七月、耕助が俄かに命を落としちまった。それも、なんで逝ったのかが皆目わかりやせん。動かねえ養家を動かして問い合わせても、御徒の詰所は病死の一点張りで埒が明かねえ。そいつをどうにかして水練の稽古で溺れ死んだのはなんとかわかった。そこに苛めが絡んでいるらしいこともね。でも、そこまでです。恐れながらと訴え出ても病死で済まされるのは必定だ。独りで恨みを晴らそうにも、仲間内の御徒衆ばかりのなかで起こったことです、誰がやったのかの見当も付けようがねえ」

御徒の詰所で辰三を語った菊池親兵衛の声が浮かんだ。たとえ同じ組内の自分でも、殺しの証しを立てるのは無理だと親兵衛は言っていた。

「耕助もいくら稽古が辛くても蓑吉にはひとことも洩らさなかった。己れのために六百両積んでくれた兄に不平を言ったら罰が当たるくらいに思ってたんでしょう。あるいは、餓鬼の頃を思えばそんな苦めなんぞ屁でもねえと思っていたのかもしれねえ。でもね、屁でもなくとも人間死ぬときゃ死ぬんだよ。ようやく捜し出した弟を理不尽に奪われた蓑吉はもう黙りこくったまんま背中を見せつづけてね、自分が耕助を御徒になんぞしなければと、繰り返し、てめえを責めており

一刻が経ったが、二人には刻の鐘は響かない。多四郎はそのまま語りつづけ、直人はそのまま聞きつづけた。

「首でも括るんじゃねえかと本気で心配になって様子を窺わせるようにしましたよ。でもね、蓑吉はそうしているあいだにとんでもねえことを企んでいた。聞いたときゃあそこまでやるか、と思いやしたが、どうやら蓑吉は躰もいけなかったみてえです」

「いけなかった？」

「腹に腫れ物ができてね。けっこう前かららしいが、耕助が生きてるうちは曖にも出さなかった。ああなって初めて聞いたんですが、医者からはやりたいことをやっておけと言われていたようです」

「で、蓑吉はやりたいことをやった……」

直人は言葉を挟まずにはいられなかった。そういう蓑吉に、自分は船着場で声を掛けたのだ。

どういうつもりで大川橋の間近を泳いでいるのかと問うたのだ。

「そういうこってす。十一歳から二十五年かけて積み上げてきたものをいちどきに崩した。繁盛していた古手屋を畳み、下手な泳ぎを覚え、大川を往復した」

「そんな傷んだ躰で十月の大川の水に浸かったんだ」

胸裡の蓑吉がまたごつごつと泳ぎ出す。

「俺にはあと二日と言ったが、腹ではやりたいことをやったと得心できるまで泳ぎつづけるつもりだったんだろう。端っから川で死ぬつもりだったってことだ」

知るほどに、蓑吉の死は己れの目溢しと関わりがなくなる。けれど、腹に抱え込んだものの重さはちっとも変わらない。泳ぐ蓑吉が呑んでいた重いものをわからぬ限り、軽くなることはない。

「耕助の逝った川だ。本望でござんしょう」

「わからねえのは、そのとき蓑吉がどこまで見据えていたのかってことさ」

「どこまで、ですか」

「結末だけを見りゃあ、蓑吉は死ぬつもりで泳いで、耕助を殺めた相手を白日の下に晒した。見事に辰三を炙り出した。けどな、それは辰三が気を病んでいたからだ」

そこが直人には判然としない。

「もしも耕助の仇が気患いとは無縁な相手だったとしたら、いくら蓑吉が十月の大川を往復してもなんにも起こらない。知らぬ顔を決め込まれるだけだ。繁盛店を回していく才覚のある蓑吉なら、当然、そのくらいは見込むだろう。だから、大川の冷たい水に蓑吉が初めて浸かったときはそこまで狙っていたとは思えねえ。そのあたりはどうだったのか……」

「蓑吉は狙って辰三を御徒の囲いから引っ張り出したのか、それとも結果としてそうなっただけなのか……」。

「蓑吉も始めは自分がなにをするつもりなのか、わからねえままに動いてたようですよ。先刻も語りましたが、てめえが耕助を御徒にしたことをずっと責めておりやしたからね。すっかり寒がかった水練場との際を、溺れるすんでのところで泳ぐことで、蓑吉なりの供養をしていたのかもしれやせん」

蓑吉は直人の胸裡を泳ぎつづける。

「あっしもいくらなんでも無理が過ぎるとは思いやしたが、奴の胸底を想うと止めろとは口に出せなかった。あのまんまでは、どうにも収まりがつかなかったんでござんしょう。例の闇がりに引かれていたんじゃあねえでしょうか。引かれて、どうにもならなかったんじゃあねえでしょうか。

ところが、その死ぬつもりの泳ぎに見物客が付いた。ただ泳いでいるだけなのに衆生の目を集めた。視線を浴びて泳ぐうちに気持ちが変わっていったようですが、旦那はそのあたりをご覧になっていらしたわけですね」

「ああ、その日暮らしが群れる町だ、最初は冷たい大川を無様に泳ぐ慮外者を嗤って無代の慰みにしようとしたんだろう。でもな、目にしているうちに、それじゃあ済まなくなるんだよ。胸裡にあの溺れるような泳ぎが巣くってな、ふっと気づくと嗤うのを忘れちまっている」

想い返すに連れ、あのとき己れが感じたことは誤りではなかったのだと直人は思う。土左衛門をゆっくっつこつした泳ぎが、逆に蓑吉がいま生きていることを煮詰めて伝えた。見る者が目を離せなくなったのは、日頃、持て余して打ち棄てているみずからの生を見せつけられたせいだ。

衆生は蓑吉の泳ぎに己れのありのままを見ていた。

「あの視線の束を受けりゃあ、たしかに蓑吉の気持ちに変化が起きもするだろう。いびり殺されたのを認めさせるのは無理にしても、せめて、どうして死んだかだけは伝えることができるんじゃねえかくらいは想うかもしれねえ」

そこからなら己れも語ることができると直人は思う。己れも蓑吉の泳ぎから目が離せなくなった者の一人だ。

「水死を病死にされたのも、蓑吉には我慢がならなかったようですよ」

直人の語りを多四郎が受ける。

「自分がこの季節外れに御徒の水練場との際を泳ぎつづけりゃあもっと人の目が集まって、やがては耕助が溺れ死んだのを知ってもらえるかもしれねえ。そんな細っこい期待を抱くようになったんじゃあねえでしょうか。それなら、耕助を殺った相手がどんな奴だろうと関わりありやせ

187

ん。己れ独りでできる。命が尽きるまでできる。下手な泳ぎにもいっそう身が入ったことでしょう」

それならば、と直人は想った。そこまで行ったら、そこで止まるだろうか。その先を望んでしまうのではないか。だとすれば蓑吉はなにをどう望んだのか……。

解く鍵はやはり蓑吉のあの笑顔しかない。直人はまた想い浮かべる。船着場であの男と対していたときの、微笑んだような笑みを想い浮かべる。繰り返すたびに笑みはくっきりしてくる。直人が解くのを催促するかのように。そこからだ、と直人は思う。笑みなのはもうわかった。では、なんだ。ならば、どういう笑みだ。

蓑吉とて斬られるのは悟ったただろう。斬られる己れが見えただろう。辰三は人を斬り殺そうとしていたのではなかった。「お化け」を「退治」しようとしていた。辰三を裡から押しとどめるものはなにもない。だから、本身を振るうのをなんらためらわなかった。それは蓑吉にも手に取るように伝わったはずだ。なのに、笑った。

斬られるのがわかってなんで笑う、と訝った刹那、直人は己れはうつけだと思った。大うつけだ。そんなことは明々白々ではないか。考えるまでもないではないか。斬られるのがわかって笑ったのなら、斬られたかったに決まっている。そうだ、蓑吉は斬られるのを待ち構えていたのだと思い当たった瞬間、あの笑みがどういう笑みなのかがわかった。してやったりの笑みだ。

己れが仕掛けた罠に狙った獲物がかかったのを認めたときの、思わず零れてしまう笑みだ。

そのとき、直人はすべてを理解した。

おそらく多四郎が語ったとおり、途中から蓑吉は耕助の溺死を明らかにするために泳いだのだ

ろう。

ただし、訊かれても、そうとは明かさない。直人に縷々語ったように、あくまで願掛けで通す。

溺死を訴えれば人は離れる。主張は人を遠ざける。

馬鹿と嘲われてこそ人は集まる。

けっして事件は口外せず、見物客の憶測に任せた。

やがて憶測が渦になれば、そこから溺死の真が浮き上がるかもしれない。

そのように期して泳いでいたのだろう。

それが幾日目かはわからぬが、蓑吉は馴れてきた衆生の目とはちがう目を感じ取ったのだ。

明らかに常人とは異なる目を。

それからは蓑吉のほうがその目の持ち主を観た。

観つづけた。

そして、悟ったのだ。

己れが気づかぬままに弟の仇を炙り出していたことを。そして、そやつが己れを襲うだろうことを。

きっと蓑吉はなんでもっと早くこのことに気づかなかったのかと歓喜しながら思ったことだろう。

斬捨御免は戯作のなかだけだ。武家が町人を斬れば、斬らねばならぬたしかな謂れがない限り、しっかりと裁かれる。

耕助が苛め殺されても裁きの手は及ばなかったが、ここで己れが殺されれば、あの男はただの人殺しとして御白州に引き摺り出されることになる。

189

こんな手があったのだ。

自分でも仇が討てる。

それを、当の仇自身が教えてくれた。

蓑吉は晴れ晴れとした顔で、その日を待つことにしたにちがいない。

事件の前日、直人が手を差し延べたときも、ついに、と思ったのかもしれない。

あのとき蓑吉は待っていたような顔つきを浮かべた。束の間、獲物が掛かったと判じたのかも

しれない。

でも直ぐに、狂ってはいないと察した。こいつはちがうとわかった。

そうして明くる十六日、蓑吉はいよいよ異なる目の男と対した。

男は狂気を剝き出しにして「お化けだ」と言った。

「お化けだ、お化けだ」と言った。

こんどはまちがいない。

蓑吉は歓喜したことだろう。

そうともさ、俺がお化けだ。

耕助のお化けだ。

いよいよ、掛かった。

さあ、斬れ。

早くその腰の物を抜け。

斬り殺せ。

あの笑みはそういう笑みだ。

190

直人の肩にかかっていた重みが退いていく。

ふっと目を上げると、多四郎の顔にも笑みがあった。

笑みは、行き着きましたか、と言っていた。

多四郎はみずから結末を説くのではなく、直人が己れでたどり着くように仕掛けた。

「万に一つもそんなことはないだろうが、と前置きされた上で、蓑吉から頼まれやした」

多四郎は言った。

「もしも己れが斬り殺されて、その件でまかりまちがって御役人が内藤新宿の多四郎を訪ねてくるようなことがあったら、すべてを知っていただいてほしい、と」

そして、つづけた。

「でもね、そんな間尺に合わねえ真似をやりなさる御役人が居るとは夢にも想わなかった。で、用心が過ぎて御無礼を働いちまいましたが、お蔭で果たせるはずがねえとあきらめていた蓑吉との約束を果たすことができた。心底より、感謝申し上げます」

そして両手を突き、深々と頭を下げた。

頭を下げなければならないのはこっちのほうだった。

海防への話は遠慮した。

はっきりと、なぜをつづけさせて欲しいと頼んだ。

海防への関心が薄れたわけではない。薄れるはずもない。遠慮したのは、だからこそだ。薄れるはずもないからだ。

長く、異国の脅威を知らずに来た国だ。江戸前海は大江戸のでっかい生簀であって、そこに異国の船が現れるなどとは露ほども想わなかった。百年ばかり前にも新井白石が『西洋紀聞』や『采覧異言』などの海防の警鐘を鳴らす書物を著しているが、政に携わる者たちが手に取った気配はない。魯西亜船が蝦夷地に現れるまで、この国に海防はなかった。

直人もそういう国の住人だった。内藤雅之から文化魯寇の話を聞いたときにも驚いたが、その前に、戦ったことに驚いた。幼い頃から、日本は武威の国だから異国はその強さに恐れをなして攻めかかることができないと教え込まれてきた。信じたつもりはなかったが、現実に異国との戦の風聞など絶えてなかったので疑うこともしなかった。日本は戦うはずがないし、おのずと敗けるはずがなかった。海防は絵空事にもならず、海防を語ることは空論ですらなかった。そもそも頭のなかにないのだから。

それがラクスマンの根室来航から一気に様相が変わった。レザノフの長崎入港があり、フボス

トフの文化魯寇が起き、フェートン号が長崎に侵入して、日本が〝異国が震え上がる武威の国〟ではないことがはっきりした。いまもゴロウニンの抑留がつづいていて、蝦夷地の緊張が解けることはない。かつてならば遥か彼方の北の海に偶発した異変で、江戸からは遠見だったが、いまでは誰もが海はひとつなのを知っている。択捉の海も江戸前海も長崎の湾もみんな繋がっていることを知っている。この国に、海防が生まれたのだ。

直人の裡にも海防は生まれた。御家人の小普請から旗本の勘定へ身上がることで凝り固まっていた直人が、ひときわ海防に縁遠かったことは疑いない。なのに、雅之の遠国御用の話に触れて以来、海防への関心を示すようになって、直人自身、違和感を覚えた。海防とはずっと無縁に過ごしてきたし、なによりも、それどころではないはずだった。菊枝が縊死してから躰は変調をきたし、なぜを追う意欲さえ薄れていた。なのに、相手が雅之とはいえ、無理にではなく躰から海防を語った。そういう己れがいかにも奇妙に思え、ひょっとすると、己れの構えの軸がなぜから海防に移ったのかと疑った。

が、いまになって想えば、海防を語った理由はそんな大仰なものではなかった。この国は初めて病を得た病知らずのようなものだった。患うまでは躰のことなど気にも掛けなかったが、いったん調子を崩せば病の原因から快方へ至る手立てにまであれこれと気に病んで想いを巡らせる。病は海からの病だ。海防は無から湧いたわけではない。異国の脅威がなかったから表に出なかっただけで、現の脅威が明らかになれば誰だって備える。この国に生まれ育った者ならば備えずにはいられない。きっと、武家だけではない。異敵が侵し入れば身分の別なく、この国に生きる民として立ち向かうだろう。だからこそなのだ。直人が海防への転進ではなく、なぜに残る路を選んだのは。

そうと見切らせてくれたのは、蓑吉であり、多四郎だった。内藤新宿まで出張った直人に、多四郎は蓑吉の事件が落着しているのになにゆえ足を運んだのかと問うた。蓑吉が狂った川島辰三と正面から向き合っても笑っていたことを伝え、なぜ笑っていたのかがわかれば事件の真の姿がわかると説いても、「それだけ」かと繰り返し質した。蓑吉が笑ったのが腑に落ちないという、たった「それだけ」の理由で出張ったのかと訊いた。直人が「ああ」と受け、「なにか不足か」と問い返すと、めっそうもないと答えた。たかが宿場の古手屋が笑ったというだけで、内藤新宿まで出張る役人が居るのが信じられなかったのだと明かした。それでも直ぐには口を開かなかった。幾度となく胸裡で開くか開くまいかを反芻してから、ようやく蓑吉がなぜ十月の大川を泳いだのかを語り出した。それほどに、受け入れがたかったということだろう。

多四郎は宿場の妓楼に夜具を貸し出す損料屋であり、妓楼を取り仕切る店頭だ。心底に闇がりを抱いて日々の闇がりに対している。繕いようのない毎日を生きる多四郎からすれば、直人のような役人はありえなかったのだろう。頼まれ御用で日々追ってきた直人にとっては、多四郎の言う「それだけ」に深く沈み込むのが流儀だ。が、そんな流儀は世の中では稀有であることを、多四郎はあらためて思い知らせてくれた。この世の中では蓑吉の笑いは見過ごされるのだ。取るに足らぬとされる者の、取るに足らぬ動きが、他者の目に留まることはない。が、蓑吉の笑いにはあの事件のすべてが凝縮していた。衆生の目に留まらなかったものはこの世になかったのと同じだ。耕助が溺れ、蓑吉が泳ぎ、辰三が狂って、蓑吉が斬り殺されたすべてが凝縮していた。だから直人は、海防ではなく、なぜを、なぜをつづけなければならなかった。脅威が明らかになれば民も応える。蓑吉の笑いはそうではな海防は国が求める。強く求める。

194

い。蓑吉の笑いは求められない。放り置けばそのまま立ち消える。取るに足らぬ者の取るに足らぬ動きは、放り置けばそのまま潰える。が、その取るに足らぬ動きには、人が生きて死ぬことのすべてが詰まっているのだ。誰かが目に留めなければならない。国の海防の求めに応じる者は多かろう。が、衆生の目に留まらぬものに目を向けたがる者は多くない。ならば、多くない者の一人として、なぜを追いつづけなければならぬ。すべてを語り終えて両手を突き、深々と頭を下げる多四郎を目の前にすれば、なぜに残る選択はあまりに自明だった。

とはいえ、内藤雅之にその旨を伝えるときは、憂いなくというわけにはいかなかった。もちろ考えずにはいられなかった。

雅之は海防への御用替えを「できねえならできねえと言ってくれたらいい」と言い切ってくれた。断わってもあとあと御勤めの疵にはならぬようにしておくとつづけ、「俺にもそんくらいの力はある」と括った。まちがいなく「そんくらいの力」はあるだろう。でも、「そんくらいの力」をそこに使ってよいのかどうかは疑問だった。

海防に動きがあれば、その現場にはかならず御目付の姿がある。御目付の姿があれば、徒目付の姿もかならずある。徒目付は御目付の耳目であり手足だ。海防は優れて目付筋の御役目である。その目付筋が海防絡みで組織替えを行うとなれば、上意下達に齟齬をきたすのは咎められよう。雅之から名を聞いた御目付は峻烈な人柄で、雅之とぶつかることもすくなくなかった。徒目付の配置なんぞにいちいち当人の意向を聞く必要はないとする構えで居るかもしれぬ。

十人目付の誰もが一目置く雅之は、逆に言えば煙たい存在でもある。己れが断わることが二人の溝をさらに広げはせぬか、直人は考えた。「そんくらいの力」は別の処で使うべきではないの

195

か、考えた。直人としてはなんとしてもなぜに残るつもりなのだから考えても仕方がないのだが、考えずにはいられなかった。で、十一月の初めに徒目付が詰める本丸表御殿中央の内所で雅之に意向を伝えたとき、ひとこと「申し訳ありません」を添えてしまった。考えても仕方ないことを考え、言わずもがなのことを言った。

「そいつはいけねえな」

雅之は聞き逃さなかった。

「申し訳ねえってこたあねえだろう」

そして、つづけた。

「まるで、俺たちが海防に背を向けて御用を勤めているみたいじゃねえか」

言われずとも、そういう気持ちはすくなからずあった。それがまた、あらためて察した見抜く者としての矜持でもあったのだが、取るに足るとされる心地はたしかにしていた。ぬとされるものに向き合っている心地はたしかにしていた。

「たしかに俺たちは海防のためになぜを追っているわけじゃねえ」

知らずに耳に気が行った。

「でも、海防のためにはなっている」

取るに足らぬとされる者の、取るに足らぬ動きを見抜くことがか……。

「海防の礎を築いていると言ったってていいくれえだ」

直人は胸の裡で〝いしずえ〟という音をなぞる。ずいぶん硬い。ふだん、雅之が口にする洒脱な言葉から洩れる。

「自分の家から火が出たら水をかけない家族の者は居ねえだろう。水をかけろなんぞと他人から

いちいち指図されずとも、一人一人が水桶を手にして動き回る。家が大事だからだ。失っちゃあ困るからだ。大事じゃあなく、困りもしなけりゃ、火の粉を避けて逃げるにちげえねえ。逃げりゃあ消す者が居なくなる。海防だってそうさ。我れも我れもと逃げまくりゃあ海防は瓦解する。

掛け声をかけても兵が居なくなる。逃げぬ民を厚くするのが海防の礎だ」

今度の〝いしずえ〟はすっと耳を通る。

「どう厚くするか。国が民に目を配らなきゃなるめえ。飢饉のときの御救いだけじゃあねえよ。いざというときに助けるのは当たりめえだ。ふだんから国が見ているのが伝わることが肝なのさ。国から構ってもらってると思うことができりゃあ、言われなくても民のほうから国自慢をするようになる。火が出たら水をかけるようになる。放っておきゃあ埋もれちまうなぜを両手で掬い上げる。一人一人にとっちゃあ命よりも大事だが、世間からすりゃあどうってこともないなぜにこびりついた泥を払う。いっとうわかりにくいものをわかることができれば、〝見られている感〟も極まるだろう。だからさ……」

ひとつ息をついて雅之はつづけた。

「申し訳ない、は要らねえ。すくなくとも、なぜを追う者たちのあいだじゃあ要らぬ文句だ」

頼まれ御用のときと変わらぬ上司の言葉がすとんと落ちて、直人は雅之の部下に戻ることにした。民に目を配るのだ。胸を張って戻らねばならぬと思った。

そのように、己れの進むべき路がくっきりするとともに躰も戻っていった。けれど、蓑吉のな

ぜが腹に落ちた日々は長くはつづかなかった。

原因はやはりあの笑みだった。蓑吉の事件への疑問はいつもあの笑みからやってきた。直人は最後にあの笑みを、してやったりの笑みと見た。それが仕掛けた罠に狙った獲物がかかったのを認めたときの、思わず零れてしまう笑みと見た。しかし、いまは、それだけか、と思えてならない。

直人の裡で蓑吉の笑みはいよいよくっきりとしてくる。まるで、まだなぜは終わっていないかのように。多四郎の会所で、直人に早く解けと催促したときのように。そうして鮮やかになるに連れ気色は変わって、いまでは抜けるような笑みになっている。

どう受け止めても、してやったりの笑みとは重ならない。狙って遂げた、狭さがない。もっと広い。それだけにわからない。こんどのなぜは狙いが見えない。

手繰り寄せる糸がなにもないときに浮かぶ顔は決まっている。

源内だ。沢田源内だ。直人の足は待っていたかのように向島へ向かった。源内が留守番をしていた別荘への路々、歌枕の旅の話を聞いてから早、三月余りが経っている。

直ぐあとに越後の火葬の話を使いながら生かせなかったことを詫びようとして訪れたが、それが詫びではなく己れの避難であると察して、留守番小屋の窓から洩れる灯りを目にしながら踵を返した。避難であるうちは晶子の供養を邪魔してはならぬときつく自戒して大川を越えるのを控えてきたが、いまならば訪ねることができる。避難は抜けた。もはや、凭れる怖れはない。直人は井戸端で翹った胡瓜の味を想い出しながら大川橋を渡った。

あのときはまだ七月の末で季節は初秋とはいえ暑かった。別荘につづく寺島村の桜並木は濃い緑の葉で覆われていたが、それでも木洩れ陽は踊って、着くと直ぐに井戸の水で躰の汗を拭った。

198

いまはすっかり葉が落ちて路には枯れ葉が目立ち、足を送るとかさこそと音を立てる。その音に促されるように直人は足を早め、諏訪明神を右に折れて新梅屋敷の賑わいを遣り過ごし、綾瀬川に架かる小さな橋を渡った。踏む枯れ葉の音が直人にある予感を抱かせていた。

この前、取って返した場処でいったん足を停め、灯りが洩れていた留守番小屋の窓を見遣る。やはり、ちがう。予感のままだ。この前とはちがう。秋と冬のちがいでもなければ、夜と昼のちがいでもない。直人はおもむろに足を動かして、ちがいに触りに行く。生垣を伝い、木戸を開けて、井戸端に立った。ゆっくりと辺りに目を遣るが、源内が寝起きしていた留守番小屋は見ない。見ずとも、別荘には人の気配はない。しんという音が聴こえるかのごとく鎮まり返っている。終わったのだと、直人は思った。源内がここで過ごす季節が終わった。

越後の墓の話を聞いて別荘をあとにするとき、直人は源内がいつまで向島に居るかを問わなかった。問わずとも、明日も田舎家に風を入れているのを疑わなかった。直人の目に映る源内は蛹を想わせた。殻のなかで己れを解き、いったんどろどろになってから蝶になる蛹を想わせた。蛹のあいだは動かない。動かずに新たな体が組み上がるのをじっと待たなければならない。その蛹の季節が終わったのを、汗を拭った井戸端が、胡瓜を齧った濡れ縁が伝えた。直人はその濡れ縁に座し、どろどろを終えて飛び立った源内を想った。ふと顔を上げると、冬の陽が初秋の陽より肱しかった。

向島からは、その足で久々の七五屋に向かった。すっかり陽が短くなって、筋違御門を渡る前に町は藍に染まり始める。神田川を越えて七五屋のある多町に入った頃にはとっぷりと暮れて、不意に目の前を白いものが横切った。家路を急ぐ比丘尼の裂裟だ。いまも多町には多くの比丘尼が暮らす。が、多町一の比丘尼はもう居ない。関われば人生転がり落ちたかもしれぬ比丘尼は故

郷へ還った。世話を焼いていた連れ合いはどこへ旅立ったのか……ともあれ、二度と町に戻ることはなかろう。馴染んだはずの多町を見知らぬ町のように感じながら直人は七五屋への路をたどる。ひょっとすると七五屋もなくなっているような気がよぎったが、ちゃんと目当ての場処にあって、戸を引くと店主の喜助がいつもの恬淡とした口調で「お待ちかねですよ」と言った。

「遅くなりました」

雅之はいつもの小上がりでいつものように手酌で飲っている。今日は剣菱か花筏か。

「ガザミだよ」

猪口を置くと、いきなり言った。

「ガザミがどうかしましたか」

ガザミは渡蟹のことである。

「どうかしたかって、冬の眠りに入る前のガザミだぜ。ミソがぷっくらして、一年でいっとう旨い季節だ。そいつをこれから蒸し上げようってんだよ。片岡が来ねえと蒸しに入れねえから、いまかいまかと首を長くして待ってたってわけだ」

「それで〝お待ちかね〟でしたか」

あれから喜助は板場へ入って蒸しにかかったのだろう。

「なんてった?」

「いえ、それは楽しみですね」

己れではなく、ガザミを蒸すのを待ちかねていたという話の向きに、なんとはなしにほっとする。冷えた躰が、蒸し上がって湯気を上げる喰い物を歓ぶだろう。

「他にも今夜はとっておきがある」

200

ずっと直人が馴染んできた調子を認めて、思わず雅之の口癖が頭に浮かんだ。「旨いもんじゃなきゃなんねえ、なんてことはさらさらねえ。けどな、旨いもんを喰やあ、人間、知らずに笑顔になる」。思いっ切り笑顔にさせてもらおうと思う直人に、雅之は言った。

「カイズだよ」

めったには上がらない黒鯛の、若魚がカイズだ。

「時期を逃したら、いつお目にかかれるかわからねえ」

魚の旬は旨くなる季節ではない。魚を釣ることのできる季節だ。人が引ける道糸の長さには限りがある。深海に潜られたらもう縁はない。釣りは目当ての魚が浅場まで上がってくる、束の間の季節のみに許される楽しみである。

「刺身もいいが、今夜は焼いてもらう」

「焼いたカイズですか」

「ああ、焼くときゃあ決まりがあるんだ」

直人はあえて言葉を挟んだ。

「塩をそのままではなくて、焼き塩を振って遠火で炙るんですよね」

「ああ、覚えてたかい?」

雅之の顔がほころぶ。

「焼いて水気を飛ばした塩でないと、せっかくの身の白さが濁ってしまう」

直人はつづけた。

「上等だ」

一昨年のいまごろ、直人は同じ七五屋で雅之から頼まれ御用を受けた。藤尾正嗣の屋敷で庭を

201

目にしたときにも思い出したが、一季奉公を重ねて旗本の侍を長年勤めた忠義者が、手にかける

はずもない主人を手にかけた事件だった。すべての御用が胸に深く刻まれているが、なぜか多く

思い出すのが、侍としての名を中村庄蔵といった百姓が科人となったあの事件だ。その頼みのあ

らましを説かれていたとき、喜助が板場で腕を振るっていたのがカイズだった。二年前と変わらぬ時が流れて、多町がゆっくりと多町らし

カイズの講釈も洩らさず覚えている。二年前と変わらぬ時が流れて、多町がゆっくりと多町らし

くなっていくのを直人は感じたが、次に雅之が発した言葉は想ってもみないものだった。

「蒸し上がったガザミが来たら言葉が止まった切りになっちまうから、いまのうちに言っておく

が……」

猪口を空けて、雅之は言った。

「ちっとばかり忙しいが、七日ばかりで支度を整えたら、片岡には長崎へ行ってもらう」

「長崎、ですか」

思わず、海防へ専従する話がよぎった。

「海防の御用ではあるが、海防へ行けって話じゃあない。常の御用だ。遠国御用だよ」

知らずに安堵する。

「俺がこの夏に長崎へ行った目的は覚えているな？」

「はい」

三月前、どんな案件と思うかと問う雅之に「台場、でしょうか」と直人は答えた。雅之は「台場、といえば台場だ

号事件のあと、幕府は長崎の四箇所で新たな台場を築いていた。

が……」と受けてから「もっと軽くて、ちっちゃい」とつづけ、「字典さ。文典と言ってもいい

かな。ただし、エゲレスのだ」と括った。それを聞いてエゲレス言葉の節用集といったところか

202

と思ったのを覚えている。けれど、書名のほうは入り組んでいて判然としない。即座に名前が出

てこぬのではないかと憶ったが、唇を動かしてみるとちゃんと出てきた。

『諳厄利亜興学小筌』、十巻の吟味です」

台場は台場でも、紙の台場だった。

「そのとおりだ。初めてのエゲレスの単語集であり会話集だがな、実あ、あれはあくまで当座凌

ぎだ」

「そうなのですか」

たしかに、小筌とは銘打っている。

「ああ、とにかく緊急になにか要るってことでなんとかまとめたもので、あれを交渉事に使うの

は無理だ。ましてや国と国ではな」

たしかに、編纂にかかってから調うまでは早かった。

「で、いま、通詞が使っても耐えられる中身を目指して『諳厄利亜語林大成』の編纂が進められ

ている」

初めて聞いた。

「おそらく十五、六巻になるだろう。その進み具合の吟味に出張ってほしい」

御公儀の費用が入った案件の吟味は、徒目付の数多ある御用のひとつだ。幕府の御入用普請が

あれば、徒目付は全国どこへでもなんにでも出張る。が、まさか己れがエゲレスへの紙の台場の

吟味で、長崎へ赴くとは想ってもみなかった。

「ついちゃあ、せっかく長崎まで出張るんだ、御用を全うするのはむろんだが、他にも足を延ば

してくるといい」

まったく知らぬ西国の風景が目に浮かぶようで、初めての遠国御用に知らずに気持ちが昂る。

が、これで蓑吉の笑みのなぜはしばらくお預けだなという気もよぎりはした。

「片岡は遠国御用は初めてだったな」

直人の想いを知らぬげに雅之はつづける。

「関東を出たことがありません」

ともあれ、精一杯勤めようと腹を据えつつ直人は答えた。

「ならば、長崎へ至る街道筋もいろいろ見聞してくるといいだろう」

雅之はまともな文句をまともに言う。

「俺んときも船じゃあなく陸路だった。まずは東海道だ」

口調は変わらないが、その言葉でようやく雅之のまともではない意図を察して、直人は己れをいかにも鈍いと思わなければならなかった。

「そろそろガザミが蒸し上がっちまうから言っとくが、ちっとくらい寄り道をしたって構わねえよ」

東海道ならば、蓑吉が乞食番をやっていた村のある東三河を通る。頭の上に張り付いていた厚い雲が動き出すのを直人は察した。

蓑吉は多四郎に生まれた村の名も乞食番をやっていた村の名も言っていた。生まれた村が外浦村、乞食番の村が中谷村、どちらも東三河にあるが、外浦村がさる藩の支配に置かれているのに対して中谷村は幕府御料地にあるということだった。

その名を内藤新宿の多四郎から伝え聞いたとき、しかし、直人はそうかとは思わなかった。

「おかしくはないか」と質した。はたして、蓑吉が村のほんとうの名を口にするものだろうか、と。

多四郎は蓑吉との縁を御上納会所掛の繋がりではなく「闇がり」と言った。初めは損料屋と古手屋の商いの絡みで顔を合わせたが、直ぐに互いの裡の闇がりを察して話をするようになったと言った。そして、蓑吉は店頭を張っている己れですら想いも寄らぬ闇がりを抱えていて、それはおそらく、乞食番をやってた頃にちっちゃな躰に呑んだのだろうとつづけたのだ。

直人がおかしいと思ったのは、そこだった。もしも多四郎の言うとおりなら、そういう村の名を他人に告げるかということだった。たとえ相手が多四郎といえども、乞食番をしていた中谷村の名だけは固く秘して洩らさぬのではないか。蓑吉と耕助の兄弟二人だけで、互いの胸底に潜む村の名を黙って察し合うものではないのか。

多四郎に中谷村の名を疑う様子が見えないのも直人には理解しにくかった。苦い水をさんざ嘗めてきたであろう多四郎だ。むしろ、直人よりも先に多四郎が疑ってかかってよいはずである。なのに、その素振りもない。蓑吉との繋がりをそれほどのものと信じたいとでもいうのか。内藤新宿の店頭が素っ堅気との繋がりをそこまで大事に思うものか……訝る直人に、多四郎はおもむろに言った。

「道理が通りゃあ、おっしゃるとおりかもしれませんが……」

ふーと息をついてからつづけた。

「あっしのように、妓楼の厄介事の後始末に明け暮れていやすとね、もっぱら、道理の通じねえ奴らを相手にすることになりやす。てめえだけの勝手な言い分を垂れ流しに来る奴らが群がって、

それぞれが負けじとばらばらの悲鳴を張り上げる。女郎屋ってのはそんな処でさあ。そんな毎日に馴れちまうとね、旦那。道理では収まらずに立ち回る輩が当り前で、むしろ、収まる輩のほうが奇妙に思えてきやす。こいつには女郎屋の内も外もないってね」

裏の裏かと直人は思った。

「むろん、蓑吉はそういう奴らとはちげえます。上町の古手屋の顔を張ったんだ、きちんと物の道理を弁えていやす。でもね、旦那、そういう蓑吉が俄か仕込みの泳ぎで十月の大川を渡るんですよ。道理で量りゃあ絶対やられえことをやるんですよ。人はどういうつもりもなんにもなく道理を外れる。外れちまっていることにすら気づかねえ。あんな人がなんでってこたあ世の中ざらにある。村の名前だって口にするかもしれんのでしょう?」

多四郎の口から語られれば、そうかとも思う。思うが、思い切ることはできない。多四郎の傍らから離れれば、やはり、蓑吉は口には出すまいと思う。他人に悟られかねないような闇がりではなかろう。なにがどうあろうと気取られぬようにするはずだ。

考えてるだけでは埒が明かぬので、直人は外浦村があるという藩の江戸屋敷と東三河を管轄する代官所に、そういう名の村があるかどうかを問い合わせた。江戸屋敷からは直ぐに返事が来て、外浦村はたしかにあるとわかった。遅れて代官所からも通知があって、中谷という名の村はないと知れた。

ならば、蓑吉はやはり乞食番をしていた村については偽りの名を言ったことになる。蓑吉が乞食番をしたほんとうの村は実はちがう名で、あるいは東三河からは遠く離れた土地にあるのかもしれない。

蓑吉の笑みのなぜをさらにたどろうとしたとき、壁となったのがそこだった。直人とて多四郎

206

の語った蓑吉の闇がりの話はずっと胸底にあった。蓑吉の、あのしてやったりの笑みには収まらない、抜けたような笑みのなぜを想ったとき、当然、闇がりとの繋がりを推した。

けれど、目付筋の扱う事件としてはなぜを含めて一応の収束を見ている。直人がいま追おうとしている界隈は公か私かの境目が模糊としている。まして、あの笑みと闇がりがほんとうに繋がっているかは定かではなく、蓑吉が中谷村で闇がりを呑んだというのも多四郎の推量だ。そして、その中谷村は実はないとわかった。もろもろの理由から、直人は東三河行きを申し出ることができずにいたのである。

直人は雅之に深く謝しつつ支度を整え、十一月の半ばに江戸を発った。東三河の地へ入り、鉛色をした雲が垂れ込める外浦村の土を踏んだのは七日後である。話には聞いていたが、大きな湾を抱く東の半島にある外浦村は間断なく北西の寒冷な風が吹き渡っていて、嵐でもないのに時として話す声さえ拐う。立っているだけで躰の芯の熱まで奪われそうで、直人は行く手に待ち受ける難儀を想わざるを得なかった。

外浦村が実在するとわかっても、そこに望みをかけてはならぬと自戒してきた。蓑吉はこの世にない村を乞食番をしていた村として伝えた。外浦村とてほんとうに蓑吉が生まれた村であるかどうかはわからない。ほんとうだったとしても、蓑吉の家は二十八年前に人別帳を外れている。管理の具合によっては、もう記録に残っておらぬだろう。それに、帳外者を出すのは村の恥だ。たとえ覚えている者が居たとしても語ろうとせぬかもしれない。どこをどう取っても甘く考えようがなかった。

そうはいっても外浦村から始めるしか蓑吉の闇がりに行き着く路はない。直人はこれまで積み重ねてきた取組みはすべて外浦村でのけた笑みのなぜを解く手立てはない。とりもなおさず、抜

探索のためだったのだと己れを鼓舞して、庄屋を勤める弥兵衛を訪ねた。

弥兵衛は六十絡み。撒いた種子さえ土ごと風に持っていかれそうな土地で、長く百姓成立をつづけてきた芯の強さが顔に滲み出ている。難渋人や困窮人にも容赦はなさそうだ。蓑吉の家があったとしてもそんな家はなかったと語る口かもしれない。こいつは手強そうだと自戒しつつ、直人は蓑吉と耕助の兄弟の名を言った。

「覚えておりますよ」

けれど、弥兵衛はさほど間を置くこともなく答えた。

「父親は由蔵と申しました」

藩の江戸屋敷を介して前もって訪ねることは伝えてあるが、用向きについては、昔、村に居た者について訊きたいと、ざくっと告げただけだ。名は伏せている。前もって練った答ではないはずだ。

「ですが、いまは村には居りません。それはすでにご案内で？」

弥兵衛は念を入れる。"昔、村に居た者"について訊きたい旨は伝わっているはずだが、己れでたしかめなければ前へ進もうとせぬ者らしい。

「承知している」

やることに、まちがいがすくないということだ。

「村を出た理由もご承知でしょうか」

話も早い。

「一家で欠け落ちたと聞いたが」

「もう、出てから二十八年になります」

208

余計を言わずに認めた。

「中分の者よりも上の百姓だったそうだな」

話がよく通りそうだ。直人は蓑吉が多四郎に語ったことの真偽をたしかめる。

「おっしゃるとおりで。この辺りは灌漑が難儀な土地でして、持高が十石に乗る家はめったにございません。なのに、由蔵の家は十三石余りもあって、いっときは小作まで使っておりました。上というより、上の上と言えましょう」

「運か、才覚か」

「才覚はございました。なかでもいちばんの才覚は度胸です。いい井戸と出逢うまで音を上げずに掘りつづけた。この土地には大きな川がなく、川の水で田んぼを張れる土地は三割ほどしかございません。残る七割は溜池と井戸水ですが、地形のせいで大きな溜池はできぬし、井戸水には限りがある。結局、雨水だけに頼らねばならぬ天水田が広がることになります。ところが由蔵が掘り当てた田んぼの井戸に限っては、涸れることなく水が湧いたのでございます」

「雨はどうなのだ」

「年に均せばそこそこに降るのですが、米づくりに欠かせぬ五月から七月にかけての雨がすぐのうございます。夏に半月も晴れの日がつづけば即干魃です。この土地ではどこの地区にもそれぞれの雨乞いの行事がございますよ。御国の御殿様もみずから雨乞い行列の先頭に立たれるほどです」

蓑吉と耕助の故郷は想う以上に難渋を強いられる土地のようだった。

「そういう土地で由蔵は十三石を張った。齢が若かったから庄屋にこそ就きませんでしたが、百姓代や年寄は幾度となく勤めております。ひところは米に加え大豆や煙草などの畑の物もうまく

回って、それは内福でございました。けれど、肥料の干鰯商いなどにも手を出すようになって、おのずと生業も暮らしも膨らんでゆきました。そうこうするうちに出るのに入るのが追いつかなくなった。周りは手を広げすぎたと観ましたが、当人はまだまだと借財を重ねるようになって、身動きできなくなっていったのでございます」

多四郎から聞いた話に枝葉がついていく。

「それでもいったん身についてしまった慣いはそう簡単に捨てられるものではございません。いくら困窮しても白米の味に慣れてしまった者が稗に戻るわけにはゆかぬのです。組合の者がどんなに説いても一向に暮らし向きを変えようとせず、それでにっちもさっちもゆかなくなった。年寄まで勤めた者を人別帳から外すのは忍びなかったけれど、村を護ろうとすれば情に流されるわけにはまいりません。で、いったん帳外れにして村抱えの扱いにし、由蔵が奮起して人別に戻るのを待つことにしたのでございます」

「ところが由蔵は村の施しを嫌って夜逃げをしてしまった」

話は多四郎の語った筋をなぞりつづける。

「そこは申し上げたとおり、元はといえば高持ち百姓で年寄まで勤めた者ですので、人寄せの場で羽織も着けずに末席に座す暮らしは堪えられなかったようです。察してはおりましたが、由蔵だけを別扱いすれば村掟は反故になってしまいます。で、心を鬼にしていたら、ある朝、一家で居なくなっておりました」

おそらく、由蔵と弥兵衛は同年配だろう。幼い頃から共に育ったはずだ。由蔵はただの百姓で収まろうとせず、もろもろ挑んだ末に村を欠け落ち、いっぽう弥兵衛は百姓出精を守ったのだろう。長じるに連れて大きくなっていった開きを、弥兵衛はどう見て

210

いたのだろう。

「その後の一家の消息は入ってきたか」

「いえ」

声が妙にさっぱりしている。冷たいのでなければ、意図して距離を保とうとしているのだろう。

「聞いております」

村に居た由蔵一家のことは隠す素振りもなかったのに、村を出たあとの話になると口が重くなった。

「欠け落ちた者をいちいち気に掛けてはいられぬか」

なぜ、距離を取るのか……。

「当人たちが還れば、元に戻れる路筋は用意してございます」

弥兵衛の受け答えは緩みがない。無駄を言わずに、庄屋としての意思を伝える。村を外れている限り、与り知らぬと言い切っている。近年、村方三役は入れ札で選ぶところが多い。弥兵衛はきっと札の入れ甲斐のある庄屋なのだろう。

「中谷村という村を存じておるか」

弥兵衛が村を出たあとの由蔵一家を語らぬのなら、こちらからぶつけなければならない。

「なかやむら、でございますか」

わずかに首を傾げてから言った。

「この辺りの村ではないようでございますな」

「由蔵は物乞い旅をつづけた末に同じ東三河の中谷村で行き倒れたという話を聞いている」

「まことでございますか！」

211

驚いた風ではあるが、虚を衝かれた様子はない。弥兵衛はほんとうに知らなかったのか、承知して芝居をしているのか。それとも、蓑吉が父親は行き倒れたと語ったのが偽りなのか……。

蓑吉と耕助の二人は中谷村で拾われて乞食番をやらされていたそうだ」

弥兵衛は応えない。

「だいぶ難儀な日々を送ったようだが、それも知らぬか」

弥兵衛が知っていて、まことの答が返ってくれば蓑吉の事件はようやく終わる。

「わたくしは下総に行ったのかと想っておりました」

が、弥兵衛の答は想ってもみないものだった。

「下総?」

「はい」

「あの東国の下総か」

「さようで」

「また、ずいぶんと離れたな」

「海で結べば、さほどではございません」

「海、な」

「この土地と東国とは尾州廻船で結ばれております。で、下総で干鰯商いをしている者と昵懇になって、いずれはそっちのほうで身を立てたいと繁く語っておりました。土にへばりついて生きるしかないわたくしどもからすれば途方もない企てですが、由蔵のことですし、また、すべてを断ち切って欠け落ちるからにはそのくらいのことをやるのではないかと想ったのでございます」

「この土地と東国とは尾州廻船で結ばれております。由蔵もまだ羽振りがよかった頃、干鰯の絡みで廻船と縁がございました。で、下総で干鰯商いをしている者と昵懇になって、いずれはそっちのほうで身を立てたいと繁く語っておりました。土にへばりついて生きるしかないわたくしどもからすれば途方もない企てですが、由蔵のことですし、また、すべてを断ち切って欠け落ちる

212

「その下総から便りでもあったか」

「いえ、しかし、便りがないのは無事の便りとも申します」

弥兵衛は下総を語る。下総を語ることで、村を出たあとの蓑吉の家族は東三河の地には居なかったと伝えている。だから、東三河に居たという前提での家族のことはわからないと言っているのだ。まことか偽りか、偽りであるとすればなにゆえに偽るのか、なんで遠い下総まで持ち出して作り話をせねばならぬのか……効くかどうかはわからないが、直人は最後に兄弟の身に起きたことを手短に言ってみた。

「蓑吉と耕助だがな……」

「はい」

「二人はずっと生き別れになっていたが、五年前に江戸で再会した」

「さようでございますか」

変わらずに己れを御しているが、揺れは届いた。振れ幅は微かだが重みはある。

「そのとき蓑吉は内藤新宿で古手屋をやっていて、いっぽう耕助はさる藩の武家の家侍をしていた。とはいっても内実は下働きの小者だ。商いがうまく回っていた蓑吉は幕臣の株を買って、耕助を御家人の御徒にした」

目を伏せて、弥兵衛は聴いている。

「ところが、耕助は同僚の苛めに遇ってな、それがために溺れ死んだ」

膝に置いた弥兵衛の両手の指に力が入ってわずかに折れた。

「その同僚を炙り出して罪を贖わせるために蓑吉もまた命を落とした。己れをそいつに斬り殺させることで目的を遂げた」

213

指の折れが深くなる。

「それがしはたまたまその場を目にしていてな。斬られる間際、蓑吉が笑ったのを認めたのだ」

弥兵衛が顔を上げる。

「笑った、のでございますか」

謹厳を崩さなかった庄屋の声とはちがう。

「ああ、笑った」

即座に直人は答えた。

「微笑んだ」

弥兵衛は目を落として、なにかを思い出しているように映る。

「その笑みはそれがしの裡でだんだんと変わっていって、いまでは抜けたような笑みになっている」

「抜けたような……」

弥兵衛がまた顔を上げてつぶやいた。

「解き放たれたような、と言ってもいい」

その顔を正面から見据えて直人は言う。

「あの笑みはなんなのかを知るために、この地を訪れた」

弥兵衛の瞳の奥が揺れる。下総を語っていたときの弥兵衛ではない。

「それだけで、はるばる足を運ばれたのでございますか」

弥兵衛は多四郎と同じ言葉を遣う。

「それだけで」と問う。

「それだけで、は無理だ」

直人は素を覗かせた。

「西国での御用旅の途中で足を延ばした。とはいえ、ついで、ではない。どちらが主というもの

ではない」

「あの……」

じっと聞いていた弥兵衛がおずおずと言う。

「なんだ」

「ひとつお尋ねしたいのですが……」

「言ってみろ」

「蓑吉は姉のことをなにか言っておりましたでしょうか」

「姉……」

直ぐには思い当たらなかった。

「はい」

弥兵衛の目に促されてようやく、多四郎から蓑吉に結という姉が居たと聞いたのを思い出す。

ずっと蓑吉と耕助の兄弟に気が行っていたので、物乞い旅の途中で亡くなったと知らされただけ

の結のことは記憶に埋れていた。

「又聞きだがな、四つ齢上の結という名の姉が居たのは伝わっている」

「その結でございます」

「蓑吉は旅の半ばで死に別れたと語ったらしい。病と聞いた。それがしが姉について聞いたのは

それのみだ」

「さようでございますか」

弥兵衛の顔になんとも捉え処のない色がよぎる。

「姉がどうかしたか」

「いえ」

用意して居たかのように弥兵衛は答えた。

「三人姉弟だったものですから結はどうしたのだろうと気に懸りまして。それでしたら。わかりました。ありがとう存じました」

不意に出てきた結のことも気になり出すが、やはり、いま追うべきは蓑吉だ。直人は努めて話を戻す。

「蓑吉だが、中谷村を東三河の幕府御料地にあると伝えたそうだ」

弥兵衛は黙って聞いている。

「乞食番をしていたある日、目の前を抜け参りが通りかかってな、その列に紛れて中谷村を出たらしい」

「伊勢は近うございますから」

弥兵衛はありきたりを言う。中谷村がないとは繰り返さない。いかにもその場凌ぎだ。

「おぬしは中谷村を知らぬと言うし、代官所からも中谷村という名の村はないと伝えられている。しかし、それがしは明日、幕府御料地まで行ってみるつもりだ」

「さようで」

声に力がない。堪えていたものが抜けつつある。

「還りにまた寄ると思うので、その間に思い出したことでもあれば聞かせてくれ」

直ぐにでも聞きたいからこそ間を置いた。

「道中、お気をつけられて」

抜けようとするものを押しとどめるかのように弥兵衛は声を絞る。

その様子が直人に、きっと、弥兵衛は……と想わせた。

由蔵とは幼馴染みで、深く気脈を通じた仲だったのだろう。

雨乞いの風習がない集落はない土地で、尽きぬ泉を掘り当てた由蔵を語るときの弥兵衛の口調は静かだった。度胸という才覚の賜物であるとさえ口にした。

並みの仲なら、妬み嫉みがこもっていてもいい。たとえ親しかったとしても、ことは百姓にとって命に等しい水だ、平静ではいられまい。弥兵衛と由蔵が、別段の縁で繋がっていたとしか考えられない。

家業が傾いていったときを語るにしてもそうだ。嫉妬が深ければ、没落を喜ぶ色が洩れ出ておかしくはなかろう。けれど、弥兵衛の語りにそんな色は微塵もなかった。庄屋としての立場を崩さず、擁護こそしていなかったが、悪意はまったく窺えなかった。あの平穏は弥兵衛の人柄だけでは語れまい。

だとすれば、俄かに下総を持ち出したのも、直人の目を東三河の土地から外らすためではなかろうか。外らすことで、由蔵の家族を護っているのではないか。きっと一家は村を出たあとも、やはりこの東三河に居たのだ。

兄弟の死を伝えて揺れたところを観ると、護ろうとしているのは蓑吉と耕助だろう。もはやこの世に二人は居ないとわかっても、弥兵衛が口を噤んで護ろうとするものとはなにか。きっと、それこそが蓑吉の「闇がり」に他なるまい。

217

蓑吉の笑みの源に近づいたかもしれぬのに、弥兵衛の屋敷を出る直人の胸裡はすこしも晴れなかった。触ってはいけない処に触ろうとしている気がした。

でも、そんな危惧をするには早すぎると直人は思い直した。

なにしろ、これから向かおうとしている中谷村は、ない村なのだから。

その夜は、藩主が雨乞い行列の先頭に立ったともあれこれと世話を焼きたがる。ずいぶん城下とはいっても一万石をわずかに超えただけの藩の城下町はささやかで、道行く者の姿も疎らだ。湾からの冷たい風は陽が落ちても止まずに枯葉を舞い上がらせる。寂寥感を覚えつつ直人が部屋を頼むと、白髪の主人は相好を崩して迎え入れた。よほど泊り客のない日がつづいていたらしい。

その夜も他に客はないようで、座敷へ上がったあともあれこれと世話を焼きたがる。ずいぶんな話し好きらしく、客に渇いていたというよりも、客と話す機会に渇いていたかのようだ。直人の夕餉にも相伴してあれこれと土地の話をした。

「こちらは湾の東の半島になりますが、西の半島のほうはいろいろ名産がございます」

喋りが過ぎるきらいはあるが、問わずとも語ってくれるのはありがたいと思わねばならない。

話のどこに鉱脈が顔を覗かせるかわからない。

「まずは木綿、これはもう伊勢と並ぶ一大産地でございましょう。次に酒、伊丹、灘とまではゆきませんが、その次に控える産地にはなりましょう。その酒の粕から酢が造られて、これはもう大関格には他に焼き物もございますし、そして、なんといっても廻船です。かつ

218

ては長旅をする世の中の産物はあらかたが大坂を介しておりましたが、西の半島の尾州廻船が西から江戸への直送を実現しました。いまでは奥州とも結ばれて、まさに海の天下統一でございますよ。残念なのはこれが御国自慢にならないことでして、同じ湾の対岸なのにあちらは三河ではなく尾張でして、御三家の尾張様が治めておられます。ま、だから、これだけの差がついたとも言えるのでございましょうが……」

いろいろと語るが、どの話も最後には土地の愚痴になる。ま、泊り客が疎らな日が長くつづけば愚痴も出るだろうが、愚痴ばかりとなるとさすがに聴きづらい。これはという話があいだに交じれば持たせることもできるのだが、それもない。自分ではそうと意識していたわけではないけれど、半ば切り上げを促す気持ちもあったのだろう、直人は主人の話を遮って「ところで……」と口にした。

「……中谷村という村を知らぬか」。

直ぐに知らぬという言葉が返ってくるものとばかり想っていたのに、主人は意外そうな顔をして口を閉じた。首を傾げて思案する風である。唇を止めることはできたが、知る知らぬを言うでもなく、もうそろそろと腰を上げようとするでもなく、これはこれで気色がわるい。「どうした」と問うと、「お武家様はその名をどちらで耳にされたのでございましょうか」と返してきた。

「亡くなった所縁の者が東三河のその村の出と言ったのだがな」

まちがいなく蓑吉は所縁の者だと思いつつ直人はつづけた。

「どこで聞いても、そんな名の村はないと言う。で、御用旅で当地へ立ち寄ったついでに当たれるだけ当たってみることにした」

省いてはいるが、偽りではない。

「さようでございますか」

主人も疑う風はない。

「とはいえ、不案内の土地だ。なんの手掛かりもなく弱っている」

「それはお困りでしょうなあ」

主人は重ねて真に受ける。どうやら疑わぬのではなく、努めて直人を信じようとしているらしい。この武家は困っているのだと、己れを得心させようとしている。得心させて、直人の話に乗ってしまう己れを赦し、まだまだ語りをつづける気なのだ。やはり、旅の者との話に渇いているのだろう。

「たしかに、東三河に中谷村という村はございません」

気を持たせた末に、しかし主人は言う。中谷村がないとわかっていても、やはり気落ちする。

思わず箸を置こうとする直人に、主人はつづけた。

「けれど、かつてはございました」

一瞬、箸を持つ手が浮く。

「なんと言った」

「かつてはございました。中谷村はございました」

「中谷村が」

「ええ」

意外すぎて、たしかめても腹に落ちようとしない。

「まことか」

もう一度、たしかめてみる。あったとなれば、蓑吉はまことを言ったことになる。中谷村の名を他の者に告げたことになる。己れの見立てが誤っていたということになる。

闇がりを呑

「はい」

　なんで秘すべき村の名を告げたのか……。

「今日、この地で訪ねた先でも中谷村はないと言われたのだが……」

　それでも念押す。押しながら、中谷村はない、という答を鵜呑みにして、かつてはあったかもしれぬと疑わなかった己れの迂闊を糺す。

「その者はけっしてまちがいを言ってはおりません。いまはないのですから」

　ようやく得心する。腹を切り替えて直人は問うた。

「かつて、と言うと、いつまで……」

「二十年以上も前でしょうか。二十六、七年になるかもしれません」

「二十六、七年……」

　まさに、蓑吉兄弟が中谷村を出た頃ではないか。

「そのことをおぬしの他に知る者は」

　躰の深くがざわざわっとする。

「いえいえ、手前が別段なのではございません。この土地で育ったある年頃より上の者ならみんな知っておりますよ。知っている程度の差こそありますが」

「なのに言わなかったのは、なくなった理由がまともではなかったということか」

「仰せのとおりで。問われもしないのに好きこのんで語る話ではありません。話すのが禁じられているわけではないし、話したとて罰を受けることもありませんが、あえて口にしたくはないのです。手前にしても、お武家様が心底からお困りの様子なのでこうして話をさせていただいているだけで、もしも、そうでなかったら口を開かなかったでしょう」

主人は締めに嘘を言ったが、それはささやかな嘘だ。なにがあった

かを話したがっている。問えば、待っていたかのように答えるだろう。主人は話したがっている。

屋敷を出たときに感じた晴れぬ想いを振り返る。蓑吉の笑みの源に、これが

触ってはいけない処に触ろうとしていると察した。けれど、近寄った気になって、中谷村はな

い村だ。そんな危惧をするには早すぎると思い直したのに、こんなに呆気なく実はあるとわかっ

てしまった。間尺に合わぬと直人は思う。蓑吉の笑みの源に、蓑吉の闇がりに、こんなに簡単に

触れてはならない。けれど、己れは徒目付だ。見抜く者だ。間尺に合わぬのを歓んで訊かねばな

らぬ。

「なにがあった」

直人は動きにくい唇を動かした。

「手前にしてもすべてを存じているわけではございません」

主人は返す。

「ここへお泊りになるお客様方などから伺ったことを、すこしずつ寄せ集めてまとめた話で、あ

ちこち欠け落ちております」

「それでいい」

「ならば……」

主人はおもむろに語り出す。

「中谷村は二十数戸の村でございました。村人は百人余りです」

直人は全身を耳にする。

「二十六、七年前、そのうちのあらかたが亡くなりました。生き残ったのは十人足らずでござい

「ます」

「なにゆえに」

普通ならば疫病と想うところだ。が、疫病ではないのだろう。

「毒のようです。村の井戸に毒が入り込んだらしい。ちょうど夕方の飯を炊く頃に混じったらしく、それで被害が大きくなりました。誰もが毒と気づかずに飯を喰ったり水を飲んだりしているので、きっと石見銀山ネズミ取りのような毒だったのだろうと言われています。あれはなんの臭いも味もしないようですから」

「入り込んだのか、入れたのか……」

「そこは手前も聞いておりません。ただ、村の者たちを殺めるために毒を入れた者が居たとしたら、たやすかっただろうとは思います。中谷村は二十数戸の村ではありますが、井戸はたったひとつでございました。家々の井戸に毒を入れて回る必要はありません。ただひとつの井戸に入れさえすればよかったのです」

「二十数戸の家があって、井戸はひとつなのか」

「それはめずらしくもないのでございます。中谷村は同じ半島でも湾ではなく、外海に面した表浜と呼ばれる一帯にあります。あの辺りの土地は砂と小石交じりで、井戸水がなかなか上がってきません。俗に水不足というと田畑のことが想い浮かびますが、表浜では暮らしの水も干上がるのです。水が汲めるところまで水面が高くなる井戸はごく限られております。二十数戸どころか四十数戸でひとつの村だってございます。もしも村人を怨んでいる者が居たとして、その者がたまたま石見銀山を手に入れたとしたら、目は自然と井戸へ向かうでしょう」

思わず、「その者」と蓑吉の顔が重なる。九歳と六歳で乞食番をやらされていたのだ。村を怨

223

みに思うことは多々あったにちがいない。石見銀山もネズミ取りとしてめずらしいものではない。

百姓家の納屋で見つけることはむずかしくなかっただろう。

しかしだ、と直人は思う。路端に座して物乞いを追い払う日々がいくら辛かったとはいえ、流浪の旅から村に拾ってもらったことは事実だ。毎日の糧を村から得てもいる。その蓑吉が皆殺しになるかもしれぬのを承知して、ただひとつの井戸に毒を入れるだろうか。六歳の弟を再び物乞いにして、雨露しのぐ屋根を奪うだろうか。束の間の交わりとも言えぬ交わりだったが、蓑吉は道理のわかる男だった。いかに幼かったとはいえ、石見銀山を手にして井戸へ向かう蓑吉の姿は描きにくい。

やはり、二人は乞食番で村の外へ出ていたために難を逃れたと観るべきだろう。村抱えの者への遅い飯を取りに戻ると、そこには死で埋め尽くされた村があった。蓑吉が呑んでいた闇がりは、そのときの凄惨な光景だったのではなかろうか。死が煮詰まった村の名を、蓑吉はずっと胸底に巣くわせてきた。だとすればあの笑みは二十七年間、消そうとして消えなかった村の死がようやく消える笑みになる。また、それならば、蓑吉が闇がりを呑んだ村の名を多四郎に洩らしたっておかしくはない。

その代わり、外浦村で弥兵衛の話を聞き終えたときに見立てた、弥兵衛が兄弟を護るために口を噤んでいるという筋とは齟齬が生まれる。蓑吉の闇がりが村の死を見たことにあるなら、弥兵衛が黙する理由がない。そして、己だ。己れは蓑吉を「その者」と思いたくない。だから、意図して二人を井戸から遠ざけようとしているかもしれない。

「何者かが入れたとして、探索はあったのか」

蓑吉は井戸に向かっていないと念じつつも、直人は踏み込む。

224

泳ぐ者

「事件のあとで姿を消した村人は一人も居りませんでした」

主人は答える。居ながらにしてもろもろの話が寄ってくる宿の者ならではだ。

「ですから、もしも村人のなかに毒を入れた者が居るとしたら生き残った者となるわけですが、結果を先に申しますとそれは考えられぬのです。先刻もお話ししましたが、生き残った村人は十人足らず。家にして二戸です。一戸は庄屋、もう一戸は年寄で、その日は庄屋の屋敷での村方三役による寄合がありました。その寄合が伸びたために夕飯が遅れたのです。で、三役の三戸ではなく二戸が生き残ることになった。つまり、村人のなかに毒を入れた者は居なかったということです」

話はすとんと入ってくる。

「だとすれば毒を入れたのは村の外の者になりますが、御代官所は東海道筋の宿場にございます。事件の知らせが御代官所に届いて御役人が繰り出し、中谷村に着く頃には、犯人が旅の者ならとっくに遠くへ去ってしまっています。それに御代官所はもともと年貢をきっちり納めさせるための御役所であって、事件の探索には慣れておりません。割く人も限られております。まっとうな探索を期待するほうが無理というものでございます。なんでも石見銀山と同じ毒は天然にもあちこちに埋まっているそうで、いつの間にやら、そういう毒が井戸水に紛れ込んだのだろうという筋で落ち着いていきました。あとは、忘れるに限るといったところだったのでしょう。思い出しても仕方のないことは、なかったことにするのでございます」

225

だから、中谷村はない、で済ます。かつてはあった、とは誰も口にしない。百人近くの村人が命を落とした事実がずるずると消える。そういうことが現にある……。生きていく者たちのそれぞれの事情という小さな欠片が寄せ集まって、村の死という骸を覆い尽くす。

「事件のあとに村を出た者だが……」

「はい」

「ほんとうに誰も出なかったのか」

直人は暗に蓑吉と耕助は目を付けられていなかったのかと問うている。

「きっちりと言えば、子供二人が行方知れずになっております」

あるいは他所者の村抱えは目に入っていないかと想ったが、そうではなかった。

「しかしながら、村の子供ではございません。事件の一年ほど前に行き倒れていた他村の者の子供でして、乞食番に当たらせておりました。番の場処から村へ戻ったらああいうことになっていて、それでびっくりして逃げ出したのだろうということで了解され、それっきりになったそうでございます」

疑われてはいなかったようだ。ここまで聞けば、あとは明日、己れの足で村の土を踏んでみるしかない。

「その後、村はどうなっている」

直人は明日の備えに入った。いまとなっては、主人の話し好きにただ謝するしかない。

「申し上げたように、村に井戸はひとつでした」

話し好きだから聞くことができたし、話し好きだから話が集まった。直人がひと月とどまっても集められぬほどの話が。

226

「その唯一の井戸が毒に染まったのですから、人が暮らしようがございません。地下の水はいろいろな処と通じているようですから、日が経てば薄まるのかもしれませんが、あえて試しに飲んでみようとする者は居らぬでしょう。百人に届こうかという者がその井戸の水で死んだとなれば、井戸端へ近寄ることさえ憚られるのではないでしょうか。それに、もしも天然の毒が紛れ込んだのがまことであれば、いつまた同じようなことが起きるかわかりません。いつの頃だったのか手前は存じませんが、想わぬ事故を防ぐために井戸は埋められたと聞いております」

ひとつ息をついて主人はつづけた。

「この土地で耕地は貴重ですので、田畑のほうは他村から出向いて鍬を入れることにしようという話にもなりました。事実、そのようにしたそうでございます。しかし、最初だけでした。遠くて手がかかることもございますが、やはり、問題は事件です。思い出すことのないよう二十数戸の家はすべて取り壊し、廃材も処分したのですが、たとえ更地になっても百に近い死の記憶が消え去ることはなかったのでしょう。一日の農作業を終えると、どうにも嫌な疲れが残るらしく、いつしか足を運ぶ者が居なくなりました。結局、田畑もあきらめ、いまは近隣の村の入会地になっておるそうでございます。屋根を葺く尾花や堆肥のための草を刈るだけなら年に数度で済みますので、なんとか我慢できるというわけでございます」

「最後にするが……」

と、直人は問うた。

「生き残った庄屋と年寄は存命か」

「庄屋は十年余りも前に亡くなりました」

さすがに主人にも話し疲れた色が覗く。

「年寄の喜三郎のほうも存命と申し上げてよろしいのかどうか……」

「いかがした」

「足腰はまだまだで、伏せった切りになっているとかではないのですが、いかんせん、こっちのほうが」

と言って、指で己れの頭を指した。

「呆けたと言うか、気を患ったと言うか、とにかくまともではないようでございます。実は、村から田畑はなくなったと申しましたが、一箇所だけ小さな畑がございます。喜三郎が小屋を建て、一人移り住んで鍬を入れているのです。むろん、それだけで喰えるはずもなく、隣村に移り住んだ息子が助けているようですが、来年には八十になると言いますから、ま、入会地の茅場になり切るのも間近でございましょう」

あとは、村への路順を聞いて仕舞いにした。礼の代わりに愚痴でもなんでも聴く気でいたが、主人はどういうわけか「どうも御食事の邪魔をいたしまして」といまさらの文句を並べて背中を見せた。久しぶりに語ってみれば、己れが想ったよりも遥かに疲れを覚えたらしい。肩の落ちた小さな背中を目にしていると、あるいは今夜が、主人が客に中谷村を語る最後なのかもしれないと思えた。

翌日は打って変わって晴れ渡った。宿を出たときはまだ暗かったが、満天の清明な星が冬ならではの抜け上がった空を伝えていた。風も吹いてはいるが、昨日と比べれば収まったようなものだ。空の藍が薄藍になり、やがて陽

が降り注ぐと、温まった躰が和らいで知らずに足取りが軽くなった。

そうはいっても気も躰も重くなるのだろうと想っていたが、一刻半かけて見えてきた村はいかにも穏やかな佇まいを伝えてきた。ちょうど冬囲いのための茅を穫ったばかりだったらしい。刈り込まれて陽を集める草地には視線を遮るものとてなく、村がなだらかな南の斜面に柔らかく広がっているのが見て取れる。

直人は早足になって村の土を踏む。着く前はもろもろ考えてきたのに、踏んだとたんに止めようと思う。ただ、歩こう。

なにも頭に入れずにひたすら歩き回る。そうして、村の土に、草に、風に、己れの躰を馴染ませる。頭でなにかを考えて、なにかを為すのはそれからだ。土地に己れの躰を受け容れてもらってからだ。

躰がいいと言うまで、直人は足を送りつづける。ずんずん草を踏む。陽の動きからすると一刻も歩いたのだろうか、直人は大きく息をして南斜面のいちばん上の草地に腰を預け、初めて見るように入会地に目を遣った。そして、見渡した。考えて、見渡した。喜三郎の小屋と畑はどこにあるのだろう……。

茅の刈られた村はどこまでも見渡せる。冬も眠らない狐が斜面の裾を横切っていくのが見える。でも、小屋と畑は見えない。一刻歩いても、それらしき場処とは出くわさなかった。頭を空にしていても、畑に行き着けば畑とわかる。小屋は小屋とわかる。でも、出逢わなかった。

喜三郎はあとひと月余りで八十になるという。あるいは来年を待たず、村は茅場になり切ってしまったのだろうか……。

直人は喜三郎に訊かなければならないと思っている。庄屋や喜三郎の息子たちにはそれぞれの

生きていくための事情がある。昔を忘れて、いまを考えなければならない。己れのまだ知らぬ蓑吉を語れる者が居るとしたら、呆けたという喜三郎のみだ。呆けた者の多くは頭からいまが消えて、昔だけが残る。喜三郎の頭には二十七年前が生きて動いているはずだ。

やはり、どうしても小屋を見つけなければならない。喜三郎に会わなければならない。中谷村まだ足を踏み入れていない場処はどこだろう。頭を巡らせるうちに直人はふっと気づく。斜面での土地はいまの入会地だけだろうか。茅が刈られて、どこまでも見渡せる眼前の草地だけが中谷村だろうか……。

落ち着いて見れば、茅場は熊笹の藪で縁取られている。あの藪だって中谷村だったのではないか。人が絶えるとともに暮らしの跡を覆って、かつての中谷村を蔵っているのではないか。昔を生きる喜三郎が息をつくのは、昔を蔵う藪のなかではないのか。

直人は腰を上げ、つかつかと藪に向かう。茅場との際に立つと、藪に添って斜面を下り始めた。宿の主人が言ったように隣村の息子が要る物を運んでいるとすれば路があるはずだ。喜三郎と息子しか通らないのだから獣路のような路だろう。

なんとしても見つけてやる、という直人の意気込みは、しかし、直ぐに萎んだ。際を下り出すやいなや、路が見つかったからだ。かつての喜三郎の家は斜面の上にあったのかもしれない。際を下り分け入ってみるとまさに獣路で、足を送れば踏み固められてはいるが、熊笹は頭を越えるほどに高く繁って通せん坊をする。掻き分け掻き分け進まなければならない。処どころで路そのものが途切れていて、つづきを探すのに手間取る。小半刻も経ったただろうか、ようやくすこし開けた場処に出て、直人は目を見張った。

あるとはわかっていたが、そこにあるとは想っても見なかったものがあった。井戸だ。村に井

戸はひとつだから、あの井戸なのだろう。

喜三郎が手を入れているのか、井戸囲いも崩れずにある。底を覗けば水面（みなも）も見えた。青空を映して、毒など知らぬげだ。宿の主人は井戸は埋められたと言ったが、どうなっているのだろう。

喜三郎はこの水を呑んでいるのだろうか。他に飲み水はないはずだ。ここで生きるとすればこの水を呑むしかないが、しかし、呑めるものか。昔を生きる喜三郎にとっては毒が入る前と変わらぬ、村でただひとつのかけがえのない井戸なのか。

直人は水面から目を離して周りを見回す。水がここにあるからには、喜三郎の小屋も近いはずだ。けれど、冬でも白い縁の冬化粧をしただけの熊笹の壁しか認めることができない。直人は緑の壁の割れ目に獣路のつづきを見つけて再び熊笹と闘う。さほどの厄介もなく小屋に出るのを期待したが、呆気なく裏切られた。

汗をかかぬ直人の額に汗が伝い出した頃、また路が開きかけて屋根の上が見え、こんどこそ小屋と思った。が、熊笹を抜けて見れば小屋とはちがう。小屋と言うには造りがしっかりしている。

小振りではあるが、阿弥陀堂だろう。阿弥陀堂（あみだどう）だろう。

二十数戸の村の阿弥陀堂にしては不相応なほどに立派で、材が良かったのだろう、朽ちてもいない。喜三郎が小屋として使っていてもおかしくはない。手を合わせてから扉を開いて改めてみると、しかし、そこで人が寝起きしている気配はなく、ささやかな阿弥陀如来像も祀られたままになっていた。まるで、いまも日々、祈る者を迎えているかのように。

こんどこその想いが空を切って、さすがに歩き疲れを覚える。竹筒に入れた水を飲み、御堂を正面に見る向きで腰を下ろすと、知らずにうとうとして瞼（まぶた）が塞がった。いかん、いかんと思って直ぐに目を開けたはずなのだが、前を見れば、屋根から扉の下まで陽を浴びていた御堂がすっか

231

陰に入っている。ずいぶんと寝入ってしまったらしい。

こうしてはいられない、と直人は思う。冬の陽は短い。明かるいうちに小屋を見つけなければならない。暗い穴から見上げるように空の青に目を遣って立ち上がろうとする。と、ぞくぞくっと寒気がした。陽陰で寝入ってしまった寒さだけではない。己れがその場に怖じけているようだ。

あの井戸でも怖気など抱かなかったのに、なんで阿弥陀如来の御堂で怯えなければならんのか、と思うのだが、寒気は消えない。風も出て、熊笹の擦れ合う音が鳴いているようだ。ともあれ動かねばと、直人は急いてその場をあとにしようとする。

と、背後から声が掛かった。

「おいっ、待て」

振り返ると、すっかり髪の抜け落ちた老人が血相変えて立っている。

「ここへ来てはいかん、と言ったろう。あれほど言ったのにまだわからんのか」

どうやら直人を村人と見ているらしい。

「おまえたちがそうやって改めぬと、いまに天罰が下るぞ」

喜三郎、だろう。

「俺はなにもしておらんぞ」

とっさに直人は村人になってみる。

「ここへ来ておまえたちがなんにもしないことがあるか」

喜三郎はつづけた。

「待ってろ。いま、結に聞いてみる」

言って、阿弥陀堂へ向かい、なかへ入った。

232

「やっぱり、そうじゃないか」

飛び出してきて責める。

話を聞いてきたらしい。

結はそこに、居るらしい。

「結が壊れちまうぞ」

結……。

蓑吉の四つ齢上の姉。

物乞い旅の途中で死んではいなかった。

「結はまだ十三だ。堂守としてここに居るのだ」

「堂守か」

問うともなく、直人は問う。

「そうだ。堂守だ。淫売じゃあない！」

熊笹の鳴く音を貫いて、声は届いた。

「村中で御堂を淫売宿にしおって。こんなことをしていると結は首を吊っちまうぞ」

外浦村の弥兵衛は、その夜、直人が訪ねて来るのがわかっていたようだった。

「中谷村へ行ってきた」

と言うと、

「さようでございますか」

とだけ答えた。

「阿弥陀堂へも寄った」

とつづけると押し黙り、喉を強張らせて声にはならぬ音を洩らしてから、ようやっと「酷うご

ざいましょう」という声を絞りだした。

「いつから蓑吉たちが中谷村に居るのを知っていた？」

多くを問うつもりはなかった。

「由蔵が、行き倒れたときです」

一音一音が重い。

「中谷村から問い合わせが来ました。骸を引き取るかどうか、と」

「どうした？」

「引き取りました。由蔵の墓はここの寺にございます」

「そのとき子供たちが向こうに残ったのは？」

「怨みでしょう」

「怨み？」

「由蔵を帳外者にした怨みです」

つまりは、弥兵衛への怨みか。

「とりわけ結の怨みは激しかった。結は父親の由蔵が大好きでございました。その父親を物乞い

旅に追い遣った私が許せなかったのです。当時、私は年寄でしたが、事情があって庄屋代わりに

動いておりました。中谷村へは子供たちを引き取る意向を伝えましたが、結がどうあっても戻る

のを拒んだ。あのときの結の目はいまも焼き付いています」

234

そして、結は阿弥陀堂の堂守に、蓑吉と耕助は乞食番になった。

「それから一年後か」

この難儀な土地で庄屋を張っていれば、一年はあっという間だろう。

「ずっと頭にはありましたが、その頃、村でも他村に跨る水騒動が持ち上がりまして。目の前のもろもろで水騒動は茶飯事です。死人も一人ではなく出て、どうにも身動きが取れず。この土地に足掻いているうちに、ああいうことになってしまいました」

「結のことは事件のあとに喜三郎から聞いたのか」

「喜三郎とは遠縁で、なぜか気も合いました。当時はまだ、まともで、天罰だと言ってました。本気でそう思っていたようです。阿弥陀堂で慮外を犯した天罰だと」

呆けた喜三郎も言っていた。いまに天罰が下ると言っていた。

「ところが、おぬしは天罰だとは思わなかった」

「はい、そういうことであれば、そうするだろうと思いました」

「おぬしが蓑吉だったら……？」

「迷うことなく井戸へ向かったでしょう」

底の水面になにもなかったように青空を映していた井戸が浮かぶ。

「ですが、ほんとうにそうであることを怖れもしました」

顎を上げて長押の辺りに目を遣る。

「九歳なのです。九歳でございます」

はーと息を吐いてからつづけた。

「そこまでの闇く重いものを背負って、この先、どうやって生きていくのか、暗澹たる想いでご

235

ざいました」

　乞食番から戻った蓑吉は御堂で縊死した姉を見たのだろう。

　そして、井戸へ向かった。

　その小さな一歩一歩が、どこまでも闇い。

「それだけに昨日、片岡様から蓑吉が江戸で古手屋をやっていて商いがうまく回っていると伺ったときは救われました」

　束の間、弥兵衛の顔が緩んだ。弥兵衛ならずとも、蓑吉が真っ当に生きたと想うのは無理だろう。

　蓑吉はいつ切れるかわからぬ水みちを縫い、断崖の岩の罅に宿って落ちるひと雫となって海へ抜け出たのだ。

「ですが、直ぐに、蓑吉も耕助も落命したのを知ることになりました。耕助の仇を炙り出して罪を贖わせるためとはいえ、ありえぬ生を生きていたのです。無念でなりませんでしたが、片岡様から、斬り殺される間際、蓑吉が抜けたような、解き放たれたような笑みを浮かべたと教えていただいて、なにも想えなくなりました。やはり、そこへ向かわずにはいられなかったのだろうと」

「ああ」

「だから、でしょうな」

「長じた蓑吉は己れの鬼を馴らせる男になっていたよ」

　結の怨みを晴らすためとはいえ、地獄絵は地獄絵だ。鬼に染まらぬ光景は蓑吉の目に焼き付いて離れることなくその後を生きたとは考えられない。村が死んでいく光景は蓑吉の目に焼き付いて離れなかっただろう。償わなければという気持ちに常に急き立てられていたはずだ。いくら時を経

236

たって薄れやしない。それどころか、鬼を馴らすに連れ、むしろ激しくなっていったのだろう。あの解き放たれたような笑みは、これで償える、これで終われると思ったからとしか考えられない。だから、蓑吉は生まれた村の名も乞食番をしていた村の名も言ったのだ。そのとき蓑吉は九歳の子供だった。あれは多四郎だけに言ったのではない。誰にともなく言ったのだ。もしも伝わったら、懲らしめに来てくれ、と。お仕置きをしてくれ、と。あの事件は己れがやったと伝えたのだ。九歳の子供になって、あの事件は己れがやったと伝えたのだ。もしも伝わったら、懲らしめに来てく

「それに……」

ぽつりと弥兵衛が言った。

「……壊れたのですよ」

「なにが」

いろいろ壊れた。

「淵でございます」

「この村に川はなかろう」

「きっと川に焦がれるからこそ川の名をつけたのでございましょう。この村では潰れ百姓を助ける仕組みを淵と呼んでおります」

「淵、な」

「潰れてもいきなり瀬に流されるのではなく、いったん淵に溜め置き、役を宛てがって立ち直るのを待つのでございます」

「乞食番は淵の役か」

「堂守もです。他に農番、水番などもございます。百姓成立は百姓だけでは望めません。淵の諸

番が百姓成立を支えています。淵は裏の村でもあるのです。ただ助けているのではない。淵に助けられてもおります」

「裏の村、か」

「ただ、壊れます。難儀な土地の裏の村は簡単に壊れます」

表の村とて壊れやすい。裏の村なら言わずもがなだろう。

「裏の村で怖いのは、壊れているのがわからぬことです。あるいは、壊れているのに馴れてしまって壊れていると気づかぬことです」

「結、か……」

初めは日々、阿弥陀様を守っていたのだろう。それがある日壊れ、そして壊れているのが堂守の日々になった。

「村人だけではございません。蓑吉も耕助もまだ子供でした。結がああなるまで、壊れているのに気づかなかった、あるいは気づこうとしなかったとしてもおかしくはない。蓑吉は、気づこうとしなかった己れをも許せなかったのかもしれません」

内藤新宿の多四郎が、蓑吉が自分に明かした闇がりなんぞ、あいつの抱えている闇がりのほんの上っ面だけだと言っていたのを思い出す。「あいつはあっしの想いも寄らねえ闇がり抱えてます。たぶん、乞食番やってた頃のね」。多四郎が言うとおりの、「想いも寄らねえ闇がり」だ。

「語られるはずのない話でした」

弥兵衛の声に、びょうと吹く風の音が交じる。

「まさか、江戸の御徒目付にお話しすることになるとは想いだにしませんでした」

顔をくしゃくしゃにして言った。

238

「ほんとうに、よく、お訪ねいただけました」

弥兵衛は深々と頭を下げた。その姿に、内藤新宿で別れる間際の多四郎が重なる。

「そろそろ、行こう」

直人は脇に置いた本差に手をかける。

「夜の亥の風に吹かれぬうちにな」

抜け参りで村を出たという蓑吉の話は作ったのだろう。あるいは村を出て東海道に近づいてから抜け参りの列と出逢ったのだろう。

そういう話の綻びはある。結も中谷村に着く前に逝ったことになっていた。

でも、それは事件を隠すためではなかっただろう。まことがあまりに辛かったからだろう。

「おぬしが由蔵の一家に構うのは……」

最後に直人は問うた。

「庄屋としてか」

躰を起こし、大きく息をついてから弥兵衛は答えた。

「由蔵はわたくしの憧れだったのでございますよ」

「憧れ……」

「このくすみ切った土地です。なにかをできぬ言い訳なら幾らでも転がっております。なのに、由蔵は動き回った。御託を並べず、やりたいようにやった。行き倒れた死に様とて、動かなかったわたくしには憧れた由蔵そのものでした」

ならば、蓑吉はまさに、由蔵の息子だった。大川をごつごつとぎこちなく、溺れるように渡る蓑吉の泳ぎはすこしも不恰好ではなかった。

翌日は曇天で、また風が吹き荒れた。

一日一日、天候が変わり、人の景色が変わる。

同じ天候、同じ景色はひとつとしてない。

ただ眺めれば同じようだが、見抜けばまったくちがう。

己れがなぜから離れることなどできるわけもないと心底の苦味を嘗めつつ、直人は半島をあとにした。

長崎で御用を勤めるあいだ努めて遠ざけていた中谷村は、帰途に着くのを待っていたかのように再び胸裡を染めた。

「想いも寄られえ闇がり」が、そう簡単に薄まるはずもなかった。ふと気づくと井戸を、阿弥陀堂を想い浮かべていた。

けれど、何日目だったのだろう、いつの間にか熊笹に囲まれた阿弥陀堂が、小伝馬町牢屋敷の当番処に置き換わっていた。

そして、蓮の女が「理由を言えばよろしいのですか」と問う、泥に染まらぬ声がよみがえった。

ただし、まったくちがう響きで。

あのとき「そうだ、と言えば話すのですか」と直人が問うと、菊枝は淀みなく「話せば、直ぐに揚座敷に戻していただけるのであればお話しします」と答えた。そして直人が訊く構えを備える間もなく「嫌になったんです」と言った。

直人は訊くのではなく訊かされているように、なにが嫌になったのかを訊き、菊枝は「独りで死ぬのが」と返した。「尼僧が預かる塔頭での独り暮らしでございましょう」。すらすらと唇は動いた。「あっという間に三年半が経って、ああ、このままこんなおもしろくもないところで独りで死ぬんだなあって想ったら、なんだか急に嫌になってきて」。そして、つづけたのだ。「ならば、

241

あのひとに道連れになってもらおうかなあって」と。

直人はその声をどう腹に落としてよいのかわからなかった。

菊枝は「そうすれば恩返しにもなるし」と言葉を足し、「あんな躰でずっと伏せたっきりではたいへんでございましょう。それに、相手がわたくしだったら、あのひとは歓びます」と加えた。

「貴方に延々と語っていただいたようなひとですからね。相手にしてほしいことをしてほしいと口にできないんです。なので、いろいろやってきてくれたことはたしかですから、恩返しに道連れにしてあげることにしました」ともつづけた。

一連の言葉は、菊枝が信久から頼まれて生きていく苦しみを断ったという、直人が唯一事件を理解できる理由に添っていて、その限りにおいて直人は得心するしかなかった。そこにはたしかに、化物ではない菊枝が覗いて見えた。とはいえ、菊枝はあくまで独りで死ぬのが嫌になったから刺したのであって、信久の苦しみを断つために刺したのではない。化物でなければ責められるべき独善が、化物を見る目が働くために見過ごされていた。直人の得心は化物の菊枝が語るからこそであり、だから直人は受け容れることも受け容れぬこともできなかった。

直人は、化物の菊枝の不分明を消していくと決意してあの朝を迎え、そして、菊枝の死を知らされた。想いだにせぬ縊死は、直人に化物の菊枝に跳ね返されたという感を抱かせた。五月蠅いと、面倒と、手を払われたように思われ、語られた言葉も、ただ翻弄するための言と感じた。が、長崎から戻るいまになって振り返れば、あのとき感じたのとはまったくちがう響きが聴き取れるのだった。

あのときの菊枝は翻弄などしていなかった。

菊枝は素であり、ありのままを語っていた。

菊枝は真に独りで死ぬのが嫌だった。

家族を忌避（きひ）してきたとしか映らなかった菊枝が、最期は家族の一人として死にたがった。

そしてなによりも菊枝は、「かわいそうな人」のままで逝（ゆ）きたくなかった。

「かわいそうな人」

それを言ったのは息子の藤尾正嗣（ふじおまさつぐ）だった。母の菊枝を語る言葉のなかに、繰り返し「かわいそうな人」が出てきた。

正嗣は「それがしがいくら母への不満を訴えても、父が母をわるく言うことはけっしてありませんでした」と言い、「おまえの母は立派な人である、ただ、人の慈しみ方（いつく）を知らないだけなのだと言うのです。逆に、そういうかわいそうな人なのだから、男子のおまえもそのつもりで支えてあげてくれ、と頼まれました」と言った。

そして、「あれで、それがしはずいぶん楽になった。子供だったからこそ、なのでしょう。かわいそうな人、をまともに受け容れて、なにがあっても、かわいそうな人なのだから、で済ますことが習いになったのです」とつづけた。

さらには、「それからはもうずっとそうです。父から頼まれた日から、あの日まで、子供の頃も、元服を終えても、御目見（おめみえ）にあずかっても、御役目を得ても、ずっと、かわいそうな人なのだから、です。逆に言えば、母に、それ以外の想いを抱いたことはありません」とも言い添えた。

あのときは、菊枝の酷さと、信久の包み込む力、それに子供だった正嗣の健気（けなげ）さが胸に残った。化物の菊枝から吹き荒れる風に懸命に堪（た）えながら、それでもなお菊枝を労（いたわ）ろうとする父子（おやこ）の姿が浮かんだ。

そのどこまでも優しい父子の像が、いまは見えなかった。

己れもまた菊枝に化物の予断を抱いていたことは否めない。そして、化物の菊枝が予断なのか予断ではないのかを明らかにする間もなく菊枝は逝った。

が、仮にそれは予断ではなかったとしよう。佳津をはじめとする周りの者たちが語ったように、菊枝は我の化物だったとする。いっぽうで、誰からも語られなかった菊枝も居たとする。思い起こされるのは、化物の菊枝に挟まれた化物ではない菊枝を語った下女の松の言葉だ。

「わたしにはよかったですよ」

菊枝のことを尋ねると、松はすっと言った。「あとになって、いろいろ奥様のよくはない噂が耳に入りましたが、わたしにはよかったです」。

「どのように」

「いろいろ教えていただいて。まだ二十歳前でしたので、まるで下女奉公じゃあなくて行儀見習いに出たようで嬉しかった。わたしはいま裁縫でなんとか身を立てることができているんですが、それも奥様のお陰です。見よう見まねの我流を、足袋底を縫うところから鍛え直していただきました。厚い足袋底で真っ直ぐ縫えるようになれば、どんなものでも真っ直ぐ縫えるとおっしゃって」

「裁縫は達者だったか」

平たい生地を人の躰を包む衣に仕立てる裁縫は、化物からいっとう遠い技のような気がしたことを鮮明に覚えている。

「それはもう。解いても針目が見えぬほどでした。いまだに奥様よりも上手な縫手に会ったことがございません」

いまから振り返れば松は、化物ではない菊枝を引き出す人だったのだと想う。頼まれ御用を重

244

ねるなかで直人は、人には他人の賢さを引き出す人と他人の愚かさを引き出す人が居ることを知った。同様に、他人の化物の面を引き出す人と、化物ではない面を引き出す人が居るのではないか。だとすれば、下女奉公を行儀見習いと見ることのできる松は明らかに化物ではない面を引き出す人であり、つまり、菊枝は鬼がすべてを統べる化物ではなかったことになる。まったくの無なら松とて引き出すことはできない。化物ではない菊枝がたしかに居るから引き出せる。きっと、信久や正嗣との暮らしのなかでだんだんと鬼との反りが合わなくなり、化物から抜け出そうとていた菊枝が居たのだ。

その語られなかった菊枝にしてみれば、夫からも子からも「かわいそうな人」と思われて生きつづけるのは甚く辛かっただろう。

「かわいそうな人」として扱うということは、家族の一人としては扱わないということだ。とりわけ、自分の息子に「なにがあっても、かわいそうな人なのだから」で済まされるのは、母親として耐えられなかったのではあるまいか。己れの裡の鬼を必死で振り切って母親たらんと振る舞おうと決意したとき、小さな我が子の瞳に「かわいそうな人」が映るのはやりきれなくないか。

そのような目で見遣れば、己れが菊枝の裡の鬼を追いやる切札と恃んだ越後の火葬の話にしても意味が変わる。

あの頃の己れは、越後の墓ゆえの離縁を、信久の菊枝に対する深い愛情をなによりも表わすものと受け止めていた。骨と骨とが直に交わる越後の墓に菊枝を入れぬための離縁は、菊枝の裡に棲む鬼をも迎え入れる徴であり、人が鬼ではない徴でさえあると想っていた。

が、これも語られなかった菊枝を据えればまったく様相が異なってくる。

家族であろうとする菊枝の気持ちをなんら察することなく、そんな墓には断じて入りたくはな

かろうと独断で決めつけ、あまつさえ、離縁にまで先走ったと取れないか。

最後の最後まで、家族の一人としては扱わないと通告したのと同じではないのか。

そこに至るまでにも、一見、信久ならではの細やかな愛情の表し方に見えて、その実、徹底し

た藤尾家からの排除の動きが並ぶ。

越後の話も墓の話も菊枝には一切しなかった。

離縁したあとでさえ、住処は信久が決めた。

おまえは「かわいそうな人」なのだからなにもやる必要はない。すべて家族に任せていればい

いのだ、と。

藤尾家にとって菊枝がいかなる者だったかは、正嗣のあの言葉が端的に言い表している。「そ

れからはもうずっとそうです。父から頼まれた日から、あの日まで、子供の頃も、元服を終えて

も、御目見にあずかっても、御役目を得ても、ずっと、かわいそうな人なのだから、です。逆に

言えば、母に、それ以外の想いを抱いたことはありません」。

直人は藤尾信久を己れの裡の鬼を上手に馴らした人と見なしてきた。馴らしすぎたかもしれぬ

ほどに馴らした人と察し、その己れの鬼を抑えきった信久とて、伴侶の鬼を馴らすことはできな

かったと想ってきた。が、いまとなっては、己れの浅慮と認めざるをえない。

信久は喘息の席も縁戚づくりに頼らず、〝藤尾を除いて〟という符牒のようなものさえ生んだ持ち前の

定 組頭の席も縁戚づくりに頼らず、〝藤尾に聞け〟という符牒のようなものさえ生んだ持ち前の

博覧強記で勝ち取った。垣根を堅く張り巡らせ、三昧と花畑の世界を護った。垣根を通ることの

246

できるのは正嗣一人だけ。菊枝は通さなかった。大番家の出自のみ容れ、堅固な垣根の材とした。労わる様子でいて排除し切ったその振舞いは、信久の裡の鬼の仕業とは言えまいか。

だとすれば、あの事件は、夫と息子からずっと排除されつづけてきた菊枝の抗いであり、さらには、溜まりに溜まった、行き場のない家族への愛情の、破裂とも取れる。そう解したときのみ、無理だらけのあの事件から、手妻のように無理が消える。

菊枝が語ったとおり、あのままゆけば菊枝は孤立したまま死なねばならなかった。「かわいそうな人」として独り、家族と見なされぬまま逝かねばならなかった。

菊枝は懐剣を振るうことで、藤尾の家には己れも居ることを思い知らせた。

菊枝は信久を刺すことで夫を、息子を取り戻したのだ。

「相手がわたくしだったら、あのひとは歓びます」と言ったのは菊枝の願望だろう。そうあって欲しかったのだろう。「かわいそうな人」ではなく、家族の一人として懐剣を手にしたと信じたかったのだろう。

さらに、だとすれば……と直人は思う。

菊枝を縊死に追い遣ったのは己れだ。

ただ、紐を梁にかけさせただけでない。

信久を手に掛けて、家族の一人として死のうとしていた菊枝を独りで死なせた。

きっと菊枝は、大事に大事に、己れの命を断つ際を計っていたのだろう。

「道連れと言いながら、貴方はまだ死んでいませんね」と直人が問うたとき、菊枝はなんという

 こともないように、「なんだかそういう気分ではなくなってしまって。でも、そのうち死ぬんじゃないでしょうか」と言った。あのときはあしらわれたように感じたが、実は、家族としての己

れを数すくない記憶の糸で綴れ織ってから逝くつもりだったのだろう。

だから一刻も早く、揚座敷に戻りたかった。戻って、家族という布を織り上げたかった。

なのに己れは、ずっと排除されつづけてきた菊枝に、最大の排除を、「細々と」「長々と」悦に入りながら伝えた。もはや戻っても、織る糸は消えている。

あくまで仮説、とは思えない。

いまとなってはたしかめようがない、とも思わない。

己れはこの仮説を、ずっと啻めつづけてゆかねばならないと思っている。

初出

「小説新潮」二〇二〇年四月号～一二月号

装画　白髪一雄「群青」（一九八五）

所蔵　尼崎市教育委員会
　　　（尼崎市立尼崎高等学校）

装幀　新潮社装幀室

著者紹介
一九四八（昭和二三）年、神奈川県生まれ。早稲田大学政治経済学部卒業。二〇一一（平成二三）年、『白樫の樹の下で』で松本清張賞を受賞しデビュー。二〇一五年、『鬼はもとより』で大藪春彦賞、二〇一六年、『つまをめとらば』で直木賞を受賞。他に、『かけおちる』『伊賀の残光』『半席』『励み場』『遠縁の女』『江戸染まぬ』などがある。『半席』は『このミステリーがすごい！ 二〇一七年版』で四位となり注目されたが本書はその『半席』の待望の第二弾である。

泳（およ）ぐ者（もの）

発行──二〇二一年 三月一五日

著者──青山文平（あおやまぶんぺい）

発行者──佐藤隆信

発行所──株式会社新潮社

　　　　〒162-8711 東京都新宿区矢来町七一

電話──編集部（03）三二六六─五四一一

　　　　読者係（03）三二六六─五一一一

https://www.shinchosha.co.jp

印刷所──大日本印刷株式会社

製本所──大口製本印刷株式会社

©Bunpei Aoyama 2021, Printed in Japan

乱丁・落丁本は、ご面倒ですが小社読者係宛お送り
下さい。送料小社負担にてお取替えいたします。

価格はカバーに表示してあります。

ISBN978-4-10-334234-2 C0093

方丈の孤月
鴨長明伝

梓澤要

平家の興亡を目の当たりにし、未曾有の厄災を生き延び、挫折の末にすべてを捨てて出家した歌人が、『方丈記』を記すまで。流転の生涯に肉薄した、圧巻の歴史小説。

野望の屍
かばね

佐江衆一

ヒトラーと石原莞爾。同年生まれの二人を軸に、東西の時局から日本とドイツの〈戦争の世紀〉を描き出す本格史伝。八六歳の著者が命を削って書き上げた執念の遺作。

湖の女たち

吉田修一

百歳の男が殺された。謎が広がり深まる中、刑事と容疑者だった男と女は離れられなくなっていく。――吉田修一史上「最悪の罪」と対峙する、衝撃の犯罪ミステリ。

戀童夢幻

木下昌輝

「芸能の刃で上様のお心と斬り結びたくあります」。芸を極めんと、命懸けで信長、千宗易、家康ら戦国の猛者と対峙し、歴史を動かした流浪の芸能者を描く渾身作！

羅城門に啼く

松下隆一

疫病の大流行で死臭にむせかえる洛中に人と世を呪詛する若者がいた。黒澤、芥川の『羅生門』に比肩、世界初の小説が書かれた地に生まれた「第一回京都文学賞」受賞作。

今夜

小野寺史宜

ボクサー、タクシー運転手、警察官に、教師。その夜四人の男女は、人生の分岐点に立った。だが夜に潜む魔物は、そっと背中を押す――。著者会心の書き下ろし長編。

八月の銀の雪　伊与原　新

耳を澄ませていよう。地球の奥底で、大切な何かが降り積もる音に——。科学の揺るぎない真実が、人知れず傷ついた心に希望の灯りをともす5つの物語。

自転しながら公転する　山本文緒

結婚、仕事、親の介護、全部やらなきゃダメですか？　東京で働いていた32歳の都は親のために実家に戻ったが……。人生に思い惑う女性を描く共感度100％小説！

鏡影劇場　逢坂　剛

古本屋で手に入れた文豪ホフマンにまつわる謎めいた報告書。その解読を進めると、現代の日本にまで繋がる奇妙な因縁が浮かび上がる。ビブリオ・ミステリー巨編。

愛しのシャロン　前川　裕

十三年前の夏、小学生だった百合を誘拐し、五年間も監禁した犯人。その仮釈放の報せと同時に、奇怪な出来事が続き、遂には酸鼻な事件が。長編サイコ・ミステリー。

昨日壊れはじめた世界で　香月夕花

四十歳を過ぎた本屋の店主の大介は、同級生と再会したことから、小学校時代に会った謎の男を探し始める。ひび割れた世界のかすかな希望を力強く描く連作短篇集。

ベージュ　谷川俊太郎

誕生と死。時間。忘却の快感。声の響き——『二十億光年の孤独』以来、つねに第一線にある詩人の豊饒な結実。未収録作＋書き下ろしからなる31篇の最新詩集。